捧 读

触及身心的阅读

长安未知局

蛹海浮屠

刘十五 著

贵州出版集团

贵州人民出版社

图书在版编目（CIP）数据

长安未知局. 蛹海浮屠 / 刘十五著. -- 贵阳：贵
州人民出版社，2024.4

ISBN 978-7-221-18291-3

Ⅰ.①长… Ⅱ.①刘… Ⅲ.①长篇小说 – 中国 – 当代
Ⅳ.①I247.5

中国国家版本馆CIP数据核字(2024)第073281号

CHANG'AN WEIZHIJU · YONGHAI FUTU

长安未知局·蛹海浮屠

刘十五　著

出 版 人	朱文迅
策划编辑	张进步
责任编辑	徐楚韵
装帧设计	莫意闲书装
责任印制	刘洪鑫
出版发行	贵州出版集团　　贵州人民出版社
地　　址	贵阳市观山湖区中天会展城会展东路SOHO公寓A座
印　　刷	宝蕾元仁浩（天津）印刷有限公司
版　　次	2024年4月第1版
印　　次	2024年4月第1次印刷
开　　本	880毫米×1230毫米　　1/32
印　　张	9
字　　数	234千字
书　　号	ISBN 978-7-221-18291-3
定　　价	39.80元

目 录

赊刀记

诡术笔记

蛹海浮屠

鬼方遗墟

赊刀记

话音未落，我看到一团黑云蓦然从尸骨身下升起，只一瞬间就笼罩住了花小薇。花小薇尖叫一声，还来不及做什么，整个人突然一个趔趄，身体便不受控制地被那团黑云带向空中。

1 秦岭里捡到一把刀

2018年冬天，我报了一个户外团，前往秦岭深山的垭口徒步。

我此前虽有不少徒步经历，但基本都在景区内，大多情况下路也是修过的。所以那次算是我第一次正式参加纯野外徒步。

秦岭深处云雾和水一样冰冷，一开始上升的道路湿滑泥泞，大家跟着领队一路前行、攀升，两次跨越山涧。随着山势逐渐增高，秦岭深处的积雪也一点点出现在眼前。

队员们的体力有差异，队伍也就渐渐散开了。领队在前边领路，走一段会在一旁树枝上系一条红色丝带作为标志，后边的人就跟着红丝带的指引前行。

一开始我还跟在领队身后不远，照着他落脚踩点的位置攀登。但因为出发之前我没带冰爪，随着路上的积雪逐渐增多，脚下打滑的次数也越来越多，渐渐落在了队伍后方。

秦岭深处的积雪超出想象，除了羊肠小道里被踩实结冰外，两侧都是至少半米厚的积雪，稍有不慎就会滚到一旁的雪堆中。

攀登后半段的过程中我几乎走两步滑一步。等我攀到最难的一段路前时，队伍已经彻底散开，前后看不到人影了。我大声喊了几句，空旷的山林中只有回声，我知道队友已经离这里比较远了。

我站在原地喘了几口气，吃了一口牛肉干，然后撑着劲儿开始往上爬。那是一段垂直拔高的山路，几乎有七十度，踩实了的积雪在路中间结成厚厚的冰坡，刺溜光滑。因为没穿冰爪的缘故，脚下不敢踩实，我只能靠腰部和胳膊上的力量，攀着路两侧的树木一点点向上。

在即将走完这片要命的冰坡时，我脚下一滑，还是出了意外。

在手还没来得及抓住前方的树干时，身体已经朝下滑落。我赶忙扭转身体，用背着地，希望用背包尽量减少下滑过程中带来的伤害。同时双手张开向两侧伸去，试图抓到路两旁的树干，让自己倒进一旁的积雪中。

路两侧的雪非常厚，摔进去不会受伤，但是如果我沿着冰坡继续滑落下去，将会直接摔在石头或者巨大的树干上。

手上传来一阵刺痛感，我终于成功抓住一棵小树止住身形，然后慢慢坐起来，一用力将自己翻在了雪坑中，总算平安无事。

我摘下磨破的手套，幸运的是手指只是微微发红，并没出血。我长舒一口气。

"这太虐了！"窝在雪堆里的我忍不住坐起来，敞开嗓子喊了几声。山下隐隐约约传来说话声，但听不清。

因为我们一路都有领队标记的丝带，所以虽然在深山老林中，但路并不难找。正当我考虑要不要放弃继续攀登时，我的手在雪堆中摸到了一个奇怪的东西。

坚硬生冷的触感，是铁器？

我把雪窝子刨开，发现是一把锈透了的柴刀，被藤蔓缠绕着，刀把损坏严重，刀背宽厚，前边带一个小小的镰刀角，刀身上好像还刻着什么字。感觉这刀像极了电视剧里樵夫拿的那种，我拿着挥舞了几下，嘿！好使！

我有一种捡到宝的感觉，握紧刀把一甩，刀就钉入一旁的冰坡上，稳稳当当。这让我重拾信心，靠着这把柴刀重新翻回小路，然后重新向上一路攀去。

这把刀拿在手上有些重，但这重量也刚好成了一个小重心，让我的攀登更稳当了些。而且刀前边的小角可以轻而易举钩住冰面或者树干，让我的攀爬快了不少。

费了一番工夫，我终于成功到达了集合地。

垭口上边简直如小说中一般蛮荒，漫天风雪，大风呼啸，吹得人站不住脚。同队的大伙都藏在一处背风处，蹲坐在雪地里吃东西休息，看到我连忙打招呼。

我这一路走得脚酸手软，连忙也猫着腰钻了过去。打开背包取泡面时，看到刚刚被我扔在一旁的刀，想了想又把刀裹起来放进了背包里，留个纪念。

狂风大雪里，领队烧的那几锅开水简直是救命。我戴着厚厚的帽子蹴在炉子旁，吃了人生中最美味的一碗泡面。

随后我们原地休息，四处看看逛逛，但是因为太冷了，没过一会儿身上就结了一层冰霜。

领队看了看时间便安排大家收拾东西，出发返程。

因为有其他人的帮助，下山时我就没多少压力了。从垭口撤下来路过那个冰坡时，我还指着那个被我压出来的雪窝子，笑着给旁边的队友说这是我上山时摔出来的。领队回头问我："人没事吧？下次再有这种情况赶紧往下撤，别逞强。"

我点了点头，心想要不是我捡到一把柴刀，早就撤下去了，说不定这会儿还在车里等你们呢。

等过了雪线后，路渐渐好走了起来。因为下山只有一条道，所以也不会有什么意外状况，大家也就随意地走走停停玩玩。慢慢就变成三三两两地走在漫长的秦岭山路中。

等到所有人顺利下山，集合，领队一点人数，发现少了几个人。

"少了谁？"领队问上山时负责断后的助理。

助理答："一男两女。上山还没走到一半，我说让他们先下来休息，估计是自己乱走到其他路上了。" 因为一路上的标志仅有丝带，他们如果走上其他路就很难再找到路标了。

我想起在雪窝里大喊时隐隐约约听到的声音，连忙说道："他们应该没上垭口。"

其他几个见过那三人的队员也连忙补充各种细节：

"那三人下来了，我下山时遇上了还打了招呼。"

"我也见到了，我下来时他们在河那儿玩水呢。"

领队抬头看了眼天色，冲我们说："我们现在去找他们，大家有乐意帮忙的没？不想去的就在车里休息。一小时后不管啥情况，我都会安排车送你们回家。"

包括我在内的大多数男生都加入了寻人队伍。领队给我们一人分发了一支手电，说道："现在距离天黑还有一个小时，咱们一人一段路，沿着河喊一遍人，找不到就直接下来回车上。"

我们点了点头，背好背包转头返回了山上。

2　吓傻的三个人

玩户外徒步，两个最基础的原则就是相互协助和别作死。

互相协助很简单，至于别作死，就是听领队的话。什么时候集合什么时候下撤，走哪条路甚至在难走的路段从哪个地方落脚，一切严格听领队指挥。

但凡野外徒步，敢干领队这工作带队进山的，都是对这一片山非常熟悉且具有丰富户外经验的人。否则谁也不敢拿命开玩笑。秦岭那地方，进去的人一旦走丢，要再找回来简直难如登天。

所幸根据几个目击队友的说法，走丢的三人都已经下山了，所以我们也不至于如何恐慌。为了最大限度扩大搜索范围，大家听从领队指挥，远远地一人守在一段路上，负责喊人。领队则带着助理继续往深处走去。

我们的距离刚刚好超过双方呐喊能听见声音的范畴。这样主要是为了扩大寻人的范围，而且即使有什么需要沟通的，我们随便向前或者向后跑十几米就可以和另外一位守在那儿的队友喊话。

我被分到的一段路上，两侧都是一人高的梢林，前后蔓延几百米，除了贯穿其间的一条歪曲小路外什么都看不到。

我把包扔在地上，然后开始挨个大喊三个人的名字。

时间过了有半小时，天色渐渐暗了下来，风声和鸟声逐渐吵了起来。我莫名有点儿心慌，看了眼手机上的时间，距离撤下去还有十几分钟。

一个人在深山老林里最怕这种心慌时候的胡思乱想。念头一起就遏制不住，我只能依靠大声喊叫来转移注意力。但过了一会儿我还是忍不住泛起念头，于是从包里拿出了捡到的那把柴刀，握在手里壮胆。

我随手挥了挥刀，砍在面前的树枝上。看着掉落的满地残枝，我总算安心了一点儿。

可就在这时，我身旁十多米处的梢林里，突然飒飒响了起来。

那声音似乎是有什么在梢林中快速穿行。我睁眼看去，但是天色渐暗什么也看不清，便忍不住大声喊："谁？"

但没人回答，只是远处的林子里树枝开始剧烈摆动。

我有些尿。

我毫不犹豫地背起包拿起柴刀朝山下撤去，准备去找守在下一段路的队友。此时背后分明传来一声细微的声音，我下意识回头，看到距离我几十米远的梢林中杵着一个黑色人影。

"我的妈！"我头皮发麻，扭头就往山下跑。

毕竟爬了一天的山，此时虽然还有些体力，但跑是跑不快了。我一边顺着路跑，一边看到路两旁的林子里很多地方都跟着快速抖动起来，林子里"簌簌"的声音越来越多，好像有很多很多动物在里边穿行。

但当时那种情境下，我满脑子都是电影《狂蟒之灾》里蛇在一人高的草丛里悄悄穿行的情节。

"啊呀啊呀啊呀！"我一边喊着一边发力狂跑，小一百米的梢林子路被我跑出了要搏命的架势。等我好不容易逃出小树林，后边的树枝抖动声音似乎变小了，但我也不敢回头看，我就铆着劲儿朝前跑，终于看到了前边不远处的队友。

我气喘吁吁地跑向队友。正冲着山涧呐喊的队友听到响声回头看向我，脸上写满了惊喜的表情。

"哎，找到啦？还是你厉害啊！"他高兴地说。

我刚想说"好像有什么野兽，咱们赶紧下山"，被他这一句直接给噎住了。找到了？找到什么了？

我下意识停下脚步，回头看去。

一男两女，三人沉默地站成一排，正一言不发地看着我，在昏暗的光线里，似乎还带着淡淡的笑容。

"啊呀！"我被吓得跳起来，手一滑，柴刀也掉在了地上。

三个人不知什么时候跟在我身后一路到这里。怎么这一路奔跑我一点儿人声都没听到？

稍微冷静了片刻后，我意识到刚刚看到的人影应该就是眼前这个男子了。出声说句话会死吗？藏在林子里吓我一跳。

想想我居然被这三人吓得差点儿哭起来，越想越生气。又想那三人刚刚脱险不好发作，只能闷头捡起柴刀作罢，当刚才的事没发生过。

队友高兴地走上前去和那三人说话，同时教育他们要听领队的话，否则以后谁敢带他们出来玩；又安慰他们不用担心云云。我站在不远处看着那一脸淡漠的三人，总觉得他们呆呆的，表情有种说不出地古怪。

"行了，赶紧下山吧，人没事就好。马上到集合时间了，领队他们前边的人也快下来了。"队友一边说着，一边招呼那三人。说着大伙收拾东西一起下山。

那男子从我身旁走过时，神神道道地望着前方，说："蛇……"

蛇？哪儿有蛇？这大冬天的。我左右看看，好奇问他："没蛇啊，你在说什么？"

男子突然身体微微一震，面带疑惑地环视一周，说道："我没说什么啊，这是到哪儿了？我去！天怎么黑这么快？"

队友朝我使个眼色，轻微摇摇头，意思是这孩子怕是吓傻了。

我跟着笑了笑，看着那三人的表情，我们俩很默契地没有问他们为什么违反领队命令自己乱逛。

我们五人又往前走了一段，遇到了守在山脚这一段的队友。看了下时间，领队、助理和其他前边的人差不多也要撤下来了，于是原地等候了片刻，等到其他人都安全到达山脚，确认无误后，我们一起下山回家。

返程途中我坐在车上，身后还能传来大家或安慰或指责那三人的声音。领队则忙着打圆场。可能是因为自觉理亏，那三人嘀嘀咕咕但也不敢反驳，只是悄悄说着什么。

趁他们说话的间隙，我悄悄回头看了眼那一男两女，除了衣服脏了些，其他完好无损。他们三人此时正凑在一起低声逗着笑，好似什么都没发生。

窗外秦岭漆黑如墨，但仍然看得到远处城市的暖光点点。我收回视线，低头看了看还捏在手里的那把破锈刀，一颗悬着的心总算落了下来。

3 一千块买柴刀

从秦岭回来后，那把刀连同我的登山包一起躺在阳台吃灰。

接着我回归了日常"社畜"生活。2018 年我还在长安的一家商场里做着企划，成天忙于工作，秦岭里发生的事儿几乎被我抛诸脑后，直到有一天手机上收到一个陌生的微信好友添加申请。

因为工作原因，几乎每天都会有各种不认识的人加我微信聊合作，所以我也没多想便通过了好友申请。没想到这次加我的人并不是来聊商务的。

"你好，我是两个月前和你一起参加秦岭徒步的队友。"

我不禁好奇，这种登山局除非碰上了看对眼的姑娘，一般回来大家也就各自回归正常生活，或者在同一个户外群闲聊扯淡。但一句话没说，上来私加微信这种倒真不多见。

不过还好对方很快说明了来意。

"是这样的，两个月前咱们一起徒步，当时不是我和我对象还有另外一姑娘走岔路了，最后连累大家一起进山去找，不知道你有印象没？"

我可太有印象了！脑子里立马蹿出那天梢林里发生的事儿。我飞速打字回复道："是你？哥们儿你当时在梢林子里可把我吓得够呛啊！怎么突然想起联系我了？你们三个都还好吧？"

对方连忙发来两个"吃我一跪"的表情表示歉意。继而发来一段文字回复：

"对不住对不住，真不是有意的。说实话我也记不太清那天发生了什么。我专门和领队那边要了你的微信，也确实是有事儿。想问问你捡到的那把刀还在吗？"

"刀？"我一下没反应过来。

"就咱俩见面那天你手里拿着的那把锈刀，我后来听领队说是你在山里捡的？"

"哦哦，那个破烂啊。"我恍然大悟，随即好奇，那把锈刀怎么看都是把破烂柴刀，并没什么奇怪的。他怎么会突然问起这个？

对方随即回复道："对对！就是那个……我想问问那把锈刀还在你那儿不？我想花钱买下。"

嗯？买？花钱？难道我捡到的是件古董？

我赶忙客气道："那就是一把破柴刀。我是因为爬冰坡时全靠它才上去，所以想留着做个纪念，也没想……"

"一千元。"

我手一滑，赶忙删除了接着要发出的话。一把破旧柴刀能值这么多钱？肯定是件古董！我捡到宝贝了！

此时我的脑海里浮现出电影里那些倒卖古董的经典套路：从我们这种外行手里连哄带骗低价收入，然后转手赚大钱。我按捺不住心里的激动，忙客气问道："怎么？您是做古董生意的？"

"不是，我是卖凉皮肉夹馍的。"

我深吸口气，继续回道："所以这把刀你要花一千元买了？"

"对！"

我想了想，还是怀疑这哥们儿在骗我。一把普通柴刀怎么可能值一千？是他疯了还是我疯了？难道是双立人限量款什么的？

我回道："不是，我没明白，这把刀怎么能值一千？你这说得我心里慌。"

对方沉默了很久才回我："兄弟你看要不这样吧，咱们约个时间见一下。有些事我感觉在微信里聊也不太合适。"

这话一出来我就觉得这刀肯定是古董没跑了！这哥们儿从头至尾言辞含糊，说话暧昧不清，如今还非要见面聊一下，这语气摆明了是要面聊看看现货啊！这么看来，说不定我还有抬价的空间？

我想了想立刻应承了下来："那也行。看你什么时候方便。"

对方回："我都行，要是方便的话，咱们明天见？"

我回："可以，就我上班这商场见吧？"

约好了时间地点后，我越想越觉得刺激，这一拨还真是白赚。不过冷静下来又觉得奇怪，那天的天色那么昏暗，对方也没细看这刀啊，怎么就认出是个宝贝了呢？

难道真是我眼拙？

晚上回家后，我从背包里翻出刀端详。灯光下细节分明：已经腐朽的刀柄，锈迹斑斑的刀身，真是平平无奇一把小破刀。看起来也不是什么厉害的古董，怎么就值个一千元呢？

看着刀身上凹凸的锈斑和那几个已经辨识不清的字样，我有心想把这锈迹给磨了，好看清楚上边到底印刻了什么字样，也好让我对这锈宝贝有个基础估价。但我又怕损害了刀身最后一拍两散，只得作罢。

没事！等明天聊了再说吧！真是宝贝指不定我还不卖他呢！

第二天下午，我瞅着工作间隙悄悄下楼，和买刀的哥们儿约在了商场的咖啡店。

来人是个精瘦的青年男子，蓄着胡子，头发短寸，身材高挑，双肩厚实，穿着厚厚的风衣，不过看起来精神不太好。正是在梢林里吓到我的那个男子。唯一不同的是，当时他的眼神散漫无神，这会儿虽然是满眼疲累，但也透着一股西北人特有的劲儿。

我扫了一眼，发现之前和他一起登山的两个女士没有一起前来。

"你好，我是雷明。你喊我雷大锤就成。"

"你好。"

因为是上班间隙偷摸溜出来的，所以我开门见山："你要是真想要买这把刀，得告诉我这刀有什么来历，能让你花一千？有这一千买套双立人切凉皮不香吗？"

雷大锤笑笑，道："我要是说我买你这刀是拿来切凉皮的，你也不会信吧？"

我挑挑眉。

他继续说："首先我得说明下，这把刀不是你想的什么古董。起码我不是因为这个原因才想买。主要是从秦岭回来后，我总是迷迷糊糊的，有时候晚上睡觉还会做噩梦。"

"做噩梦？"

"对，梦到秦岭山里，还梦到了你这把刀。"雷大锤喝了一口咖啡，苦笑道，"当时在山里被你喊醒时我没觉得怎么，等到回来后才越想越觉得不对劲。长安这地儿，邪得很，我想着以防万一，这不就……"

"等等，我理一下思路，"我纳闷道，"首先，那天你们在山里迷路，是跟着我出来的没错，但你们没有脱水失温、没有昏迷，更别提谁把你喊醒的事儿了。其次，做梦和我这刀有什么关系？"

雷大锤挠挠头，叹了口气说："也不知道我说了你信不信。我给你讲讲在小树林里发生的事儿吧，说完你就知道我为什么非要找你买这刀了。"

我看了下手机时间，点点头道："那就长话短说。"

雷大锤又叹了口气，才徐徐开口："这也是我这两个月陆陆续续做梦，再加上回忆那天迷路的细节，才慢慢回过味来的。说出来你可能不信……"

我催道："你说。"

"这个事……就有点儿诡异……我先问问你信有鬼什么的超自然力量吗？"

"我不信。"我礼貌笑答，"我这人比较唯物。"

我看着雷大锤的面色变化，赶忙补充："不过现在很多事科学没法解释。你说说看遇上什么了，我再说我信不信，怎么样？"

雷大锤点点头，开始讲述他在秦岭里亲身经历的事。

4 大熊猫成精了？

"那天我是和女朋友，以及她闺密安然，三个人一起上的山。本来我也没打算带她俩，因为知道她们平时不爱玩这些，但架不住女朋友一直和我闹。结果才走到第二个休息点，刚刚过了涧，我对象就走不动了，和我闹着要下山。

"我看时间还早，估摸着你们要到达目的地再返回，怎么也还得六个小时。这下山了也没什么事干，就劝她说咱们慢慢散步吧，不想走了就在山涧这儿玩，晚一点儿再下去，不然待在车上干等别人也挺无聊的。我对象和安然商量了一下，也同意了。

"于是我就给队伍收尾的副领队说我们先慢慢下山休息，去车上等大伙。打过招呼后我们三人慢慢往山下走，一路玩一路走，走得也不快。等走到梢林子那儿的时候，我们突然听到路旁林子里传出咔嚓咔嚓的古怪声音。

"大家被那声音吓了一跳。你也知道，那地方两边的梢林有一人多高，林子又细又密，也看不清里边有什么。那个声音听着怪怪的，像是有人在咀嚼什么东西一样。

"我当时心里蛮慌的，拉着我对象就走，想赶紧穿过那林子。结果她闺密安然好死不死地，钻进梢林里看了看。我俩突然听到了一声刺耳的尖叫，回头望去，看到安然一手捂着嘴，一手指向梢林深处，冲我们一个劲儿喊：'快看快看！'

"我俩也下意识顺着她的指引看向了梢林里，当时也没看清，就感觉隐隐约约有一团黑白色的影子在林子里蠕动。我也不知道怎么就鬼使神差地往林里走了几步，然后就看到了此生最难忘，也最古怪的事儿。"

听他讲到这里，我下意识坐直了身子，追问道："看到什么了？妖怪还是鬼？"

雷大锤摇摇头，叹口气道："看到了大熊猫。"

"也不知道被吓丢了魂儿还是怎么着，我从山上下来后，那个林子里发生的事儿一点儿都记不清了。最近这两个月开始慢慢回忆起来，我记得清楚，当时看到的那团黑白影子，是一只大熊猫带着一只熊猫崽在吃东西。那大的还跷着腿呢！"

"所以你是想买刀去残害国宝吗？"我玩笑道，"你觉得这故事说出来不可笑吗？"

"你别着急嘛，"雷大锤咳咳几声，继续说，"我这正篇还没开始呢。你仔细想啊，要不是遇上熊猫了，我们再没常识也不敢在深山里偏离路线随便乱走啊！"

我心中颇为不屑，别说那梢林附近靠近人类活动区域，就是再往秦岭深处走十公里也不一定能遇上野生动物，还大熊猫？

我连忙摆摆手道："行吧行吧，你继续，我保证不再打断。就当是你遇上了大熊猫。长话短说啊，我很忙的。"

雷大锤继续讲述：

"我们三个长这么大也没有见过野生大熊猫，这搁谁不想靠近点儿看呢？于是三人就都莫名其妙钻了梢林子里。老话说梢林子里出怪事，这回我真是不能不信了。

"我拉着对象的手钻进林子，本想靠近点儿看看那两只大熊猫。可还没走几步，就听到不远处传来一阵尖叫声，奇怪的是，那个尖叫声分明就是我对象的声音。我好奇地回头望向她，她也一脸茫然地望向我。

"我听到那尖叫声在喊'安然安然'，可没几下那个声音就戛然而止。紧接着传来一个男人说话的声音，那说话声……和我的声音……一模一样。当时我脑子里冒出一个古怪的想法，是不是在这林子里，还有个一模一样的我俩正在说话。

"我壮起胆子循着声音远远看过去，远处还真有两个人影！

"同时我发现那两只大熊猫不见了。

"大熊猫成精了？我一下慌了神，赶紧说'咱们退出去'，结果往回走了几步，忽然发现本来还在身后的小路，好像消失不见了。无论我怎么找，朝哪个方向去找，都再也看不到那条路了，就好像梢林里从来就没有过那条小路一样。

"找不到路，我第一想法就是我们肯定在林子里迷失方向了。生怕越走离开路越远，所以也不敢再乱跑，只能想法子离那个声音来源远一些。但我对象突然扯扯我胳膊冲我问：'安然呢？'

"对啊！这时我才想起，明明安然也和我们一起进了林子，她本来距离我俩也只有三四米的距离，她是什么时候从我们的视线里消失的？

"远处忽然传来阵阵女人的哭声，哭得我背上冒起一阵冷汗。这声音听着分明是我对象在哭啊？可是她就在我眼前啊！难道我们真的撞上成精的国宝啦？

"我当时整个人都蒙了，不知为什么我对象也忽然尖叫出声，吓得我赶紧捂住她的嘴，万一被林子远处那两个'我们'给听到，会发生什么诡异的事，我根本不敢想。

"可我对象着急之下还是喊了出来：'安然！安然！'我赶忙上去捂实了她的嘴。

"与此同时，我扭头看到了安然正朝我们走来，心底不由舒口气，赶忙说：'猫着腰，小声点儿过来！'

"安然看到我俩的古怪情形，赶忙猫着腰跑过来问我：'怎么回事？'

"我刚准备解释，突然发现有什么不对劲。

"等等！进林子的时候安然分明是在我左手边，她为什么会从我右手边的林子钻过来？

"我很确定钻进林子时我们都是面朝大熊猫的方向，找不到归路后，为了避免彻底迷失方向，我更是将方向调回了走进梢林前的位置。她怎么可能绕到另一边过来？

"一个古怪的念头在我脑子里浮起。既然林子里能出现假的我和我对象，难道就不会出现假安然吗？

"想到这儿我汗毛一乍，看着眼前一脸疑惑的安然，感觉愈发恐怖了起来。

"安然笑着问我俩：'你们俩这是怎么了？没事吧？'

"我对象看到安然安全无恙，完全忽视了我的警示，上前抱着安然哇的一声哭了起来。安然轻轻拍着她的肩安慰她，一边还在责怪我怎么没看好她。

"我又惊又怕，一时间也不知道说什么好。

"我对象就在一旁哭哭啼啼解释着：'我们在林子里迷路了……回不去了。大熊猫也没看见……但有和我们……声音一样的人在林子里……咱们……'

"她乱七八糟地解释一通，安然没怎么听明白，好奇地望向我。我叹了口气刚准备解释，林子深处又传来了一个女子尖厉的声音："你是谁？"

"安然的表情逐渐凝固，显然那个声音她也听到了，那是她的声音。她猛地站起来，揪住我问："那里面是什么东西？"

"此时林子里又传来一阵嚓嚓的声音，'我'的声音继续传来："蛇……刀……"

"那个声音明明是我的，却让人感觉毛骨悚然。

"安然听到这个声音，猛地双手用力推开我后退几步，大声质问："你是谁？"

"那一瞬间我的意识仿佛被抽离了，我感觉自己在上升，飞出梢林，可我低头看去还能看到我们三个的身影。不过也就在这时，我感觉自己飞得高了视野逐渐开阔，然后看到一个人影手里拿着把刀。鬼使神差的我想起了林子里另一个我说的话，于是我也说了句'蛇……刀……'

"然后就是一阵剧烈地眩晕。等我再次睁开眼，就看到天已经黑了，我们也没在林子里。那就是咱们第一次见面的时候嘛。"

5 冲撞了山神宴

"讲完啦？"我小心问道。

雷大锤点点头："讲完了。当时我脑子里一片模糊，林子里发生了什么一点儿印象也没有，只记得自己是在林子里休息了几分钟，怎么出来就天黑了？这两个月不知怎么又一点点记起来了。我还问过我对象和安然，她们还是一点儿林子里的记忆都没有。"

我问："所以你是因为想起了在林子里看到的那把刀，才想拿来辟邪？"

雷大锤点点头："最近我实在睡不踏实，去找观里的大师算了一下。大师听完我的故事后，说我那是冲撞了山神宴，一魂一魄被扣押了，这刀凶煞气重能镇邪避鬼才给救了回来，然后就指点我来找你买这刀。"

我挑挑眉，好奇问："大师的咨询费贵不？"

雷大锤想了想道："这种钱不能称为咨询费你懂不？嗯……这么说吧，差不多我卖两天凉皮的钱。话说你这重点不对吧？我专门找你就是想收那把刀，你看怎么样？"

那也不多啊！这大师能靠谱吗？我上下打量了一番雷大锤，啧啧叹道："你这经历堪比盗墓小说了啊！真的很难让人相信。"

雷大锤苦笑一下，说："兄弟，我知道你在想什么，我一开始也觉得是那什么创伤后应激障碍，迷路的事加上做梦，把这事加工得花里胡哨。可真的太真实了，我记起了所有细节，而且确信那些是我亲身经历过的。我一卖凉皮肉夹馍的，又不是写小说的，平时也不看什么盗墓探宝小说，哪儿来这么多创意让我在梦里加工啊？"

我揉揉太阳穴，道："主要是你这故事确实太匪夷所思了，看见大熊猫、遇到说话声一模一样的人什么的。"

他沉默片刻，忽然说："我有个想法，当时我们在林子里遇到的那个声音……好像就是未来几分钟后的我们。"

我重新回忆了一下他的讲述，随即恍然大悟。

从雷大锤他们三人走进林子，无论是一开始听到的他对象的叫声，后来安然的说话声，还是自己的说话声，都和几分钟后自己说的话一模一样。如果不是未来的自己，怎么可能说话的内容、语气、语态都被预先知道？难道林子不远处，真有他们三人的二重身在？

我忍不住头大，说："这都什么五维空间、时间穿越、无限宇宙的科幻还是玄幻故事啊？！"

雷大锤继续追问："你信吗？"

我挠挠头，看他神态不似作伪，而且也没必要为了买把锈刀特意编这么玄乎的故事吧？

"说实话感觉不太真实，但是想想也不是没可能。我曾经在一本书上看到过，有一种磁石可以保留独特的声音记录。说不定是这原因呢？"我从手边拎起一个盒子，慢慢打开包装——因为毕竟是把柴刀，地铁也进不去，所以我只能包装起来坐公交，才把刀带到了公司。

雷大锤反驳道："录音机原理我懂，可谁家的磁石能留存播放未来的声音？而且我还看到了人影！那二重身就是几分钟后的我们自己。算了，咱先不纠结这个，反正你把刀卖给我，我以后踏踏实实睡好觉，也不用再进秦岭了。以后踏踏实实做生意、吃吃喝喝，不香吗？"

我一边打开包装，露出锈刀的刀身，一边说着："反正啊，现在科学解释不了的玄学。那都是因为咱们没掌握里面的科学道理，你也别成天自己吓自己的。来来来，你看看这刀，你确定它对你有用吗？"

雷大锤坐直了身子，双手轻轻捧起锈刀，左看右看也看不出什么特别之处，无奈放下锈刀，叹口气说："看不出来，不过我还是信大师的。你把这刀卖给我就得了，我回头再请大师到家里看看摆哪个位置好使。"

我连忙摇头道："我还没说要卖给你呢！你这，讲故事可以，买刀不行。"

雷大锤急了："不卖？那你说这半天废话干啥？一把破刀……"

我连忙截话道："这不是光你开价了，我还没出价呢，买卖不都这样吗？你看搞古董倒卖的，哪有第一次见面就成交的？"

雷大锤松口气，重坐回位置，道："那你开价吧。讲道理我觉得我的价格挺不错了。"

我笑道："我现在还不会开价，得容我想想，问问专家。"

雷大锤眉毛一挑，就要发火。

我忙说："本来我觉得这么一把破锈刀，你这个价格很高了。

但是听了你的故事，假如我信了，那我现在有充分理由怀疑这把刀是个古董物件儿，那可能就是另外一个价格了。"

雷大锤回道："你快拉倒吧。你是历史没学好还是化学没学好？铁埋在地下腐化很快的，留下来的值钱古董那都是铜的。"

我一时语塞，只得硬着头皮还嘴："那也总得鉴定一下我才好放心嘛。"

雷大锤挠挠头，只得点头，道："行吧，但话说在前头，你可别狮子大开口，贵过了那大师的物件儿咱们也就一拍两散。我转头就去找大师买其他的辟邪宝贝。"

我点点头，忙说放心放心。

其实雷大锤讲的那故事我根本没信。深山荒漠遇险逃出后，精神失常脑补出一些记忆的人也不是没有先例。我记得曾经在一本书上看到过，有个探险家在雨林里遇难，死里逃生后说自己进入了一个失落的文明世界如何如何，但是最终科研人员也没找到任何相关证据。

但是我又感觉这把刀似乎还真不是普普通通的柴刀，觉得找那些卖古董的帮忙看看更保险。明明博物馆里那么多古代铁器不也保留下来了吗？我这就不能是古董刀吗？

和雷大锤聊完后，我们又相互留了电话号码，这才告别。

我继续回办公室上班，一边想着得等到周末了，提着这刀去长安的古玩市场转转，看看有没有能慧眼识珠的。

雷大锤能转头去买大师的辟邪物件儿，我要是遇上了能开高价的，也可以转头卖给其他人啊！

6 你也是太平人？

周末一大早，我就去了书院门的古玩市场，结果逛了一大圈，问了好几家古玩店都一无所获。热情点的老板会帮忙看看这刀，说什么凶器不好卖，没什么人收的；冷漠点的就直接懒得理我，搞得我很丧气。

正当我一筹莫展的时候，突然脑袋一歪想到了我哥。

我哥名叫刘八斗，本来是做网剧编剧的，自己也喜欢成天鼓捣一些奇奇怪怪的小玩意儿，今年编剧做不下去了，就换了个给人打杂跑腿的工作。据说老板是个研究古代神秘文化的人，成天搞一些古代文化研究啥的，我就琢磨着这应该算是行家吧？

抱着试试看的心态，我打给了我哥。

"喂？"听起来他似乎正在忙什么，周围声音嘈杂。

"哎，是我。"我连忙说，"我前两个月上山玩捡了个刀，好像是个古董。你现在的老板不是懂这个吗？能帮忙看看不？有人要买我好估个价。"

"我老板？哦，马龙啊！他现在不在长安，出差了。不过他也就是研究研究神秘文化什么的，古董也不太懂啊。"

我回道："这玩意儿就很神秘文化啊！"

我哥的声音传来："那行，那你不忙了要不来找我吧？咱一起吃个饭。我这会儿在延吉门呢，今晚要逛下这儿的鬼市。"

"这大冷天的你去那儿干吗？哎，行吧，我这会儿过去。"

挂了电话，我转了地铁朝延吉门走去。

长安城里古老的城墙下除了各种酒吧餐馆外，其实还是留下了很多老东西，城墙下的鬼市就是其中之一。

说是鬼市，其实也就是一些老人家里藏的老旧书籍、物件什么的，拿出来摆摆夜摊。当然也有一些倒腾假古董、老物件的。这几年因为城市夜经济渐渐繁荣，鬼市渐渐挪到了城墙脚下那些不怎么引人注目的小公园里。

公园里灯光昏暗，我在一个老头的摊位前看到了我哥。他正蹲着和那老头不知道在聊什么。我看到那老头摊位上摆了几幅书法，奇妙的是上边蹲着一只黄羽红喙的小雀儿在蹦蹦跳跳。

看到我走近，老头急忙操着关中腔吆喝："哎，黄雀测字定吉凶，小伙子要不要试一试啊？价格很便宜的。"

我哥挥手打断他："行了，别吆喝了，这是我弟。"那长胡子老头摆摆手不说话了。

我冲摆摊的老头笑笑，客气道："您这雀儿驯得好，这人来人往的，它也不飞也不跑。"

摆摊老头得意道："那可不，我这是自小养起来的，灵性得很！你看着啊。"

说着老头手伸向纸上的黄雀，喊："桃子！桃子！来给这娃秀一把！"

那黄雀仿佛真听懂了似的，蹦蹦跳跳地跳到一个字上，然后不住地啄那个字。我歪头一看，说："啄了个'赊'字。"

我哥摸着下巴，哈哈一笑："这雀儿有点儿意思啊。嗯，不交钱而贾谓之赊，这我感觉你能赚。"

我哈哈笑着："可以可以。我就喜欢不劳而获拿了不还。"

摆摊老头哎的一声，摆摆手："年轻人可不敢胡说。"

"行了，咱去吃饭吧！"我哥冲老人打了声招呼，拍了拍膝盖站起身来说，"咱一边吃一边说。"

我点点头，和老人道别后连忙跟上。

让我没想到的是，等我讲述完我在秦岭里的遭遇和雷大锤讲给我的故事后，我哥居然满脸沉思，看起来是真信了雷大锤那个玄之又玄的故事。

"看你这表情，这把刀还真是古董了？"我好奇地问道。

我哥咂摸了口酒，点点头又摇摇头，说："倒是有一定可能，但是值不值钱不好说。以前听我老板说过，有些利器因为长久沾染血煞一类的东西，时间久了大家就相信这类器具可以破障驱邪。你这把刀是有点儿古怪。可惜我老板最近不在西安。这样，我给你推个人，她祖上是个刀匠，你不忙时去找她打听打听，能大概给你这刀估个价。"

说着，他给我推了个微信名片。我一看，咦？看头像居然还是个美女？

我连忙发出好友申请，嘴上问着："怎么你就不管了？好歹是你亲弟弟赚生活费的大事。"

我哥笑笑，说："我最近也忙啊，不然大冷天的我跑鬼市来干吗？你向我推你的这个人问就是了。"

叮的一声，微信好友申请通过了。

我连忙客气道："您好！我是刘八斗推荐的，听说您祖上是刀匠……"

我字还没打完，对方秒回了个："国产经典品牌全新上架，抖音爆款鼻祖，现价198元，抢购时尚厨房刀具套餐，限量20套，要的赶紧私我。"

我举起手机给我哥看，苦笑道："你这推的明明是个微商。"

我哥涮了块肉塞进嘴里，含糊不清地说："现在生意难做嘛，这两年钱难挣得很。"

"那倒也是。"我点点头，心想不然我也不会大冬天的，为了千把块到处跑给这破刀估什么价了。

我回复微信："您好，我不买刀，是我手上有把古董刀。听说您懂这个，想让您这儿帮忙看看。"

过了很久，对方才回复消息："古董刀？什么样子的。"

我回："就是看起来像古装剧里的那种柴刀，但有点儿邪性。您要方便的话我可以带着东西去找您，咱们面谈。"

又过了很久，对方回："邪性？你也是太平人？"

什么？我回了一个"小恐龙疑问"的表情。

对方回道："哦，没什么，既然是八斗介绍的，那你方便的话明天带着东西来店里，我给你看看。先说好，废铁就算了，真是好东西我们会收，但你要是不卖的话我们会收基础咨询费。"

我回了个"OK"表示没问题，真要是好东西，我巴不得你们收呢！雷大锤一卖凉皮的才能出多少钱啊？

过了一会儿，就看到对方发了个定位过来。我一看，咦？怎么还是在老电影厂？

7 赊刀人，质押刀

长安老电影厂是这座城市曾经的辉煌，无数留名影史的导演和作品从这里走出。这里也曾一度是多少电影爱好者的圣地，可惜后来因为一些原因逐渐没落。倒是最近几年当作旅游景点重新开发，规划改造出很多供人参观的影棚和展馆，老电影厂也慢慢变成了一个电影主题的网红旅游景点。

趁着今天下班早，我直接顺着定位来到老电影厂。在一间悬挂着"电影道具复原"的工作室里，我见到了李星雨，也就是我哥给我介绍的刀匠。

一进门，就听到里边传来一阵叫喊声："感谢老铁们！看看这把刀设计得多舒适多居家，这刃开得多锋利，送朋友送家人或者自己用都是不能错过的宝贝！……喜欢的亲现在下单，还能获得星雨为您准备的独家纪念礼……"

我恍然大悟：原来在直播带货啊？话说卖菜刀也需要直播？转念又想起我哥说的话："钱难赚嘛。"

同工作室的另一个年轻女孩儿花小薇给我倒了杯茶，略微有些歉疚地说道："不好意思啊，星雨正在直播呢，可能需要稍微等一会儿。"

我连忙点头："应该的应该的，是我打扰你们了。"

花小薇陪着我坐下，闲聊起来："你来找我们星雨是来谈直播合作还是想定制什么刀？"

我赶忙拿出那把柴刀放在桌上，客客气气道明来意："之前偶然情况下得到一把刀，想麻烦李老师掌掌眼。"

花小薇一咧嘴，似乎觉得这个"李老师"的称呼很好笑。不过我注意到她的目光落在那把柴刀上时，突然就止住了笑。

我忙问："这……怎么了？"花小薇的眼神让我有些慌。

花小薇径直站起，喊道："星雨，快出来星雨！"

"怎么啦？我这儿直播呢。"里侧传来李星雨不满的声音。

花小薇一边往直播间里走一边焦急喊道："哎呀，什么时候了还直播？你快来看看这东西！"

被花小薇硬拉出直播间的李星雨不满地叫嚷着："哎呀，你干吗呀？我还在直播呢，今天销量很好啊，你别捣乱呀！粉丝们还看着呢！"

花小薇一边抱怨着："就那几十个粉丝你能卖几件？赶紧来看看这个。"一边把李星雨推到了我面前。

一头紫发身段俏丽的李星雨，手里正拿着两把菜刀样品，就这么被推了过来。

"您好！"我站起身，"之前微信约的，想让您帮忙看看刀。"

"哦哦，是你啊，"李星雨露出恍然大悟的神色，急忙说道，"不好意思啊，最近工作忙，忘记了，让你久等了。"

她说着有些不好意思似的抓了抓头发，紫色发丝下露出乌黑的长发。我这才发觉她一头紫发是为直播准备的假发。

简单客套几句后，花小薇不住催促李星雨快点儿看看刀，我也就顺水推舟，再次把刀往她身前轻轻推了推，说："微信上说的就是这把刀，您看看。"

和刚刚花小薇看到那把刀时一样，李星雨整个人怔了怔，继而拿起刀端详了很久很久。就在我忍不住要出声的时候，她忽然抬头看着我一字一顿问道："这把刀你从哪里弄来的？"

不知道为什么，我被她看得心里毛毛的，连忙解释是在秦岭山里偶然捡到的。

她和一旁的花小薇对视一眼，继而转头盯着我，冷笑一声，道："捡的？随便一捡就能找上我家的门来？"她坐直了身子，声音也陡然提高了几分，"长安太平人，乱世赊刀匠，你怎么会有我们赊刀匠的佩刀？你是太平人？"

这都是什么乱七八糟的？我连忙解释前因后果："我确实是咱老长安人，但是其他的什么人我可不认识啊！这刀我真是山里捡的。"说着又急急把在秦岭发生的事情说了一遍。又怕他们误会，连带着把雷大锤买刀的事情也一并讲了个干净。

讲完后，我抬头看对面两人。李星雨仍旧一脸冷笑，道："这么荒谬的故事，你觉得我信吗？"

"我……"我一时语塞，挠挠头说，"这事情也确实是有点儿玄乎啊。"

"星雨你别逗他了，"花小薇咧咧嘴笑道，"你说的我们信，这刀的来历我们也知道。"

李星雨噗的一声突然哈哈笑起来，叹口气道："今天真是个好日子啊！没想到能亲眼见到老祖宗笔记里记载的物件。"

"啊？"我连忙追问，"是古董不？能卖个好价钱吗？"

"不算什么古董！拿出去五百块也没人要！"李星雨毫不留情地断了我的念想。

我一愣，那我这折腾大半天干啥啊？

"不过……你算找对人了！"李星雨扬了扬眉毛，眉眼间忽然多了许多俏丽的英气，"你知道赊刀人吗？"

我一边点头"嗯嗯，知道知道"地应和着，一边低头连忙打开了百科，照着念了起来："赊刀人，相传是古代鬼谷子门生，能预测兴亡，每次世道变迁前出现，给予后人……"

"嗨！不是那回事。"李星雨解释道，"赊刀还义，欠债还命。赊刀术原本是一门借吉还凶的奇门手法，以赊刀人自己心血炼制宝刀赊给他人，以此借来他人的福运、命数或者寿命等东西。但因为本身手法太过阴损，被借走的人往往福寿折损下场惨淡。后来经我们这脉祖师爷改良术法，用刀本身的凶煞之气守护被借走福运的人，就是所谓借吉相，还凶刀。赊刀人赊给你的刀，如果你拿了，就是默认把自己身上的某样东西借给了他。这把刀就算是抵押给你，以凶破凶防灾挡难。当然，因为赊刀人炼制的刀本身具有各种奇特能力，也确实能祛煞破障，所以也有人自愿借出自己的运道福气或者缘分，来换一把赊刀匠手里的刀。你手里的这把刀，就是出自赊刀匠之手的刀，也叫质押刀。"

"这……"突然如玄幻小说一样的展开让我的思维有些跟不上，沉吟片刻我还是忍不住问道，"我倒是听过老一辈说借运气福气什么的，不过这也太玄乎了吧？"

"利用赊刀匠手里的刀，无论是财运、福运、缘分什么的，都可以借。当然也必须遵守规则把刀赊给别人，否则会被反噬，这是我们这一脉的祖训。"李星雨说道，"这些都是我们老祖宗们留下的说法。不过真正有异能的质押刀也没几把流传下来，所以也没人验证就是了。"

"所以，"花小薇补充道，"你手上这把刀，是我们第一次见到的真正出自老一辈赊刀匠的质押刀。估计是哪位前辈在深山出现意外，刀才遗落在了山里。也正是这把刀有破障驱邪的奇异能力，那个什么大锤才会突然醒来，被你带出林子。"

这……有点儿太玄乎了啊……我挠挠头说："所以这刀还真是宝贝啊？"

"五千！"李星雨伸出纤细的右手，高高举起五根手指，"这刀搁一般人那儿就是块有百来年历史的废铁，三五百块撑死了，但对我们来说意义非凡。五千块我们要了，怎么样？"

"等等，"我连忙打断她们的话，"突然说这么玄乎的事，我需要冷静冷静、考虑考虑。"

"嗨。"李星雨不以为然道，"这世上你不了解的事都可以算玄乎，这有啥好冷静的。亏你还是八斗介绍来的，太平人那遇上的奇诡事情才多了去了。"

我顿感一个头两个大："啥玩意儿？太平人又是什么鬼？我哥就是个写故事的编剧啊。"

李星雨摆摆手，说："没什么，你回头自己问他，咱们先聊咱们的生意。我这儿的价格比你那个叫雷大锤的朋友可高多了。"

我沉吟许久，还是迟迟下不了决心，一旁的花小薇解围道："要不然你先把刀带回去考虑考虑，也不急在这一时。等你想卖了，随时来我们工作室找我俩就行。"

听了一堆稀奇古怪事情的我，感觉自己脑壳有些痛，想了想觉得眼下先拖着倒也是个办法，于是我点点头同意了。

花小薇很自然地把话题引到闲聊上去。从聊天中我才知道，这工作室原来是她们俩合伙开的，本来是给一些相熟的电影剧组定做武器类道具，后来年景不好，就开始搞什么直播卖刀了。

参观完工作室，在我要告辞时，李星雨突然叫住了我："刀卖不卖先不说，我们这儿还有个生意，不知道你有兴趣没？"

我看到花小薇和李星雨对视一眼，继而一起说道："陪我们再走一趟秦岭吧，我们要去看看你捡到刀的地方，找找看还有没有其他什么关于祖辈赊刀人的线索。"

"不去！太累了，那次的事儿也让我有些……"我果断拒绝。

"三千酬劳，装备干粮我们准备，你负责带路就行。"

"啊？那我去。"

"哈哈，你这价格也太好聊了。成！时间定好后通知你，挑个周末去咱也不耽误你上班。"李星雨干脆道。

我点点头："没问题！就这么说定了！"

8 再入秦岭

见过李星雨和花小薇的当天晚上，雷大锤就着急问我给刀估价的事情怎么样了。

我在微信上一五一十地给他讲了找人估价的过程，并特别强调了那边的买家可是要掏五千块买这把刀。雷大锤连忙叫苦。

我回道："不过我还没答应卖呢。你要是想加价就趁现在，等我从秦岭回来，知道了更多秘密，指不定这把刀得值多少钱！"

雷大锤忙问我："去秦岭？"

我回："还不是为了彻底治好你这心理疾病，我们准备再次深入秦岭，探险迷窟。"

不一会儿，雷大锤发来一条语音："兄弟你真的假的啊？认真的？快给我讲讲怎么回事。这刀我加价其实也真不是啥问题，不过我也得听听看这到底是咋回事，我想知道我在秦岭遇上的那些到底是不是真的。"

我想了想，回道："是不是真的我不敢说，但确实有一些缘由。我这次找人估价恰巧遇上了懂行的高人，她们要去看看我捡到这把刀的地方有什么其他线索没。"

手机安静了许久，雷大锤才回道："我也一起去！"

紧接着他发了一长段文字："我长这么大没遇过这种事，这次的事闹得我成天心慌慌的，大师都找了好几个。你这不正好请到了高人，我琢磨着也一起去吧。我总感觉等我闹明白那些到底是咋回事后，才能踏踏实实放下那段经历。至于那把刀，无论到时候我买不买，多少钱买，咱们以后都是朋友了。"

我想了想，把我和雷大锤的这段聊天记录截图发给了李星雨。不过片刻，李星雨就回了个"OK"的表情。我刚想表示感谢，手机一响看到她又发过来一句："不过他可没有费用和装备啊，得他自己负责。"

这是当然的嘛。

三天后的周六，天还没亮，雷大锤就开车来接我。我们一起出发前往约定好的登山会合点。

他看我两手空空，忍不住问："你就这样进山？逗我呢吧？"

我哈哈笑说："我和你不一样，我这次是副业，咳咳，有工资有装备的人。"

"嗤，"雷大锤哼道，"你说你这'社畜'，就剩下这点儿休闲爱好还成了赚钱的工具。惨不惨？你说惨不惨？"

一时之间我居然无言以对。

车从长安南出城，一路朝着秦岭深处进发。我们放着音乐一路闲聊，开了一个多小时，终于到达约定会合的高速服务站。

李星雨和花小薇比我们早到一会儿，两人都是一身冲锋衣，头戴登山帽，身旁各放着一个大登山包。我们停好车，拿好东西便向两人走去。

看到我俩走近，李星雨抓起地上的一个登山包，说着"这是你的"就扔了过来。我伸手接住，打开一看，有登山服、雪爪、电池、照明灯以及一堆干粮和工具。准备得很齐全嘛！不愧是什么神秘组织赊刀人的后人。专业！

"你好，我是雷明，喊我雷大锤就行。"雷大锤面带苦笑地自我介绍，"夸张点儿说我就是这次事情的苦主，这不就想跟着高人一起再进去看看，把上次遇上的怪事给弄弄明白。"

"你好，我叫李星雨，她叫花小薇。我们可不算什么高人，就是祖上和这把刀有点关联，想去调查调查。多关照哈。"

花小薇点点头："多多关照。"

三人相互打过招呼，算是认识了。

按照之前计划，我们把车停在服务区，然后从后面的一条小径进山，再转道进入我们上次登山的路线，尽可能快地到达之前我捡到柴刀的地方，最后赶在天黑透之前返回服务区。

我们四人背好行李，开始进山。此时天虽然亮了，但太阳还没出来，云雾湿重，山路泥泞。转入既定登山路线后，我们沿着山涧旁的小路逆流往上，没过多久就到达了那片被雷大锤视为"诡异"的小树林。

一人多高的梢林密密麻麻、安安静静地生长着，把梢林劈开的小道蜿蜒着向深山而去。

李星雨放下背包，长舒一口气，扭头问道："这就是你们之前遇上事的那片小树林？"

雷大锤盯着林子点点头，看起来面色有些苍白。

花小薇左右看看，走上前来说："这地方差不多也还在山脚下，属于秦岭的外山区域。这里怎么想也不可能遇上大熊猫吧？"

李星雨点头说着："不过这种林子确实很容易迷路。地形这么复杂，往深处走个十几米还真不一定能再走回来。"

雷大锤挠挠头说："我现在已经不知道自己当时遇到的到底是不是真的了。你说这也怪，我进出都是小心翼翼走直线……"

李星雨瞥了他一眼，说："你难道不知道在参考系混乱的情况下，人很容易偏离自己的行走路线？尤其在这种地形复杂的地方。你以为自己在走直线，可能早就绕了一个大弯。"

我冲三人摆摆手说："算了，咱们这回就是路过，别好奇这个了。还是稍微休息下早点儿……"

"不行。"雷大锤面露难色，半晌才说，"这……我还得进一趟这林子。"

李星雨和花小薇转头看向我，眼神询问我到底怎么回事。

我也不知道啊！我挠挠头，直接转头问雷大锤："你之前也没给我说这茬啊，怎么又要进去了？咱们大老远跑来不是奔着冒什么险去的啊！"

"这个……"雷大锤吞吞吐吐，"高人说的……"

李星雨挑挑眉："高人？"

我补充道："就是大师。他回来后老睡不好，就找了一堆什么道长、大师的看病。"

雷大锤急忙解释道："这回这个是真高人真大师！我一直没给你说就是知道你不太信这个。万一我实话实说了，你可能就不让我一起来了。其实你找我买刀之前，大师就提到过一个解厄的法子，但是这法子必须得我自己再来一趟这儿。可我自己一个人又不敢进山，找人一起吧又怕着了什么古怪的道。这不才想着去找你买刀嘛！"

我挠挠头，看看李星雨又看看花小薇，说："那这……你来之前没和我说，这不属于咱们约定范畴的事儿啊！何况刀我也没说一定不卖给你啊。"

雷大锤嘿嘿一笑，有些不好意思地说："大师加宝刀，双重保险，双重保险。"

花小薇眉头微蹙，问雷大锤："什么法子？是需要我们在这儿等你，还是要大家一起进一趟这片林子？"

"不费事不费事。"雷大锤一边说着一边从包里翻出来几根断树枝，"大师说，只需要把这些桂枝放之前出事的那块儿就行了。我自己进去，这一来一回也就十来分钟的事儿，你们在这儿等着我就行。当然……"

顿了顿，他继续说："能帮我最好，我雷大锤也是讲信用的。出来后我陪你们一起上山，有个体力活儿啥的我肯定尽心尽力义不容辞。"

花小薇看了眼李星雨，看到对方的眼神，转头冲雷大锤微微摇了摇头，说："抱歉，我们最多可以在这里等你。"

我看到雷大锤满脸失望，不过嘴上仍旧客气着："没事没事。是我隐瞒有错在先，耽误你们的事了。那你们在这儿等我就行，十分钟我估计就回来了。"

看着雷大锤放下背包开始准备进林子，我想了想，走上前对李星雨说："咱们一起进山了好歹得相互照应，这事也是我没了解清楚给你们造成困扰了。这样吧，我陪他一起进去，做完事后立刻退出来找你们。这会儿还早，我们时间还比较充裕。"

李星雨和花小薇对视一眼，点点头同意了我的建议。

雷大锤听到我的话，立刻高兴了起来，高声喊道："兄弟！以后你就是我兄弟了！下山后咱肉夹馍凉皮管够！"

"去去去！"我回头嫌弃说道，"你该感谢两位金主姐姐。"

"对对对！"雷大锤满脸笑意，"感谢感谢，两位美女以后来我店里也是凉皮肉夹馍管够！"

李星雨礼貌一笑，说："那你们抓紧吧，到山上了还不知道需要多久时间呢！"

说着，我们把登山包卸下堆放在一处，李星雨和花小薇原地留守休息。

我和雷大锤带好随身物品，走入了林间小道。我们凭着印象往他之前拐入林子的位置走去。

看着雷大锤手里紧紧捏着几根桂树枝，我叹了口气，忍不住抱怨："你说你也不提前和我说，又不是不能商量，你搞这一出，差点儿让咱们直接扭头下山了。"

雷大锤笑笑，叹道："兄弟，我有我的难处啊。大师说了要保密，要一直到目的地了才能说，不然我能瞒着你吗？"

"行了行了，反正早早搞定你这玄学的事，咱们尽快出来。"我摆摆手，"也不知道你这找的什么大师，钱都给了还这么能折腾，这能是靠谱大师吗？"

"嘿！兄弟。"雷大锤一笑说，"这你可别说，这大师是我见过最厉害的，具体我不方便透露，但是真的绝！我也是让业内朋友介绍才有幸认识大师的。等回去有机会了，我带你去白云小筑见见这个大师，让大师帮你看看，不管运气、事业、风水什么的都行。费用你不用担心，我请！你这太唯物主义了。我跟你说，咱长安这地方啊……"

听着雷大锤絮絮叨叨在说着那个大师有多厉害，我忽然意识到他是有些紧张了。想到上次我在这条小路上一边咒骂一边狂奔的情景，我的心里也不知怎么开始有些发毛。

我忍不住扭头，看到我们后方阳光渐渐出来，李星雨和花小薇正坐在石头上聊着什么。我冲她们大声喊了一句："喂！我们准备进去啦！"

两人转头朝我们看来。我看到李星雨冲我们笑了笑，也大声开玩笑道："去吧！万一有事了就喊救命！"

雷大锤很没出息地跟着喊了句："好嘞！那您可记着来救我们啊！"

说完，雷大锤领着我从路边的一侧小树林猫腰钻了进去。

9　林子里有另一个她

我跟在雷大锤的身后一边不断深入林子，一边在心里默默数着步子。

幸好这会儿天色大亮视线良好，大大降低了前行的难度，也不用太过担心迷路的问题。

雷大锤在前边嘀嘀咕咕说着什么，好像在念什么口诀一样。走了没几步，我忍不住问前边领路的雷大锤："怎么，还没到吗？"

雷大锤头也不回地摆摆手，道："快了快了。"

我忍不住心底打起鼓来，这种林子越往深处走越容易迷路，我可不想遇上什么古怪事儿。刚想提高音量再次问他什么时候到，走在前边的雷大锤突然停步不前。我想着应该是到了，于是忙走上前说："赶紧把那树枝往地上一扔，咱们撤！"

话音刚落，我突然感觉似乎有什么不对劲，感觉雷大锤的身体在微微颤动，乍一看好像在哭，又好像是看到了什么震惊至极的事。

"雷大锤？"我压下心里毛毛的感觉，试探出声，"怎么了？"

雷大锤的声音里充满了我没听过的陌生和恐惧："是安然。我看到……看到安然了……她怎么会在这里？还穿着上次登山时候的衣服。"

我一下没反应过来，问："谁？"

"安然啊！"雷大锤忽然回过身来看向我，面上惨无血色苍白至极。我被吓了一跳，刚想说话，只见他伸手指着林间深处，用干巴巴有些发涩的声音对我说："她明明和我们一起下山了才对啊，怎么会还在这里？难道她没跟我们一起下山？这两个月一直待在山里……"

我头皮发麻，忍不住扭头朝雷大锤手指的方向看去，可是那里除了密密麻麻的林子，空空如也。

"不行，安然不能在这里，安然不应该在这里。我们带回去的那个安然是谁？我要把安然带出去，要把人带出去。"雷大锤突然仿佛魔怔了一般，开始不停念念有词。

在我还没反应过来之前，他突然浑身一激灵，大喊了一声"安然"，猛地冲了过去。

"回来！"猝不及防间我伸手一抓，却没拦住前冲的雷大锤，眼睁着他朝着林子深处跑去，脑子一热也赶忙追了上去。

雷大锤在前边踉踉跄跄奔跑着，我在后边勉强追着，一边不住喊他的名字。两侧树枝和杂草刮得我手脸生疼，他的速度却丝毫不见减慢，反而把我带向了林子深处。

就在这时，林子一侧突然响起一个女人的喊声："你是谁？"

这个声音和雷大锤讲述的那个故事中他们最后的遭遇一模一样。是那个安然的声音？

一瞬间各种古怪念头涌上心头：安然难道真的还在山里？一直在这山里待了两个月？那这个声音的主人还是活人吗？当时带下山的那个安然，总不会是从这林子里走出去的"假安然"吧？

"真邪性！"我忍不住咒骂一句，强行压下胡思乱想的念头，从后腰抽出早早藏在衣服里的柴刀握在手里。知道这把刀是赊刀人手里的质押刀后，为了安全起见，这次进山我特意给它配了个小皮革鞘，像个腰包一样扣在腰后。这也是我主动提出陪雷大锤一起进林子的心底仰仗之一。

那声音刚刚传到我的耳朵里，在前方狂奔的雷大锤紧接着说："安然，是我啊！"

林子一侧再次传来声音，是雷大锤的声音："安然，是我啊！"

声调语气一模一样，这里四下开阔也根本不是回声。

我来不及细想，一边喊着"雷大锤"一边把皮革刀鞘解下来，瞄准他狠狠丢过去，砸到了他的后背上。雷大锤身体失去平衡摔倒在地，压折了一片木枝。

趁着这个空当我连忙冲上去压住雷大锤，只见他嘴里依旧喃喃着"安然，安然怎么在这里"，一边仍想挣扎着爬起来。他的力气之大让我一瞬间产生怀疑，他到底是卖凉皮肉夹馍的还是杀猪的？

正当无措之际，我想起李星雨说过这刀有破邪祛瘴的作用，忙大声喊道："这刀怎么驱邪啊？雷大锤中邪了快来帮忙！"

林外隐约传来人声，可是因为距离，细小得几不可闻，我这才意识到我俩已经跑出了很远。我连忙高声喊："来帮忙啊！我俩迷路了！"

也不知道李星雨和花小薇能不能听到我的呼救声，没办法，眼下只能靠自己了。我举起刀犹疑一下，虽然不能砍雷大锤，但总得试试其他法子。于是我试着用刀背敲了敲他的脑壳，然后怕效果不好，就又把刀横握，刀面贴着他的后脑勺咣的一声印了下去。

说来也怪，趴在地上的雷大锤突然就安静了下来。看这法子有效，我连忙用刀背咣咣咣地照着他后背和脑袋怼了一拨。

趴在地上的雷大锤终于安静下来。这时候林中再次传来另外一个雷大锤的声音："安然……她怎么会在这里？"

听到这声音，看着趴倒在地神志不清的雷大锤，我忍不住怒吼道："说！你是不是瞒着你对象，和安然有一腿？"

10　这里是双重宇宙？

不知是我的一声怒喝起了作用，还是刀把雷大锤打醒了，他终于恢复了神志。我站起身来，地上的雷大锤悠悠醒转，左右看看，疑惑问道："咱们这是……在哪儿啊？"

看着雷大锤迷惘的神色，我无奈道："这下我是真的相信你的故事了。"

雷大锤也意识到了不对，慌忙坐起身来问我："发生了什么？"

发生了什么？我总不能告诉他"你中邪了，而且一直在喊你对象闺密的名字"。

我挠挠头，大概解释了一下他看到安然的幻象以及我跟着追来等情况，然后说："这些回头再说，现在最重要的是赶紧出去。"

看着雷大锤惊惧交加的面色，我左右看看，平复了一下心绪，接着说："拜你所赐，咱们现在彻底失去方向了，得想法子快些回去。另外，我刚刚也听到了林子里有另一个你的说话声。有一说一，这林子是真的邪。"

听到我说的话，雷大锤的脸色更加难看，他赶忙一边左右翻找，一边着慌说："咱们得赶紧照大师说的，把这桂树枝扔过去，这样就没事了。"

我叹了口气，看着他连滚带爬地捡起掉落的那几根树枝，忍不住说："这儿也不知道离小路有多远，李星雨和花小薇不一定有法子依照声音找到咱俩，咱们还得想法子自己出去。刚才跑得急，一路留下不少断枝和脚印，咱们先慢慢往回退吧。"

雷大锤小心收好桂木树枝，点点头说："对对对，咱们赶紧出去，可别再遇上什么神神鬼鬼了。我也不想遇上另一个我。"

我们沿着来时的路，一路寻找自己的脚印和被冲撞断了的树枝辨别方向，缓慢而谨慎地向外走去。雷大锤一边走一边摸着脑后的包，问我："我是怎么个中邪法，怎么脑袋上肿了这么大的包啊？"

我故作不理，雷大锤忍不住继续追问。我含糊道："这个我很难跟你解释，驱邪嘛，行业机密。"

我一边猫着腰专心找路，一边让雷大锤时不时高声喊李星雨和花小薇的名字，希望借助她们的声音来找到方向。

可奇怪的是，无论雷大锤怎么嘶喊，林外一直没有回应声传来。想到两人会不会被我刚刚呼救的声音引入林子，这会儿也被困在了林子里，我忍不住担心起来。

走了一会儿，我心底的奇异感越来越强烈，一种古怪的直觉让我停下脚步，四下环视一圈，越来越强烈的即视感瞬间淹没了我。

"怎么了？"雷大锤气喘吁吁地问我，"怎么不走了？"

我越看脚下的路和旁边的树越熟悉，忍不住疑惑道："我们……刚刚好像走过这里了。"

雷大锤左右看看，思索半天，挠挠头说："好像看着很眼熟。"

我想了想，对雷大锤说："咱们做个标记吧！"

话音刚落，古怪的感觉再次涌上心头，我扭头看去，旁边一棵树上，枝丫上刻着一个大大的"×"。

一股寒流顺着后背直冲脑门，看着树枝上的标记我不禁满头冷汗——这个标记无论是形式还是位置，都和我刚刚脑中泛起的念头一模一样。换句话说，我刚想在那个位置做个标记，扭头便看到那里已经有标记了。

我又想捡几块石头垒砌起来做标记，这个念头刚刚闪过，一股强烈的即视感让我不由看向雷大锤身后。雷大锤满脸疑惑地让过身来，露出身后一棵树木下三层堆砌的小石堆。

还是一样的情形，当念头和想法在我脑中产生的时候，它已经存在了。

联想到雷大锤此前的故事，一瞬间我不禁怀疑，林子中难道真的存在另一个几分钟前的过去的我？在我还没刻下印记之前，就将这印记刻在了树上？

"雷大锤。"我结结巴巴地出声，指着那个标记问，"那……那个……不是你刻的吧？"

雷大锤看着我越来越青的面色，脸色苍白地回道："没有啊。发生了什么？"

这一瞬间，我仿佛进入了另一个世界。一股强烈的眩晕感袭来，让我脚下一个趔趄。

雷大锤慌忙搀住我："怎么了？你没事吧？"

我勉强笑笑，给他大概解释了下眼前的情况。

我们陷入了长久的沉默，一时不知道该进该退。

"万一……"雷大锤面色阴沉，喃喃道，"我是说万一，这些都是真的话，林子里有那个安然，还有另一个你，另一个我。现在都还在林中的话……"

我头大如斗，已经无法正常思考，只能顺着他的话继续道："声音的事儿我一直以为是地磁或者有什么磁石的原因，但是现在这个标记的事儿，让我真的不能不怀疑，这林子里是不是真的有另一个时空，真的有另一个咱们自己在这儿。"

雷大锤蹲下身来，沉默再次淹没了我们。片刻之后，林中传来微弱的说话声，隐约能听到在说什么幻觉、小说、解谜规则之类的话语。

我俩抬头对视一眼，那分明是我说话的声音。

雷大锤抹了把额头的冷汗，忽然呸了一声，说："纠结这么多干什么？咱们又不是在探险解谜，安安全全踏踏实实回去不才是正理吗？"

"对！"我强提一口气，呸呸呸出声，放弃思考的同时也给自己壮胆，忍不住大声起来，"哪有那么玄乎？你看到的那是幻觉，安然早就回家了。我看到的……算了，也就当是幻觉吧！咱又不写小说，不用遵守什么解谜规则啊！先想想怎么回去才对啊！"

雷大锤挠挠头，继而指指我说："用你的刀吧！"

我无奈说："我不知道这玩意儿怎么驱邪破障啊！我又不是什么赊刀人。"

"不是，"雷大锤一摆手，叹口气说，"我的意思是这不就是把现成的开山刀吗？你照着咱们来时的脚印开路呗！把路都给砍开了就不会绕回来了吧？要是真这样还会绕回来……嗨！等绕回来了再说！"

"也对，鲁迅先生说过……哎不对啊，"我纠结片刻说，"这算不算破坏秦岭生态啊？"

雷大锤看着我，摊开双手。我看懂了他的眼神："咱们都这样了，还在乎什么？"

我点点头，把心一横。那就砍！砍出条出路，砍出个黎明！

话音刚落，我发觉自己早不知什么时候已抽刀在手。我定了定心思，顺着来时的路继续向前，遇上的树枝和小树干都被我几刀砍倒。雷大锤在一旁一边念叨着"不听不听，王八念经"，一边帮忙踩平倒下的树枝，我俩走过的路变得一片狼藉。

中途好几次我都有古怪的即视感涌上心头，可还没来得及细想，就被雷大锤一推，随即回过神来接着专心一路向前砍去。

雷大锤人虽然莽，但这莽法子居然起了奇效，越往后走，我们来时路上的脚印和痕迹也越清晰，声音离我们越来越远，渐渐几不可闻。靠着这笨法子，我俩居然成功走了出来。

11　雪堆里挖出了尸骨

"哟吼？居然自己出来了？"

直到李星雨的声音传来，我和雷大锤才停下脚步，直起腰来四周看看，这才终于确认我们出来了。

"哎，我们在这里！"我喊了一声，不再挥刀砍树，而是顺着声音快步走了过去。果然没几步，就再次回到了那条熟悉的小路上，李星雨正站在路边等着我俩。

"哎哟，终于出来了！"雷大锤一屁股坐在了地上，气喘吁吁。

我也跟着坐下，仰头看着李星雨向我走来。一旁的花小薇朝树林中探探头，笑道："你们这是去撒树枝呢，还是去伐木偷柴呢？"

"别提了。"我摆摆手说，"你们没事就好，我还担心你俩进林子里也迷路了呢。这林子太古怪了。"

李星雨点点头说："是挺古怪的，我还以为你俩出不来了呢！"

"喂，大姐，"雷大锤苦笑几声，"你就不能盼我们点儿好啊？我可真的差点儿就交待在里边了。"

李星雨没理睬雷大锤，看着我问："怎么样？在林子里。"

我以为她是问我们遇到的危险，忙不迭地说起那些古怪的情形：林子里另一个自己，我的念头一起标记就已经出现了，雷大锤突然发疯什么的，挨个给李星雨说。

"等等——"李星雨神色古怪地问我，"我是问你刀怎么样。"

"刀？"我怔了一下，下意识说，"刀还挺好使的，砍树很方便……"

一旁的花小薇一拍额头，满脸无奈。我和雷大锤面面相觑。

"我说的是，"李星雨耐心说，"这把刀驱邪破障的奇妙能力怎么样？是不是从刀身上得到了提醒才成功走出了林子？"

雷大锤一摆手说："嗨！哪有什么提示啊！我们到现在都不知道那林子里是什么情况，就这么一路砍树，硬是砍出来了。"一旁的我连忙点头。

李星雨和花小薇对视一眼，忍不住苦笑："所以你们压根没破解林子里阵局的秘密？硬闯出来了？"

我有些不好意思地挠挠脸，点了点头。雷大锤倒是无所谓，忍不住抱怨道："你们不进来帮忙也就罢了，还站在林子外看我俩的戏啊？我们兄弟就这么莽出来了，你们看得还不高兴啦？"

花小薇一笑，忙说："没有没有，我俩也不会拿你们生命开玩笑嘛。只是看到你们靠自己出来了，还以为是靠着质押刀成功破解了这里的阵局。"

"莽就完事了，咱不是照样出来了？我管什么阵什么局。"安全脱离了林子，雷大锤的信心又一点一点回到了身上。

"行了行了。"花小薇笑笑，不再继续解释什么，转移话题道，"你们在里边也遇上了不少事，想来也累了，咱们时间还充足，休息几分钟再出发上山吧。"

我点点头，起身朝着休息处走去，从背包里翻出清水和肉干，吃喝了起来。一旁的雷大锤晒着太阳，嚼着肉干，哼哼着小曲，再没了之前的担惊受怕。

我突然想起什么，扭头说："对了雷大锤，大师给你的桂木树枝呢？你扔在要放的地方了吗？"

"完了完了，"小曲突然中断，雷大锤赶忙坐起身来，从兜里掏出了那几节桂木枝，慌忙道，"只顾着往回走了，一着急把这给落下了。怎么办怎么办？这下怎么办？"

一旁坐着的李星雨瞥了一眼雷大锤，略有不屑地说："你都靠自己从里边走出来了，现在还怕这片小树林吗？还需要听那个大师的？"

"这……可是我……"雷大锤一时说不出话来。

李星雨拍拍膝盖，侧身继续说："那我给你说说科学的推测吧。那片树林区域地下应该有什么古怪磁石一类的物品，可以把声音短暂留存下来，然后顺着林间的风声传到远方。你可以理解成一台大自然造的录音机。"

我忙接过话头："这个我之前就想到了，可是那个声音明明是在我们说出来之前就被我听到了。录音机怎么可能录制到还没说出的声音？"

李星雨解释道："这就是这片区域磁场的另外一个古怪处，也是一般人进去后很难再出来的原因。地下的这个磁场除了影响个人的身体平衡、方向判断以外，还会让当事人失去对时间的感知，在里边待的时间久了，就会引发记忆顺序混乱、认知混乱等。加上那些声音，就会形成这个天然小型阵局啦。"

一旁的花小薇补充道："这也是为什么你感觉自己念头刚起，那个标记就已经在树上了。我们常规的行为都是有了思维想法后，由思维去控制行为，也就是线性逻辑。但是在那个磁场中，你的大脑会被影响，这条线就乱了，甚至会成为两三条同时向前的线，所以导致一个行为在无意识之间做完了，那个念头才同时在你的脑海中成形。这样等你回过神时，就会出现你说的那种诡异情况。再严重一点儿的话，可能你走到哪儿都会觉得已经走过了，你做什么都会觉得有另一个自己先行一步完成了，那会儿就真的是……"

我忍不住插嘴："所以你这一大堆话我翻译翻译，就真的是……神经错乱了？"

雷大锤挠挠头，好奇问道："那我为什么会中邪啊？"

李星雨摇摇头："不清楚，正常情况下，磁场对人的影响不会那么剧烈。我们只能猜测可能是因为你上次迷路在里边待得太久，大脑受到了更深刻的影响，因此在那片树林中看到、听到的任何事物，都更容易影响到你的精神。你会清醒应该是他拿刀朝着你的脸或者脑袋上来了几下。"

我挠挠头，好奇这种细节她是怎么猜到的。

李星雨看了我一眼，继续说："赊刀人的刀之所以可以驱邪破障，其中一个原因是里边有种不易察觉的特殊气味，可以让人神志清明。"

我总感觉这些解释很有些不可思议，忍不住继续问："那大师给的桂树枝是让雷大锤做什么的？扔下真的有用吗？"

雷大锤捧起那几节树枝看看，也转头看向李星雨。

李星雨一摊手："我只知道古籍里说桂是百药之长，它独特的香味对凝神静气有一定作用。但说实话我没见过这么用的，所以我俩也搞不清这个大师的想法。"

雷大锤挨个看看我们几个人，歪头思考半晌，最终一拍大腿，说："算了！都平安出来了，我也弄明白是怎么一回事了！其他先不管了，等下山以后我去问大师吧！"说着收起了那几节桂木枝。

我站起来，冲着阳光伸了个懒腰，抛开那些思绪，说："行吧，那咱们收拾收拾继续出发吧！阳光大好不等闲人哪！"

四人收拾行李，背好背包，再次重新上路。雷大锤遵守之前的承诺，跟随我们继续上山，直到大家一起返回。

穿过树林小路后，接下来的登山路因为我已经走过一遍，所以改为我打头开路，李星雨、花小薇居中，雷大锤压后。我们沿着此前领队留下的引路丝带一路攀高。太阳逐渐被高山遮去，秦岭的云雾逐渐冰冷，山势越来越陡峭，积雪一点点压上了我们的膝盖。

走了几个小时后，我们终于到达了上次差点儿让我崩溃的那道陡峭冰坡。

我停下脚步，大口喘了喘气，冲其他几人说："就是这儿了，上了这道冰坡就到了。"

此时我们已经到了秦岭深处，积雪厚重云雾湿冷，衣服上到处都是薄薄的冰层。我们四人也都戴好了御寒工具，绑好了随身的雪爪冰钩。

短暂休息后，雷大锤协助我挨个检查了背包装备，大家开始攀登冰坡。

这次攀登真是让我身心舒爽，有了冰钩和雪爪的帮助，再没了之前一步三滑的凄惨场景，稳稳当当一路向上，不一会儿就到达了之前发现刀的那个雪窝。

当时被我摔出的雪窝还安安静静地在那儿，细看之下甚至能看出我当初摔下去的姿势。雪窝的一侧露出一些杂草，正是当时翻捡出这把刀的位置。

我们四人围着雪窝，放下背包，因为雪窝比较小只能容得下两人，商量后决定我和雷大锤来做这挖雪凿冰的体力活。花小薇从背包里拿出一个折叠铲递给雷大锤，我拿着冰钩跳下雪窝。两个人朝着一处开始挖。

所幸雪并没有冻得太瓷实，我和雷大锤两个成年男子挖起来还是很快的。没一会儿，我们就听到了噔的一声闷响，是折叠铲碰到了什么坚硬物体。李星雨和花小薇连忙上前，制止了我俩的继续动作。看她俩一脸严肃的神情，我不禁好奇这雪里埋着什么。

李星雨和花小薇替换我和雷大锤进入雪窝，开始蹲下用一些小工具慢慢清理旁边的积雪，细致小心的样子颇有些考古的正经范儿。

我和雷大锤蹲在雪窝上边，眼看着两人动作娴熟、手速飞快，将雪里埋的那个东西慢慢清理得露出了整体轮廓，居然是一具成年人的尸骨架子。

雪窝下的两人忽然停下动作直起身子。我刚想问怎么了，就听见两人突然异口同声地郑重其事道：

"赊刀人后裔李星雨（花小薇），今日迎回同脉前辈。"

12　最后一个赊刀匠

此时我们身在远离人类文明的大山深处，四周都是云雾古树和积雪，这一幕突然让我和雷大锤有种穿越感，仿佛我们置身于武侠小说的世界中。

我俩对视一眼，都看出对方眼中的不可思议。

"咳咳，"雷大锤冲我悄悄说，"这俩小姐姐还真是什么古代神秘组织的成员啊？"

我摆摆手，悄声说："别胡说，人这就是遇上长辈亲戚了。大家都是社会主义接班人，哪来什么神秘组织？"

"嗨，你也别瞒我。"雷大锤满脸不屑地说，"咱都经历这么多邪乎事儿了。你看那小树林，这俩小姐姐一眼看透内在原理，这就是高人！你这刀不也是人家祖上的吗？"

我俩说着闲话，雪窝下的两人回过身，李星雨说："咱们把这雪窝扩大些，我们要把前辈的尸骨整体收拢好带回去。"

"好嘞！"我和雷大锤拎起工具开始忙碌。我俩沿着雪窝边慢慢往四周挖大，雪窝里的李星雨和花小薇还在小心翼翼地清理埋在雪里的骨架。

"星雨，你看。"

花小薇的声音听起来有些惊疑，我和雷大锤好奇地凑过去，只见两人对着雪里的尸骨沉默不语。

那具尸骨已经被彻底清理出来躺在黑湿的地上。因为腐化得太彻底，整具尸骨就剩下零零散散的一些骨头架子，皮肉衣服早都不见了，看起来更像是一个年代久远的骨头模型，让我很难产生这是一具真人尸骨的惊悚感觉。

值得注意的是那尸骨的姿势有些奇怪——身体向前匍匐，双臂左右伸展，腿部关节堆叠，似乎生前是跪伏着在拜什么。这向前倒地而亡的古怪姿势，让我忍不住联想起什么古怪的祭拜仪式。

看着尸骨的古怪姿势，我忍不住好奇发问："这是……怎么一回事？"

李星雨沉默片刻，蹲下身围着那尸骨左右看看，良久才起身说："我好像知道这位前辈是谁了。"

她转身看了眼花小薇，继而看向我，说："除了你捡下山的这把质押刀外，前辈尸骨旁原本应该还有另外一把质押刀，但是被人带走了。"

"另一把刀？"我心里不禁好奇，说："有人和我一样捡到了质押刀？"

花小薇啊了一声，说："星雨是说……有人为了夺刀，在深山里杀害了这位赊刀人前辈。"

李星雨说："小薇你记不记得李四太爷的故事，那个被家族内部称为最后一个赊刀匠的长辈？"

"四太爷？"花小薇惊讶不已，"你是说这可能是李四太爷？"

"谁？什么刀？你们在说什么？"一旁的雷大锤听得一脸蒙。

花小薇扭头说："李四太爷是被我们父辈称为最后一个赊刀匠的长辈。传闻近百年来只有他真正掌握了我们这一脉的赊刀术，可以锻造出真正有各种异能的质押刀。"

李星雨蹲下身来，补充说："这具尸骨的姿势我曾经在家里的书上见过，是赊刀匠的祭刀礼。而且他的尸骨底下有个标记，联想到家里那些传下来的老故事，这尸骨应该就是四太爷。"

我凑上前一看，果然看到尸骨底下有个不易察觉的小小图案。

花小薇思索着，说："你说会不会是四太爷被人暗算，临死前为了留下能辨识自己身份的信息，所以才特意用了祭刀礼的姿势，然后做了标记？"

我挠挠头说："一个人死前……应该想不了那么多事情吧……又不是演电影。"

花小薇瞪了我一眼。一旁的雷大锤赶忙帮我的腔："我也觉得肯定不是留什么死后的信息，这明显是正在搞你们说的什么祭刀礼时被人背后捅刀子了，这不正好少一把刀吗？肯定就是凶器。"

花小薇不满地瞥了一眼雷大锤，说："那凶手为啥不把两把刀都带走，或者都扔下？偏偏带走一把留下一把？"

"这……"雷大锤一时语塞。

李星雨说："暗杀、夺刀杀人，甚至自杀，几种情况都有可能，光凭一具尸骨得不到更多信息了。传闻四太爷是在一个夜晚突然离开家族的，甚至连他的妻子儿女都不知道内情。他离开的时候只带走了两把自己锻造的质押刀。"

停了片刻后，李星雨望向花小薇一字一顿地说："小时候爷爷有次喝醉了跟我说，四太爷离开家族，是想打开一个锁了一辈子的锁。我一直不懂这话是什么意思。现在，我反而有了新的猜测。"

花小薇面色凝重起来："……你是说……"

李星雨干脆利落："祖刀，四太爷的消失可能是去寻找祖刀了。"

这又是什么玩意儿？两人的对话听得我和雷大锤一头雾水。

但两人没同我和雷大锤解释什么，李星雨只是喃喃着继续说："看来下山后，得回一趟老宅见见爷爷了。也只有爷爷才能帮我们解开这些事了。"

说着，李星雨开始收拾地上的尸骨，一旁的花小薇也蹲下身帮忙。我和雷大锤对视一眼，一时不知道该不该插手这个收敛尸骨的工作。

我忍不住出声询问："要不要我和雷大锤帮忙啊？"

雪窝下的两人沉默地摇了摇头。我和雷大锤只好蹲坐在一边，一边闲聊一边看两人忙碌。

可能是因为秦岭山里太冷了，大部分尸骨都被冻在了地里，李星雨和花小薇只能费力地一点点敲开碎冰，然后将地上的尸骨抠出来，再装进一旁的袋子中。

雷大锤和我悄声闲聊着赊刀人的八卦，一会儿猜测是最信任的人突然从身后刺杀的戏码，一会儿猜测是有人提前埋伏在此，趁这四太爷行祭刀礼时猛下杀手夺刀逃遁。雷大锤突然问我："你说这荒山野岭的，这四太爷有啥想不开的要在这里行什么祭拜礼？要不是跪在了地上，别人哪有这么容易偷袭他啊？"

雷大锤的话像是点醒了什么，我猛然一怔，立马感觉不对，下意识冲雪窝下的两人喊："有古怪！先别动尸骨了！"

话音未落，我看到一团黑云蓦然从尸骨身下升起，只一瞬间就笼罩住了花小薇。花小薇尖叫一声，还来不及做什么，整个人突然一个趔趄，身体便不受控制地被那团黑云带向空中。

"小薇！"李星雨惊叫一声，一步跨上去想要拉住她，但已经晚了。所幸雷大锤眼疾手快，借着地势差高高跃起，一下抓住了花小薇浮在黑云中的双脚。

"呸呸呸……这是……什么……呸呸呸！快救命啊！这力气也太大了！"雷大锤一边慌乱地喊着一边忙不迭地呸着。那团黑云似乎承受不住两个人的重量，渐渐落了下来。我这才发现那团东西并不是什么黑云，而且攒聚成一团的数不清的黑色飞蚁。

一团飞蚁带着两个成年人在飞？这真是我这辈子见过最不可思议的事情。我当下也来不及多想，赶忙拔刀在手，喊着："来了！"挥刀就朝着雷大锤和花小薇的方向冲去。我听到李星雨在我身后大喊："我去拿火！你先用刀顶一顶！"

这赊刀人的刀果然古怪，那一团黑云似的飞蚁仿佛见到了瘟神一般，无论我怎么挥刀，它们总会远远避开，然后在其他地方聚拢。但无奈飞蚁实在太多，用刀砍实在起不了什么大作用，我一时间也没什么好办法救下雷大锤和花小薇。

还好李星雨来得快，她左手打火机右手燃气瓶，一阵火苗噗的一声从我身旁飞过，燃起一团火焰。那团黑云迅速散开，雷大锤和花小薇咚的一声落在了地上。

李星雨面色阴寒，冲着我们说："赶紧走！是陷阱！"

我赶忙扶起雷大锤和花小薇，一边准备跑路一边忙不迭地问："这是怎么回事？"

李星雨不答，只低头快速收拾已经收拢好的尸骨和行囊，但我们刚背起背包一扭头，只见远处的那团黑云再次聚拢，好巧不巧地挡住了我们的下山路。那团黑云眼看着越聚越大，似乎下一刻就会向着我们冲来。

我咬咬牙："先往上吧！我知道这条路各个休息点的位置。"

几人快速交换眼神，最终点点头，回头朝山上走去。经过刚刚的一摔，花小薇身上有了擦伤，雷大锤护着她先行，我和李星雨一刀一火机断后，防止飞蚁突然袭击。

我俩望着不远处那团越聚越大的黑云，李星雨忽然冲我开玩笑说："你这三千块真不好挣啊！回去了给你加钱！"

我呼入满腔的冷空气，依旧止不住头脑和脸持续发滚发烫，回说："那可得多加点儿啊，老板！"

13 秦岭深处搓麻将

李星雨笑笑，不再说话。

我扭头看到雷大锤带着花小薇已经向前走了一段路，这才招呼李星雨一起行动。不出所料，那团黑云也跟了上来。被一群飞蚁在屁股后边撵着，我们四人一路朝山上奔去。

为了防止那些飞蚁直接越过我和李星雨去袭击走在前头的两人，我俩不得不放慢速度，不时盯着后方那团黑云。结果我只顾着看身后的危险，却忘记了最重要的一件事：雷大锤上次登山并没有和我们一起登顶啊！

等我想起来时，已经太迟了。

黑云还在身后追着我俩，前方雷大锤和花小薇已经不见了身影，我甚至不知道我们是在哪个岔道分开的。

"大锤！"

"小薇！"

我和李星雨一边驱赶飞蚁一边轮流喊叫，所幸我们前后距离相隔并不算太远，找了一会儿后，终于隐约可以听到远处两人的声音。我俩也就顾不上飞蚁了，硬着头皮朝声音的来源处走去，想着先会合再说其他的。

我俩朝着雷大锤的声音方向走去，那团黑云被我们冲散了又聚，狗皮膏药般贴在我们身后，一个不留神就被撞得满脸飞蚁。不过所幸有火焰和刀在，它们的攻击渐渐不再那么肆无忌惮。

"起雾了，小心。"李星雨突然出声，我左右看看，这才发现四周真的渐渐聚拢起很多白色雾气，那团飞蚁已经隐在雾后了。我一直凝神找着雷大锤和花小薇的声音，居然没发现我们已经身在雾里了。

又走了几步，飞蚁不知怎么彻底消失了踪影。我长舒口气，冲李星雨笑笑："有惊无险啊！"

李星雨眉头微蹙，似乎在想什么事。我感到不对，忙问："怎么了？"

李星雨说："你喊一下大锤或者小薇。"

我不明所以，不过还是照办，朝着他俩的方向大喊："大锤，小薇，你们没事吧？我们快到跟前啦！"

雾气深处传来雷大锤的声音："没事！我俩都没事！"

我扭头看向李星雨，刚想说"你看，多疑了吧"，结果下一刻，另一个方向同时传来了花小薇的喊声："没事，我们没事。我们在原地等你俩。"

我感到不对劲："这……他们没在一起吗？"

李星雨向前一步，冲着雾气深处大喊："你们两个在一起吗？"

雾气深处再次传来雷大锤的声音："你放心兄弟！我可没把人弄丢！"

与此同时，另一侧传来了花小薇的声音："对，我们在一起呢。星雨，怎么了？"

怎么有两个不同的地方同时出现了他们俩？我看向李星雨，不由头皮发麻，低声问："这是怎么回事？有一边是假的吗？还是这里也有那什么磁场？"

李星雨沉默片刻，再次向雾中喊："我俩有点儿找不到方向了。你们两个一起喊一下，我们循着声音过来。"

这一次，雾中来自不同方向的雷大锤和花小薇同时出声，我分明听到正前方传来的声音里，雷大锤和花小薇一起喊的是："我们在这儿，快过来。"在我右手边那侧传来一模一样的声音，但说的话是："来这边，我们在这儿休息呢！"

两个雷大锤？还有两个花小薇？

我感到说不出来的恐惧，不由打了个寒战，低声问一旁的李星雨："是不是有一组假的？还是咱俩产生幻觉了？"

李星雨叹口气，说："坏消息是，有人在这秦岭深处布了个迷惑感知的阵局。"

我紧张地咽了口唾沫，忙问："那他俩不会有什么意外吧？"

李星雨摇摇头，说："有花小薇在，暂时没事。而且咱们还有个好消息，你身上可是带着赊刀匠的刀呢！"

我挠挠头，这刀当个开山刀什么的还挺好使，可刀也没法砍雾气啊。

李星雨活动了下颈骨，说："要破局，先入局。咱们进去看看就知道了，还是先想法子和他俩会合再说。"

"那我跟着你啊，老板，"我忙不迭跟上，嘴上说着，"咱可得万事安全第一，找到雷大锤他们赶紧下山。"

李星雨点点头，对我说："记着，所有迷惑感知类的阵局说白了都是想法子让你神经错乱，所以待会儿无论遇上什么，只要记住，一切不符合科学道理的事儿都是虚假的纸老虎。"

"记住了。"我点点头，握紧了手里的刀。

我跟着李星雨一路朝着雾气更深处走去，她似乎对周围环境的变化不太在意，只是朝着一个声音的方向径直走去。

奇怪的是，前边的声音明明听着很近，最多也就十米的距离，可无论我俩怎么走，那个声音总是在前边不远处，我俩一直没法成功与雷大锤和花小薇会合。

一阵风带起冷雾忽然从眼前吹过，迷住了我的眼睛。我慌忙揉眼睛，这时耳边传来李星雨的声音："我知道这是怎么……"

"你说什么？"我眨眨眼，重新睁开了眼睛，眼前却没了李星雨的身影。

"李星雨！李老板！大佬！"

"大锤！"

"小薇，你们在哪啊？"

我着急慌忙大喊，可是四周除了雾气，连之前时不时传来的雷大锤和花小薇的声音都消失了。

我一个人在秦岭深处迷路了？死亡的阴影第一次漫上心头。我强压下心头的不安，先检查了下背包里的东西，干粮、生火工具、防潮垫、睡袋，应该够我生存两天。我在原地做好标记后，开始在心底默默打定主意，如果天黑前还找不到他们三人，明天一早我就想办法先原路退回，下山去找救援队。

接下来几个小时是我这辈子度过的最难挨的时光，我一个人既担心自己彻底出不去，又担心找不到他们，只能尽量以直线向四周搜寻，走不太远便返回原点确认一次位置。我在大雾弥漫的山林里四处折返找寻，希望找到哪怕一点儿关于他们三人的线索，可是一无所获。整个林子里除了风声外一点儿声音都没有，让我的喊叫声都染上了发怵的颤音。

整整四个小时，我一个人在林子中走了歇，歇了喊，喊了哭，哭了继续找。雾一直没散，山风渐渐浓烈起来，越来越强烈的饥饿感让我意识到天快要黑了。

无奈之下，我找了一个避风的雪窝，打算先做个临时休息点过夜，天一亮就返身找下山的路。

夜色渐渐浓重，路越来越难走，山雾和树林面目狰狞起来。我提前捡了一些树枝和干草堆积在背包旁，用随身的打火机和燃气罐点起了火堆。防潮垫隔绝不了来自地底的寒气，我独自一人缩在睡袋中瑟瑟发抖不敢闭上眼睛。

可人越是在这种紧张担心的精神状态下越容易困乏，伴着火光里的那一点儿温暖，我的眼皮渐渐开始打架。

"哎，你在这儿啊，终于找到啦！"雷大锤的声音传来，让我一个激灵站起身来。

只见夜色中一个人影缓慢走来，一边说着："我们几个找你一天了，差点儿要去喊救援队了。"来人正是雷大锤，他的身后两侧有影影绰绰的人影，看身形正是李星雨和花小薇。

看到雷大锤身影的那一瞬间，我的眼泪夺眶而出。我赶忙说："我在这林子找你们找了一天，你们是怎么找到这里的？我都快被吓死了。"

雷大锤咚的一声直接坐在了火堆的另一侧，李星雨和花小薇也分别坐在了两侧，我们围绕着火堆一块儿烤火。我迫不及待地问他们这一路是怎么过来的，在这迷雾里遇上了什么。

可三人压根不接我话，雷大锤直接摆摆手说："那都是小事。李星雨顺着我们的声音找来，很快我们就会合了，这不就你走丢了吗？我们三人也不敢分开，就到处找你，幸亏有这火光。"

一旁的李星雨嘿嘿一笑，说："怎么？找不到人都急哭啦？亏你还是个大男人！"

我感觉脸皮有些发烫，强自嘴硬说："什么大男人？我还是个孩子，我这不是担心你们吗！"

说了会儿闲话后，我总算彻底放松下来，忍不住叹口气开玩笑道："这真是我做得最辛苦的一次副业，这几千块简直是血汗钱。"

雷大锤哈哈笑着，招呼我下山后去他的店里吃凉皮肉夹馍。李星雨也玩笑似的再次提起了给我加钱的事。我们一边拨弄着火堆，一边闲聊着后边的计划。

过了不知多久，一直没出声的花小薇忽然说："长夜漫漫，咱们在这山里也睡不踏实，不如打两把麻将消磨消磨时间？"

我笑着说："你真是思路清奇，咱们谁进秦岭会随身带着……"

"麻将"两字还没说出口，我就看到雷大锤从身后拿出一副麻将来。

我一脸蒙，这麻将是哪来的？

可他们三人似乎都没觉察到我的惊讶，只呼喊着开始收拾，准备搓麻将。

在这地方打麻将？这符合科学道理，符合人类正常行为吗？

我想起李星雨消失前给我说的话，终于意识到了不对，试探性出声说："那我们在这儿打麻将，赢什么呢？"

花小薇一脸疑惑地看着我，说："打欢乐麻将，当然是赢欢乐豆啊！"

话音刚落，我的耳边传来一声久违的电子音乐声，那是欢乐麻将游戏启动的声音。

看着眼前的三人，我的心再次冷了下来。所以这一切，都是李星雨口中所说的什么阵导致我产生的幻觉吗？所以我根本还没找到他们三人吗？

那么我呢？我这算是已经被这什么破阵局搞得精神错乱看到幻象了吗？

想起这趟进山的一路所遇，我忍不住心中起火：我就不该赚这钱！把自己搭进去干什么？！什么神经病玩意儿在这儿弄迷惑感知阵法什么的鬼东西？

"红中！"坐在我对面的雷大锤已经兴冲冲地开始出牌，他们三人对我视若无睹。

我满心焦躁地看着眼前的一切，不知道该怎么办好。

14　蓬莱游仙局

我不知道天是什么时候亮的，昨天的事让我心力交瘁，不记得什么时候迷迷糊糊就睡着了，只隐约记得耳边还有他们三人打麻将聊天的声音。等我再次醒来，眼前除了灰烬和满地的脚印，什么也没有。

我爬起身来，天色已经大亮，雾气散了不少。想着我们四人已经失散一天一夜了，我不禁忧心忡忡。收拾好东西后，我打定主意先寻路下山，争取天黑前就带着救援队上山搜救李星雨他们三人。

因为昨天搜寻过程中我一路做了不少标记，再加上清晨的雾气不是很浓烈，我顺着之前的标记寻找出路倒也不至于太难。走了小半个时辰后，我看到前方有个人影，那人像个蜂农一样双手捧着个盒子，正蹲在地上不知道忙些什么。

我以为是山脚下的居民来采山货，一天一夜没见一个活人的我欣喜不已，赶忙上前张口就问："哎，你好！我这儿有一起登山的朋友失散了，你能帮忙找救援队吗？"

那人听到声音扭头看着我，慢慢站了起来。我这才发现他居然是个年轻小哥，脸上带着温和的微笑，一身休闲冬装仿佛是来散步的，感觉和这里格格不入。

那人冲我微微一笑，这才说："这地方不会有驴友进来的，你是谁？"

我挠挠头，半真半假地说："我们团队登山的时候遇上了一拨飞蚁的攻击，仓促跑路结果进到这雾里就失散了，到现在都一天一夜了。"

那人哦了一声，露出恍然大悟的神色，继而淡淡说："原来是你们动了魍匣，人没事吧？"

魍匣？那是什么？我摇摇头说："你知道那一团团的飞蚁是什么吗？"

那人冲我爽朗一笑，说："当然，我养的嘛。你看。"

我这才发现，他手中的盒子四周，正有一团团飞蚁从四面八方汇聚，像一条条河流一般汇入盒子里。

我瞬间想起了昨天遇险的种种，那团黑云分明是从赊刀匠前辈的尸骨下飞出来的！这时我才后知后觉到不对劲：在这秦岭深山哪这么容易就偶遇一个人？眼前这人是谁？为什么他会在四太爷尸骨下埋藏这名叫魍匣的陷阱？他和多年前杀死赊刀匠四老太爷的人有什么关系？他为什么会豢养那种诡异的东西？

我赶忙后退几步，悄悄伸手握住腰间的刀，问："你是谁？"

那人没有立即回答我，而是弯腰慢慢将手中的盒子放在地上，直到再没有飞蚁进入，这才不紧不慢盖上盒子。

一想到那个盒子里装满密密麻麻的飞蚁，我忍不住头皮发麻。我强压住心底的恐惧，硬着头皮再次发问："你到底是谁？你是不是知道我朋友们的下落？"

那神秘小哥转头看看我，带着满脸疑惑问："你是赊刀人？"

"赊刀人？什么赊刀人？我是长安人。"我慌忙回应，生怕产生什么误会，让那人一言不合再使出什么阴招。

神秘小哥饶有兴趣地看着我，自顾自说着："我也纳闷啊，你要真是个普通登山客，怎么可能在这蓬莱游仙局里安稳度过一夜却没有发疯而死？可你要真是赊刀人的话，没理由认不出这手段啊？"

"啊哈哈！我懂了！"那小哥忽然一笑，眯着眼看向我说，"你是赊刀人里的实习生，对不对？"

看着那神秘小哥，我第一次亲眼见到了什么叫"眯眯眼都是怪物"。我慌忙拿出藏在腰后的刀，解释说："不是不是，真不是！我就是捡到了一把刀，长安城里的一个大师说这刀能驱邪什么的我就自己带着玩了。这次是和朋友登山玩，结果同行小伙伴出意外摔进了雪坑，我们救人的时候看到了一块人骨头，紧接着就遇到了那团大蚂蚁，然后就逃跑失散了。"

那人笑了笑，思索片刻说："要证明你说的是真话假话，也很简单。蓬莱游仙不落贵地，是一种吉凶难控的阵局，你的其他几个小伙伴真是普通人的话，这会儿要么昏迷不醒跌入梦境，要么已经被幻觉弄得神经错乱了。"

我紧张地咽了口唾沫，心说这种时候可不能露馅了，挂着满脸焦急说："那求求你快帮我找找我朋友吧！他们现在一定很危险。"

神秘小哥再次眯眼看着我，看得我心里毛毛的。

"走，我陪你一起找你的朋友。"说着，他拿起地上的盒子，朝我走来。

我慌忙后退几步："你就拿着这东西帮我找人？你怕不是要害我们？"

那小哥哈哈一笑，说："别闹，杀人是犯法的。不管你是不是赊刀人，我都不会拿你们怎么样的，和谐社会嘛。"

话是这么说，可我也不敢放松警惕。

我和这神秘小哥一同上路，他似乎对这片区域特别熟，带着我随意在林雾间穿行，毫不犹豫凝滞。我一面跟着他四处走，一面想着待会儿真找到他们，该怎么解释眼前这一切才能避免冲突。

我和雷大锤是普通人没错，但李星雨和花小薇可是货真价实的赊刀人后裔。这小哥手上又有飞蚁，万一真起了冲突……我不敢想后果。

"小哥你是一个人进山的吗？"

"小哥你家哪儿的啊？"

"小哥你说的那个赊刀人是什么啊？和我这刀有什么关系？"

……

我嘴上不停想法子套眼前这小哥的信息，可是他总对我爱答不理，总是问三句答一句的。我心底琢磨着既不能让自己之前的话穿帮，又得想法子让他透露点儿什么，总得下点儿猛料吧。想来想去，终于想起了李星雨和花小薇此前谈话中提到的一个信息——祖刀。

我装作无意说起："对了，想起个有意思的事儿。那大师还说这刀还分辈呢，有孙子，有祖宗，刀的祖宗，就叫祖刀！"

仿佛咒语一般，那小哥听到"祖刀"两个字，蓦然转过身来看向我。周围的雾气骤然间快速聚拢，不过片刻后又是大雾弥漫。

"怎……怎么了？"我有些发毛，忍不住说，"大师说的啊！有啥你找大师啊，就在长安城的白云小筑里呢！"

"哦？"神秘小哥歪着头思索片刻，微微一笑，"你下山之后，还会去找那个大师吗？"

虽然不懂他为什么这么问，但我还是点了点头。

只见神秘小哥手腕翻转，变魔术般不知道从哪儿摸出一把小刀，两尺有余轻盈古朴，看起来像是武侠电影里的兵器。小哥将刀在手指尖翻转片刻，递给我，说："祖刀，给你看看？"

这就是祖刀？赊刀人的祖刀怎么会在眼前这人手中？我的心中惊异莫名，但仍自强装镇定，接过刀来，问他："送我了？"

小哥摇摇头说："不，就是给你看看。"

我一时无语，这是在秀吗？

小哥笑了笑说："这只是仿品而已。相传最古老的赊刀术曾经不忌天地规则，小可以借力借势，大可以借运道命数。可惜后来的赊刀术被他们祖师爷改造，有了限制和转换规则。后世赊刀人都须以赊刀匠打造出质押刀为媒介，才能施展赊刀术，而且往往受限极多。但是，其中也有个例外。"

小哥看向我，问："你知道例外是什么吗？"

我挠挠头，试探着回答："祖刀？"

小哥一拍手，笑说："对了！祖师爷打造的祖刀没这些限制，依托祖刀你甚至可以找出有九五命数的人直接借命，让自己一步登天，可谓逆天至极。你下山后，给那大师详细说说这祖刀的样子，让那大师好好看看，告诉他祖刀是真实存在的。"

我好奇不已，问："然后呢？"

"然后让他去找祖刀啊！"小哥一笑，"数百年来祖刀一直下落不明，据说只有当年的李家四太爷见过真的祖刀。我这件的样式，也是依照他留下的图做的仿品。多一个人知道祖刀，他一定会想法子去找，那岂不是省了我很多力？"

看着手里的祖刀样品，我想起那具埋在冰雪下的李家四太爷尸骨，心想这人祖上就是杀害四太爷的凶手也说不定。当下也不好再问什么，我只能假装不知道什么四太爷，掏出手机对着手里的刀咔

　　　　　　　　长安未知局·蛹海浮屠

咔拍了一通。嘴上说着："放心，你帮我救出我朋友，我铁定帮你把话和照片带到。"

小哥饶有兴趣地看着我咔咔拍照，忽然一拍额头，说："不对啊！等等，我要改主意了！"

我抬头看他，一脸蒙。

小哥一边思索一边喃喃说着："你想啊，如果我帮你找到了你的朋友们，你们安全下山。可是下山后如果你没去找那个大师，那我这不是白忙活了吗？"

我哭笑不得，说："可是你一开始要帮我一起找我朋友，不是为了确定我们的身份到底是不是赊刀人吗？"

小哥来回走了两步，摆摆手说："那个现在不重要了，我不在乎了，不提也罢！"

我心想：这么随意的吗？

正当我无语的时候，小哥忽然眼神一亮，说："对了！我有办法了！"

他忽然紧走几步来到我身前，握住我的手，举起那把仿品祖刀说："这把刀赊给你！不要钱的，你拿走吧！"

我一听这就是办法？下意识没想什么就"哦"了一声。

小哥在思索着什么，越想越高兴，喃喃说着："你想啊，我用赊刀术借走你身上的某样东西，咱们之间就有了保障。我也不用担心你拿着我的刀跑了或者不按我说的去做。而且你直接拿着仿品去让大师看，肯定比你这照片更直观。简直一举多得啊！"

"等等？"我一下没反应过来，"原来你是赊刀人吗？你要借什么？"

小哥笑着摆摆手，说："这些可不能告诉你。"

看着他笑眯眯的脸，我有些慌了，忙说："我不借，这刀我也不要！"

小哥笑着说："哈哈，这可由不得你了。有人动我阵眼，应该是你的朋友们，我就不和你耗了。"

话音刚落，眼前的神秘小哥伸手一挥，我看到周围的云雾快速聚拢，然后像有意识一般猛然朝我扑了过来。我措手不及被掀倒在地，刚想拔出腰后的刀，一股强烈的眩晕感接踵而至，我眼前一黑失去了意识。

昏迷中我隐约听到小哥的声音："放心，我不会利用赊刀术害你的。只要你依照约定完成那些事情，有一天我会去找你取回这把刀，然后把你暂存在我这儿的某样东西还给你。取刀的日期嘛……就等你正式成为赊刀人吧！"

15 要不要做赊刀人？

等我再次醒来的时候，周围的雾已经彻底散了。

一点点阳光照进山林，我挣扎着爬起来，发现地上歪歪扭扭写着一行字："很高兴认识你，我叫丁神途，记得去找大师哦！"

我打开背包，果然多了那把硬塞给我的刀我有些欲哭无泪，忍不住骂了一句："你他妈怎么不把二维码也画在地上让我扫一扫加一加？！老子去见大师的时候还能给你开个直播！"

我又忍不住去想那个神秘兮兮有些恐怖的小哥，如果他真的会李星雨她们说的什么赊刀术秘法的话，那他从我身上借走了什么？

我站起身来，试着来回走了几步，蹦跳了几下，感觉身体一切正常，实在想不通是不是真的中了什么秘法被取走什么东西。不过想到还没找到那三人，眼下也容不得我多作停留，当即收拾心情，朝着主路走去。

雾散了后，路好走了很多。想起晕倒前那小哥说的"有人动我阵眼"，我心里忍不住想，也不知道这雾气突然散个干净，是不是真的和李星雨她们有关。这什么阵眼之类的，想想也就李星雨和花小薇懂吧？

我顺着标记朝外走去，没几刻钟就走到了我熟悉的登山道上。让我没想到的是，李星雨、花小薇和雷大锤居然正在路两侧休息，看起来似乎在专程等我。

我高兴得大喊大叫："你们都没事吧！我找你们可找得好辛苦啊！"

雷大锤高兴地冲我挥着手："兄弟你总算出来了啊！来来来，快过来吃点儿东西休息会儿！"

李星雨和花小薇也迎了上来。我注意到花小薇一只胳膊缠着绷带，看起来神色委顿，似乎受了什么伤，忙问起他们昨天失散后的事情。

李星雨叹口气，说："没想到这次上山的事情会弄得这么复杂，还连累小薇和你们受了伤。"

一旁的花小薇沉默地摇摇头。雷大锤走上前来打了个哈哈，说："没什么，没什么，大家这不都没事吗！必有后福，必有后福，哈哈哈！"

看着他们几人的神色，我猜想他们在雾中一定是遇到了什么事，但几人看起来都没有明说的意思，我也就没再追问。于是我刻意转移话题问李星雨："这一股子迷雾的什么游仙局阵法是你破的吗？"

几人看着我满眼惊讶，李星雨问："你是怎么知道这是蓬莱游仙局的？"

我叹口气，说："咱们还是边下山边说吧。"简单说了几句后大家也不再休息，各自收拾东西背上背包，开始下山。花小薇因为受伤行动不便，由我和雷大锤轮流搀着下山。

路上我大概说了在迷雾中遭遇的种种，包括那个叫丁神途的古怪小哥，以及他最后对我施展赊刀术，并留给我一把仿制祖刀。

这件事显然让李星雨和花小薇震惊不已。等我讲完后，两人不约而同沉默了下来，我本想问李星雨有关赊刀术的更多详细情况，但是对方自听完我的遭遇后便心事重重一副爱答不理的样子，只好作罢。我想着当务之急还是下山后先去找大师，宁可信其有不可信其无，好歹先把答应的事儿给办了。

我们就这么一路沉默着下山，总算赶在天黑前成功出了山。

一出山，李星雨和花小薇当即告辞，并婉拒了我们的帮助，两人自顾自进车收拾东西。一身疲惫的我和雷大锤实在不想动弹，就坐在服务站里，一人一桶泡面吃得津津有味。过了一会儿，李星雨走过来说："这次的事给你添麻烦了，我回头给你加钱。"

我抬头笑笑，说："谢谢老板啊。不过我也还有些事情要请教你呢！看你改天什么时候方便？"

李星雨淡淡一笑，说："我知道你想问什么，放心，短时间内不会有什么影响的。感谢你让我拍那把仿品祖刀的照片。这次发生的很多事我需要去找我爷爷问清楚，等我解开了心里的疑惑，我会帮你把你身上的问题搞清楚的。"

我连忙点头。说罢，李星雨向我们告辞。看着车里的花小薇向我们挥手告别，我总觉得两人似乎有什么事情非常着急。

一旁的雷大锤嚼了一口泡面，长叹道："这两个小姐姐真是高人啊！有了这次的事，兄弟我以后啥都信，逢庙烧香，逢神就拜。"

我忍不住好奇问他："你们到底在雾里遇上啥了？"

雷大锤沉默片刻，摇了摇头说："以后再说吧，心累！"

行吧，我低头继续吃面。吃过了泡面，雷大锤又来了根烟解乏，我俩这才慢悠悠收拾东西离开服务站，准备上车回家。

已经过了十点钟，服务站外边呵气成霜，我俩哆哆嗦嗦朝着雷大锤的车走去。忽然一阵刺眼的灯光袭来，差点儿没闪瞎我俩。

雷大锤扭头背对光源，大声骂道："谁这么没公德心大晚上开远光灯？闪瞎老子了！"

我用手遮着灯光，勉强看清车灯的一侧站着一个人影。那个人影出声喊道："大锤！"

我感到身旁的雷大锤整个人一僵，忙问他："是谁？"

"是……是安然。"雷大锤哆哆嗦嗦地回答我，他的声音忽然小了下来。

"安然？"我一哆嗦，刚刚平复的心再次剧烈跳动起来。

那个人影朝我俩缓步走来，雷大锤整个人僵在原地，我一时也不知该怎么办才好。正在这时，我的手机突然响了。我赶忙接起，居然是刚走不久的李星雨。

"喂？怎么啦李老板？我这正……"

李星雨劈头打断我的话，出声发问：

"解释起来很复杂，总之……你要不要做赊刀人？"

丁神途的话突然在我脑海中闪过，取刀的日期，要等我正式成为赊刀人那一天？

想我好好的一个社会主义打工人，本本分分生活，勤勤恳恳捞钱，难道真的要加入什么神秘组织，投身神秘主义文化的传承事业了吗？赊刀人？我到底该不该答应呢？

我怔在原地，一时有些拿不定主意。

诡术笔记

　　墙壁中的人似乎并没意识到我们的到来，仍在不停地喃喃自语。他的整个身体都已经和水泥墙壁融为一体，裸露出的部分身体已经石化皲裂，像是浮雕一般，但仍能清晰看到这人胸腔在一起一伏地呼吸。

1　我成大师了？

秦岭之行后的一个多月里，我把自己从那些诡异经历中拽了出来，强迫自己回归正常生活，上班下班，工作吃饭。一个多月来我没再联系李星雨和花小薇，也没再看刀一眼，捡到的柴刀和丁神途给我的仿制祖刀都被我压在柜子下吃灰。

但李星雨问我的那个问题，总不时在我脑海中泛起。

"你要不要做赊刀人？"

我不知道，我很好奇她为什么突然想让我做赊刀人，这神秘事业有工资吗？

我不敢问李星雨更多详细情况。

那晚挂了她的电话后，我们再也没见过面。后来她陆续给我发过几次信息，我不知道该怎么回复，索性不理。

下山那晚我们遇到了前来寻找雷大锤的安然。因为我们在山上耽搁了一夜，雷大锤正在生病的女朋友联系不上他，担心出了意外，情急之下拜托安然开车，两人一路找来了服务区。

我和雷大锤回到长安城后告别。我独自趁着夜色回家，一觉睡到第二天下午才慢慢醒来。洗澡吃饭刷剧，隔天重新整理心情打卡上班。

这几天我仔细观察了自己的身体，不见有什么异状。丁神途以赊刀术借走我身上某样东西的事，渐渐被我抛诸脑后。

直到有一天雷大锤突然微信联系我：

"兄弟，怎么自秦岭回来你也不联系我，说好的凉皮肉夹馍管够呢？你也不来！"

我笑笑，微信回复："这不忙工作嘛，总得吃饭。等有空了再去找你蹭饭嘛！"

雷大锤发来个不屑的表情，继而说："多大事儿。你这周哪天有空，我带你去见见大师，总算是预约上了。"

"大师？"我猛然想起我们在山上说过的话，心想雷大锤估计是担心我的情况，想赶紧拉我去见大师。

不知道为什么，我下意识有些抗拒，想了想回复他："这两天工作有些忙，加班多，到周末看吧。"

雷大锤发来一个揍人的表情，继而是一段语音："我跟你说，这大师我预约了很久才排上。兄弟说到做到，咱们就一起去见见吧！你就算不想问问山上的事儿，也可以问问姻缘财运什么的啊！兄弟我定金都付了。"

"怎么现在见个大师还得付定金？"我满心问号，回他，"这是什么大师？你不是说不能叫咨询费吗？应该称什么'随喜'？"

雷大锤回："给白云小筑的定金，大师不收，其他人得收啊。哎，总之你别纠结这个了，你就说哪天时间合适？我这几万块不能白花了。"

我脑子一蒙，回道："几万块？大师的咨询费这么贵吗？"

我带着满脸震惊问雷大锤："为了见个大师你不要你的肉夹馍店啦？光定金就得几万块？"

雷大锤满不在乎："兄弟不差这几万块，你赶紧定啥时候去。"

我越想越不对，这卖凉皮肉夹馍啥时候这么赚钱了？几万块都不是钱了？

我闷头想了想，见就见吧！转而微信问雷大锤："这周末就可以，不过你得先告诉我，你的凉皮店是哪个？在哪儿开着呢？"

雷大锤回我："味佳凉皮啊！长安城里那么多店呢。"

味佳凉皮？我满心震惊，这个看起来莽到有些傻的大个子，居然是长安城内店面数量最多的连锁餐饮公司的少东家？这么说，雷大锤居然是个富二代？

我挠挠头，忍不住苦笑："你也没说你开的店叫啥啊！"

总而言之，为了对得起雷大锤花的那几万块钱，我最终还是答应和他一起去见大师。

说实话，我心里也有些好奇这个大师，被雷大锤吹得神乎其神。更何况我在山上也答应了那个神秘小哥，老这么躲下去也不是办法，还是先按照当初约定的，把祖刀的信息带给大师，也算完成了承诺。

车绕着长安环城路一路跑到曲江，我们在一个湖边下车。雷大锤带着我绕过一个仿唐式建筑，进入了一个静谧的园林内。

这里看起来像是私人别墅，水塘、竹林、假山、喷泉一应俱全。我边走边看，心想这个大师也是赚了不少钱，能在这地方置办这么大一套景观别墅。

雷大锤带我进入别墅，我看到他很有礼貌地和别墅门口一人说了几句话后，那人带着我们进入客厅，然后径自上了楼。我们在别墅一楼的客厅坐下，静静等待。

看到雷大锤这神情肃然的样子，我不由得有些纳闷，这大师难道真有什么厉害手段？

雷大锤身体微微前倾，靠近我低声说："有仁大师在这白云小筑里修行很久了，平时不见客人的，能不能预约上都看缘分和大师的心情。不然我也不会拖这么久才带你来。"

我挠挠头，还是忍不住问雷大锤："这个大师到底有什么厉害的？给你们做过什么工作啊？让你们这么信他。"

雷大锤嘿嘿一笑说："你不知道，有仁大师在圈内很知名的，多少本地开发商、商业大佬，在一个项目动手之前都要找大师问问测测。这么说吧，长安城内你数得上来的富豪大佬，都和有仁大师有交情。我听说你现在上班这商场，当时开业前你们背后的大老板还找有仁大师测了一下风水。"

原来还有这么一茬？我忍不住挠头，想起商场开业之前我们凌晨在项目工地集合，一起绕着一只烤乳猪敬香的事儿。现在看来也是这个有仁大师折腾的？

雷大锤看我神色不对，忙提醒我："我可提前和你说，我知道你这人信奉唯物主义，玄学的东西啥也不信，但对大师一定要尊敬。待会儿见到大师了，咱得一起站起来，主动问候大师哈。"

"行行行，听你的。"我有点儿不耐烦，靠在沙发上，"你怎么说，咱们怎么来。"

说着，我感觉包里的刀硌得慌，左右等着无聊，干脆把刀拿出来放在手里把玩。

雷大锤这才放下心来。没一会儿，楼上传来响动，一个嘹亮的笑声传来："大锤小兄弟，有段时间不见了啊，哈哈哈，快给我说说你上山的事！"

雷大锤噌一下站起身来，我也跟着站了起来，扭头看到个身穿白色唐装的白发灰须老人，一身的范儿看起来仙风道骨。

"大师！"雷大锤亲热地喊了一声，"今儿特地带朋友来见见您，是和我一起进秦岭的铁兄弟。"

雷大锤说着推了推我，我刚准备跟雷大锤一般亲热地喊声"大师"，就看到眼前仙风道骨的有仁大师突然一怔，紧接着快速朝我小跑过来。

我措手不及，以为自己犯了什么大师的忌讳，忙扭头问雷大锤："怎么了？怎么了？"

雷大锤还没来得及说话，大师就已快步走到我身前，突然握紧我的双手，热泪盈眶地冲我喊道："大师！"

我一脸蒙。

2 祖刀与鬼方巫咒

雷大锤和我面面相觑。

我赶忙挣脱大师的双手，客气道："大师您好，我可不是什么大师，您才是您才是。"

一旁的雷大锤也弄不清什么情况，忙帮着解释："这是我一起去秦岭的兄弟。"

大师呵呵笑着，指了指我手上握着的短刀，说："拿着这等宝物的人，于情于理我都得称呼您一声大师啊！"

我试探着问："大师，您认识这刀？"

大师点了点头，叹口气说："这应该是赊刀匠的刀吧？没想到有生之年还能再见到啊！"

我和雷大锤对视一眼，都看出了对方眼中的意味。难道那个丁神途原本就知道大师和赊刀人有关系，才故意引导我来见大师？

我"咳咳"两声，半真半假地说："实不相瞒，大师。这刀可不是我的，是有位神秘高人托我将这把刀专程带到您这儿。"

大师听到我的话眼睛一亮，慌忙问："专程带来送给我的？"

我忍了忍，生怕说出"只是给你看看但不给你"这种话，被大师直接赶出去，只得勉强摇摇头，艰难地说："不……就是让带过来……让您帮忙……掌掌眼。"

大师眉头一皱，问："谁？"

我挠挠头，说："是个神神秘秘的人，我也说不上来。"

大师盯了我片刻，爽朗一笑说："别站着了，咱们还是坐下来说吧。"

喝过了茶，大师着急想看看那把刀，我便将仿制祖刀递了过去，一边解释这把刀的来历。虽然隐去了在山中遭遇丁神途及身中赊刀术的细节，但仍将这把刀源自赊刀匠祖刀图纸等细节一一跟大师说了，并直言对方就是希望大师去寻找真正的祖刀。

"原来是这样啊……"听完我的讲述后，大师摩挲着刀喃喃着，"原来这是祖刀，原来是这样啊……"

雷大锤着急地问："大师，到底有什么门道？你也给咱说道说道嘛。"说着给我递了个眼神。

我心领神会，站起来为大师续了茶水，问："具体是怎么回事，老爷子您给讲讲？我现在也和这帮人有些牵扯不清了。"

大师缓缓喝了口茶，开始了他的讲述：

"算算也是大半个世纪前的事儿了。我那会儿还小，爹娘走得早，当时世道太乱，到处都在打仗，我一个人在村里待不住，每天不是往山里跑，就是往县城跑，满脑子想的都是怎么把肚子填饱。

"人一饿胆子就大了，村子周边的山穴湖泊，县城里大小官宅后院，我都摸进去过，就为了搞点儿吃食活下去。直到有一天我不小心得罪了县城里一个当差的，县城不敢待了，又怕他派人堵在我回村的路上，只能连夜逃进了山里。

"从县城进山的路我也是走熟了的，因此不怕迷路。我趁着夜色朝山里摸去，打算去常待的一个山洞里避避风头。可就在半路经过一片荒地时，忽然听到野地里传来一阵咔嚓咔嚓的怪声。

"我本以为是野兔觅食，想着逮住的话可以饱餐一顿，于是悄悄钻入了野地里，去寻那个古怪声音的来源。

"可我越走越感觉不对劲，野地里的那种怪声，细听之下更像是谁在大口咀嚼着什么东西。我大着胆子凑过去，趁着一点点月光，看到远处有个人影蹲在地上，双手正往嘴里塞着什么。

"一惊之下我下意识后退，结果发出了响动。那个身影非常警觉，听到响动后突然扭头看向我。这一看，让我头皮发麻慌忙趴倒在地。

"微弱的月光之下，一个浑身青黑、面目狰狞、皮肤皲裂的怪物看向我这边，青冷色的眼睛，目光直逼过来。我看到那怪物身上的皮肤一寸寸裂开，仿佛风化的老石，上边沾满了数不清的黑红色血迹。

　　"是僵尸！当时我的心里闪过这个念头。

　　"幸运的是那怪物只听到我的声音，并没看到我，它左右看看后又回身继续咔嚓咔嚓地咀嚼。我趴在地上静静等了好久，不敢动弹，生怕那怪物发现我后把我一并掰扯着啃了。

　　"等了好一会儿，那个怪物吃完了地里的什么东西，起身朝一侧走去。我悄悄抬眼看去，发现那个怪物拖着僵硬的身躯四处走动，好像在寻找什么。

　　"我趴在地上趁机悄悄往回退，想着只要退出这片野地，连夜逃回村也好逃回县城也罢，总之不能在这里等死。

　　"可我才爬了几步就不敢再动弹，因为我看到那个身影突然笔直朝我走来。

　　"当时我吓得几乎不敢呼吸，正在纠结要不要站起来直接扭头就逃时，突然看到身旁土丘一侧有个不起眼的深坑。我想也没想几个翻滚就钻进了深坑，然后快速藏在了阴影里。

　　"我趴在阴影中一动不动，听着头顶那个声音走近，然后终于慢慢离开。等到一点儿声音都听不到时，我才敢松口气，彻底瘫软在地。

　　"结果这一口气还没缓过来，忽然听到耳后有轻微的呼吸声。

　　"我浑身炸毛，像只猫一样躬紧了身子。扭头看去，一张和那怪物一样的脸深深嵌在土里。最可怕的是，那张脸分明是一张双目紧闭的石头脸，当时我却清晰看到它正在呼吸。

　　"原来僵尸不止一个，地里还埋着一个？

　　"想到这儿，我脑子里轰的一声，一阵猛烈的饥饿感和晕眩感袭来，让我彻底摔倒在地。就在我以为要完蛋的时候，突然听到外边传来一个男人的声音：'小兄弟，你没事吧？'

　　"那个声音听起来平稳中和，让我悬着的心突然回到了地面。我像抓到救命稻草一样慌忙大喊：'大哥大哥！快救救我！这里还

有个僵尸！'

"一个中年人的身影出现在深坑边，他冲着远处同伴喊了一声'小丁，中野在这儿'，随即转头冲我说：'小兄弟你不要害怕，你身后那个怪物已经没有意识了，不会攻击你。你现在慢慢爬上来。'说着冲我伸出了手。

"我点点头，慌忙爬了出去。

"刚刚那个四处游荡的怪物已经不见了，一对中年夫妇出现在我眼前。当时我满脑子都是大难不死的侥幸，也没有去想为什么怪物会突然消失，为什么会在深夜的山里遇上这两个陌生人。

"当我得知他们是被仇家追杀不得已藏身山里时，为了感激他们的救命大恩，我主动提出带他们去我藏身的山洞休息。

"我们一起在那个山洞里藏了好多天，渐渐熟悉后我隐约得知他们来自一个有背景的家族，而那个怪物的出现他们也知道些什么。但李大哥总说我还小，有些事不该牵连我。

"直到某天，我觅食回到山洞，李大哥和丁姐喊我过去，两人对我说了件改变我一生的事：他们要借我的阳寿。

"我还记得当李大哥说想借我十年阳寿的时候，一旁的丁姐突然哭了，她对我说要不是走到了绝路，他们也不想用这个法子。

"当时丁姐告诉我，他们有个孩子身中一种奇怪咒术，活不过十二岁。夫妇俩这次进山也不是为了躲仇家，而是为孩子寻药。

"可这寻药怎么寻到我身上来了？当时我感觉没头没尾的，一时之间也不知道该说什么好。

"李大哥安抚着丁姐，等到丁姐止住了啜泣，他才开口向我讲述起事情的整个缘由。

"原来李大哥家族是做古董生意的，有一年他的父亲为寻找一件古物，在肤施县城外的一处遗墟内，不幸染上一种奇怪的病。这病会让人的身体逐渐灰质石化，最终彻底变成石头怪物，更可怕的是……这种病会传染。

"李大哥顿了顿，继而平静地解释说：'家父因为这个病症四处求医问药，中国方术、西方医药科学都束手无策，绝望之下最终疯魔而死。就在父亲死后，我以为一切都尘埃落定时，结果短短几个月后，我在刚出生不久的小儿肩头上发现了一块灰质。我这才知道，这种可怕的病原来会传染。当时我很疑惑为何我们都没事，却独独让我不满一岁的孩子受这般非人的苦楚。从那之后我就撇下家族，四处寻访高人，终于得知这是上古鬼方部落大巫流传下来的一种极厉害的巫咒。为了研究解开这种咒术的法子，我四处寻找线索，这也是为什么，你会在遭遇怪物的时候遇上我。因为我本就是追着那怪物而来的。'

"当时我心里顿时想通了什么，惊呼出声：'你是说那几个怪物也中了鬼方族的巫咒？'

"李大哥点点头，说：'我们通过朋友知道，几年前日军少将曾秘密派遣过一支特种部队潜入肤施县境内，却没有留下任何行动的痕迹。再后来附近的山民就开始流传山里有僵尸的怪事，我们联想到父亲的遭遇，猜测他们应该是遇到了和我父亲一样的事。于是我们寻来，希望从他们身上找到线索，以求破解小儿身上的绝症。'

"我大惊：'你是说，我遇到的那怪物，原本是日本兵？'

"两人点点头。李大哥说：'这支部队一定进过鬼方遗墟，这才染上了那种令人活生生石化的巫咒。我们本想利用他们来验证这几年收集的几种破解咒术的法子，可是失败了……'

"丁姐擦着眼泪，说：'应该说我们没有时间了。'

"李大哥跟着说：'所以，我们想利用家族赊刀术，借你十年阳寿给我家小儿续命，好歹让他活到成年。当然，如此大恩我们必定重谢，我可以保证你下半生衣食无忧生活富足。'

"丁姐说：'我们也不瞒你，赊刀术必须得双方同意才可以进行，而你的福相深厚命格奇硬，正好可以补助我家小儿的先天不足。姐在这里求求你了。'

"丁姐说着冲我跪了下来，一旁的李大哥也慌忙跪了下来，吓得我赶忙上去搀扶。

"对于当时还饥一顿饱一顿，不知明天会不会被打死的我，能一下变得一辈子吃穿不愁，这诱惑实在太大。我几乎没怎么考虑就答应了下来。

"后来我就记得自己在配合他们施术的过程中昏厥了一会儿，醒来后他们给了我一把刀，说要随时佩戴，十年期满自会取回。也就是那时，我第一次见到了质押刀。

"隔天两人匆匆告辞，也给我留下了我一辈子都没见过的钱。

"可能是因为有了钱，从那之后我的人生突然顺遂起来。一眨眼，十年后的某天，我突然发现一直随身带着的质押刀凭空消失了一般，怎么找也找不到。我就知道，是十年之期到了，赊刀人收回了刀。"

3　日军秘密部队

"等等！"听完大师的故事，我慌忙起身，有些紧张地咽了口吐沫，问，"借阳寿？用赊刀术？"

大师点点头，奇怪道："是啊，给你刀的人没告诉你赊刀术？"

我一时语塞，想到自己身中丁神途的赊刀术，忍不住问："老爷子您真把寿命借出去了？身体没受什么影响吗？"

一旁的雷大锤打断我："你也别着急嘛！赶紧坐下。"

大师倒是无所谓，直接回答："应该是借出去了吧，我手中拿着一把质押刀可是足足有十年之久，这身体倒是和常人无异。"

我咚一声瘫坐椅上。听完大师的讲述，放心之余不免多了满脑子的问号，鬼方的巫咒是什么？日本人怎么还变成僵尸了？这个李姓赊刀人到底是什么身份，难道是李星雨家里的长辈？还是说他和李四太爷有什么关系？难道真的和大师的经历一样，我身中的赊刀术真的必须得等刀收回后才能解开吗？

转念想想大师好歹知道自己是被借走了十年寿命换来了财富自由。我呢？我都不知道自己被借走了什么，又得到了什么。看看眼下，就得到了一把仿造的刀。

这也太亏了吧！

"嗨嗨……"一旁的雷大锤轻轻给了我一肘，悄悄说，"大师故事里那个女的姓丁……"

我一惊，对啊！丁姐，难道是那个丁神途的母亲？

我又一想，不对啊，那都是中华人民共和国成立前的事儿了，丁神途瞧着不过二十多岁，那孩子活到今天起码是个六十岁的老头了。再怎么想也不可能是那个孩子吧？

难道大师遇上的那个李大哥和丁姐，是丁神途的爷爷奶奶？可那个小儿真的勉强活过成年留下子嗣，算算时间他的孩子也不该才二十多岁这么年轻吧？总不至于还隔着一辈吧？

若是丁神途真和这事有关，他是想利用大师来寻找祖刀，想办法解决鬼方咒术吗？

我闷着头想了又想，总觉得还是哪哪都对不上，忍不住皱眉：难道真是我自己多想了？

雷大锤看着我沉思的模样，安慰我道："可能是巧合吧，也别想太多，你看大师这辈子不也过得挺滋润？"

我摇头苦笑，从大师的故事里能知道那个李大哥和丁姐明显是正人君子，可那个丁神途分明是个不讲武德的神经病啊！

大师喝了口茶，叹道："没想到这辈子会再次和赊刀人打交道，还见到了传说里的祖刀样式。你可以告诉你的赊刀人朋友，让他放心，我会动用自己的一切力量，设法去寻祖刀下落，有线索了自会告诉你们。"

"大师大师！"雷大锤忙问，"还有件事我特别好奇，你故事里的那些日本怪物后来……"

大师坐直了身子，说："这件事我一直没和别人说过，长大后我依照当年李大哥的讲述，将所有事情查证了一番，后来也当然知道李大哥是赊刀人而不是什么古董商，也知道他话里话外隐瞒了一些细节，至于日军秘密部队这件事……"

大师压低了声音："有资料证明，日军少将确实在 1942 年的 3 月到 7 月之间，曾秘密派遣一支小队潜入长安和肤施县周边地区。奇怪的是当时整个陕西明明遍布军队，但谁也没掌握到这支部队的踪迹，他们就这么凭空消失了。"

大师继续说："后来我总算查到了线索，如李大哥猜测的一般，那支小队深入陕西确实是为寻找鬼方遗墟遗留下来的咒法。也确实是在这个过程中出现了什么意外，才让他们变成了不人不鬼的石头怪物，从此滞留山中。"

雷大锤挠挠头，问："他们找咱中国的巫咒干啥？日本不是有阴阳术什么的吗？"

大师说："古代流传的很多所谓咒术，无论是古代的巫、蛊、鬼方巫咒，还是日本那边的什么阴阳师咒术，都是科学不昌明的情况下，利用自身经验知识来实现对一些微生物、病菌和化学元素的利用。这下你明白了吧？"

我俩恍然大悟，想来李大哥的孩子应该是因为刚出生抵抗力太弱，才会感染这所谓的巫咒。

大师说："再后来那些日本人彻底消失在了山里，我几次派人去寻都空手而归，我猜测他们大概是自食其果被病菌侵蚀而死了。总之，这已经彻底成了一段不为人知的历史。"

雷大锤倒吸一口气，啧啧道："这也太玄乎了。"

联想到刚刚讲述的那对赊刀人夫妇的故事，我听着直挠头，越想越乱。

大师摆摆手，呵呵笑说："都是陈年往事了，听过就算，你们也别太在意这些了。"

雷大锤连连点头说："自己的事儿都顾不了，谁还有空理会这些陈芝麻烂谷子。"

我忍不住叹口气说："我也不想啊！"

大师露出狐疑的神色，我又不好说什么。一旁的雷大锤打着哈哈："没事没事，兄弟，咱已经把这刀给大师看过了，也算是完成任务了，后边你就安心吧！"

我只能苦笑，话是这么说，但从大师的话里知道了确实有赊刀术借吉还凶的手段，我自己还中招了，这搁谁不慌啊？

喝过了茶，我们陪着大师东拉西扯聊了会儿闲天，就要告辞。临走时，大师主动要了我们的联系方式，说是如果有线索的话会通知我们。

我俩离去后，雷大锤坐在车上看着我长吁短叹的样子，忍不住说："你说那个叫丁神途的也没怎么样你啊，你也别着急，说不定只是借走了你的财运或者桃花运呢！这也不影响啥，对吧？"

我回了个"滚"字。

雷大锤哈哈一笑，继而好奇地问我："你怎么不联系联系那两个小姐姐，她俩不是什么赊刀人后裔吗？我看也是很有手段的人。"

我沉默半晌，才将那晚李星雨邀我加入赊刀人的事告诉他。

"咦……"雷大锤嘿嘿笑着，表情贱兮兮地说，"这小姐姐是在给家里招婿啊！可以啊你小子，有艳福！"

我无奈解释："这怎么可能？说实话我也没想通她为什么会让我做赊刀人。你说这一不发工资二不交保险的，还要搭上送命风险，我要同意了能图个啥？"

雷大锤想了想，说："你看小说电视里那些神秘组织都有些古里古怪的规矩，什么传男不传女、传里不传外之类的。会不会有什么规矩限制了她，她才想着让你成为赊刀人的一员？"

我想起下山过程中李星雨的一路沉默和欲言又止，有些不确定地说道："这谁知道啊？也有可能吧。"

话音刚落，微信声响起，我一看是李星雨的消息，顿感头大。

点开微信后发现是转账，备注是上次的合作费用。我这才想起之前去秦岭给她们当向导的钱一直没给我结呢，想了想，还是点了确认收款。

李星雨发来微信："怎么发微信假装看不到，转账就收呢？"

我尴尬不已，只得打字回复："最近工作太忙了，老加班，你说的事我还没考虑好呢！"

一旁的雷大锤看着我的样子，嗤笑道："是李星雨给你发的微信吧？瞧你那出息！"

我没理他，低头看到李星雨发了个定位过来，说："这下没法装看不到了，到这里来，我等你。"

我还没来得及回微信，一旁开车的雷大锤好奇凑过来瞄了眼，好奇问道："书院门？这会儿去那儿干吗？"

我摇摇头，还没来得及拒绝，开车的雷大锤方向盘一摆，改变了路线，说："走，咱们这就过去，看看小姐姐要找你做什么！"

4　四太爷留下的笔记

雷大锤这一脚油门让我没法再逃避。我想见过了大师，也算是完成了和丁神途的约定，心下多多少少轻松了些，于是便没再说什么。我俩就这么一路直接开往书院门。

长安城内老巷子多，书院门是其中最有特色的老巷子之一。这条街巷里层层堆叠着从明朝流传下来的各式老宅，街巷两侧无论走到哪儿，都是卖笔墨纸砚、书法字画的。天气暖的时候，走几步就有什么民间书法大师现场挥毫写字，简直像是为了陪衬"书院门"这个名字，整条巷子里充满了传统古老的笔墨气息。

因为书院门不好停车，雷大锤把车停在了附近停车场，我俩走路过去。站在巷口的牌坊下，我给李星雨发消息说我和雷大锤到了，并拍了巷口照片发给了她。雷大锤显然没怎么来过这里，对两侧的各种书法字画摊充满兴趣，不时左顾右盼，摆弄字画。

没一会儿，李星雨独自出现在巷子口接我们。她穿着一身长风衣，长发随意挽着，看起来简单舒适，和之前登山时的一身干练截然不同。

打过招呼，我们问起花小薇，才知道她因为秦岭的遭遇精神一直不太好，最近还在休养身体。

李星雨看了眼雷大锤，冲我开玩笑说："怎么，非得带个兄弟才有胆子来见我啊？"

我尴尬不已，一旁的雷大锤哈哈笑着对李星雨说："这不赶巧吗？你也得感谢我，要不是我一脚油门把他送过来，你今儿真不一定能见到他。"

我无奈说："主要是我不知道该怎么回复你。"

李星雨眉毛挑起，淡淡说："你点收款时可果断得很呢。"

我笑笑，说："这算是我应得的酬劳嘛。你看看进一趟秦岭多危险，我这向导好歹完成了任务不是？"

她摆摆手，显然不想继续这个话题："走吧，咱们进去聊。"

李星雨带着我俩朝巷子深处走去。转过巷子角，一处现代化的办公空间突兀地出现在我们眼前。我和雷大锤对视一眼，充满狐疑，带路的李星雨毫无知觉，自顾自走了进去。

我俩跟着走了进去。我打眼一看，这里是什么商业投资开发公司。雷大锤笑笑说："你们家原来是搞地产开发的啊？"

李星雨摇摇头，边走边说："书院门这老巷子这么旧了，政府想把这块开发成特色文化旅游区。住在这片区域的大都是老长安人，要考虑回迁安置的问题。我家长辈在这附近算是有些威信，就协助做一下区域开发。"

李星雨边说边带我俩穿过办公区，出门居然是个中式小庭院。绕过小庭院，我们进入一个和《乔家大院》里那种老宅院一样的宅子前厅，才终于坐下。

喝过了茶，我左右看看，总觉得自己像是进了什么景区里的老宅子参观，忍不住说："你家还……真有历史气息啊！"雷大锤四下打量片刻，赞叹道："书香门第，古色古香！讲究人。"

李星雨一笑，说："谁爱住这儿啊？没 Wi-Fi 没马桶的，各种不方便。我家不在这儿，这是我们李家的祖宅。"

祖宅？我问："怎么突然要带我来你们祖宅？"

雷大锤给我使了个贱兮兮的眼色，悄声说："招婿嘛，不得先见见列祖列宗？"

一旁的李星雨挑挑眉毛，显然是听到了雷大锤的话。我连忙咳嗽几声装作什么也没听到。

李星雨说："下山的时候你说你被那个神秘人施展了赊刀术。这事无论如何都是因我而起，我必须帮你解决。"

我刚想客气几句，又想她说得好像有道理，我这也算工伤吧。

只听李星雨继续说："因为在山上迎回了四太爷的部分尸骨，加上那个神秘人的出现，所以回来后我第一时间去找爷爷问了当年四太爷的事情。今天喊你到这里来，就是希望你知道这些事情，以及……一起去翻翻四太爷留下的笔记。"

雷大锤好奇问："笔记？"

李星雨点了点头，自顾自说："登山回来的那晚，我在车上给爷爷打了电话，问起四太爷的事。爷爷给我简单说了下四太爷消失那晚的事情。"

雷大锤顿时来了兴趣，搓着手问："到底是什么样的事，让你们家族里的天才最后被人害死在了秦岭深处？"

李星雨喝了口茶，继续说："爷爷告诉我，虽然当时家族里的长辈都闭口不谈，但四太爷消失那晚，他无意中听到过四太爷的屋内传来争吵和打斗声，透过窗子隐约看到屋中似乎有什么怪物。当时年纪还小的爷爷被吓了一跳，可还没来得及呼救，四太爷屋内的灯光突然熄灭了，爷爷看到一个披着斗篷的人从屋内走出。那人的眼神里充满了一种疯狂和决绝，吓得爷爷躲在院子里水缸旁不敢出声，就这么看着那个披斗篷的人消失在夜色中。自那晚后，四太爷就彻底杳无音信了。"

怪物？我好奇不已："李爷爷最后就没有进去看看到底是什么怪物？你们家族这种神秘组织已经够厉害了，还有什么怪物这么猖狂？"

雷大锤也摸着下巴猜测着："所以说那晚披着斗篷离开的就是李四太爷咯？当时是有什么事，能把李四太爷逼得不得不连夜离开家？难道是那个怪物迫使李四太爷离开？"

李星雨摇摇头："暂时没法知道了，爷爷也不确定那个离开的斗篷人是不是四太爷，那个窗边的怪物是什么身份我也没来得及细问。当时在车上电话沟通不方便，我本想着回来后去见爷爷当面问清楚细节，没想到才刚回来不久，还没来得及去找爷爷，他老人家就突然昏迷不醒了，至今还在医院疗养。我最近没去找你，也是因为这个。"

雷大锤叹口气，安慰说："可能是老人年纪大了，想起以前的事心里堵了，养养就好了。"

我附和着点点头，说："等李爷爷醒来了再问不迟。"

李星雨微微低头，说："不知道还有没有机会。"

我看到李星雨的眼神黯淡了一瞬，随即恢复清亮。

我怕李星雨多想，随即转移话题："你刚刚说要找什么笔记，所以李四太爷的这些往事和笔记，是和我有什么关系吗？"

李星雨点点头，说："四太爷是家族最后的天才赊刀匠，成功锻造出了具有异能的质押刀。他的笔记里很可能记载有关于如何解开赊刀术的细节。所以我想你一起来，找到那本笔记，从而帮你解开赊刀术。也是因为这个，我才邀请你成为赊刀人，这虽然是我自己的主意，但也希望你认真考虑一下。最起码，成为赊刀人后可以帮你摆脱赊刀术和那个神秘的丁神途。"

原来是为了帮我啊！我点点头，连忙对李星雨表示感谢。转念一想，不对啊！真有能解开赊刀术的法子，直接朝我身上招呼就是了，为什么要专程喊我来李家祖宅？还要加入这神秘组织？

我下意识问起："这好像……没必要专程喊我来你家祖宅吧？你用解开赊刀术的法子，直接朝我身上招呼不就得了？"

李星雨沉默了，我好奇地盯着她。良久，她才慢吞吞地说："笔记里不一定有法子，成为赊刀人是给你的安全上一个保险。"

我挠挠头，好像也没毛病，可这不是更没必要专程跑一趟了？一旁的雷大锤和我有一样的疑惑，好奇地问李星雨："照你这么说，我们不是更没必要专程来这书院门了？"

李星雨再次沉默片刻，面无表情地说："祖宅是明朝建起来的，里边至今没通电，而且藏古书的阁楼更是隔绝强光，人为的强光很容易破坏古书……所以得摸黑进去……"

我恍然大悟，下意识说："哦哦！原来你是想让我陪你一起！你怕黑啊？"

"胡说，我不怕！"李星雨断然否定，"只是阁楼逼仄，我也从未进去过……"

我想了想，问："那是……有点儿幽闭恐惧症？"

一旁的雷大锤一肘打在我的胸口上，我一吃痛突然反应过来，连忙找补："你考虑得真细致！这种老楼也没点儿亮光，单独进去是有点儿危险，咱们'团伙作案'还是安全一些。"

一旁的雷大锤一拍额头，叹口气说："兄弟，还是你牛，你是我哥。"

李星雨恍若未闻。

喝过两回茶，我们起身准备一起进入后宅。没想到刚起身，李星雨突然扭头冲雷大锤说："你留在这里。"

雷大锤一脸蒙，我尴尬不已。

李星雨自顾自说："祖宅后宅的阁楼我也没有进去过，但是我们一族的很多秘密不方便牵扯普通人进来。"

雷大锤瞥了一眼我，双手指着我，开玩笑说："我是普通人，他就不算普通人咯？"

李星雨看了我一眼，又看向雷大锤，一脸疑惑地说："你觉得一个身中赊刀术，手里拿着可能是如今世界上仅有的两把真正质押刀其中一把的人，还算是个普通人？"

雷大锤哈哈一笑，点点头说："我居然无法反驳。"说着转身拍了拍我的肩膀，冲我和李星雨摆摆手，说，"我在外边等你们，有事就打我电话。我去巷子里逛逛书画店去。"

5　从养生到长生

我和李星雨一起朝后宅走去。绕过一处连廊走到后边，我才发现原来这老宅后院里，还有栋独立存在的老楼。

李星雨指着那栋老楼对我说："赊刀人祖祖辈辈多有四处行走的，带回来的很多奇诡物品和一些老物件，都收藏在了这栋老楼里。咱们要找的笔记应该也在这里边。"

我不禁肃然起敬，问："所以这是赊刀人组织的藏宝阁？"

李星雨挠挠头，说："我们家一般管这地方叫老仓库，你要称藏宝阁也对。"

我干笑了两声，李星雨拿出一把钥匙，哐的一声将老楼大门打开了。

一股潮湿发霉的味道直冲脑门，呛得我俩直咳嗽。我不禁好奇地问："这地方是多久没人来了啊？"

李星雨也有点儿不好意思，忙说："谁家的老仓库会天天有人进出啊？"说着她当先走了进去，我赶忙跟上。

一楼因为大门敞开的缘故，光线虽然有些昏暗但还可以清晰视物。屋子里满地堆着各式杂物、木箱、陶瓷等物件，层层叠叠仿佛小山，门的右侧有道楼梯盘旋着直通二楼。我仰头望去，打眼一看，感觉这小楼起码有三层都满满堆着杂物。

看着眼前惨状，李星雨挠挠头，叹口气说："这……比我想象中还多啊！"

我扭头看向她："所以你们赊刀人都是这么不讲内务的？"

她看了我一眼，说："没事，古籍、书画、笔记一类的东西都在楼上呢，你慌什么？"说着就沿楼梯走上去。

我们来到二楼，四周窗户紧闭，光线昏暗至极。我借着手机的光才勉强看清个大概。一排排木质书架排列其中，满地散落着旧书和一些不知道是什么的小摆件，空间逼仄但不至于寸步难行。

李星雨说："应该就在这层了。"

我左右看看，问她："你也没准备个手电筒啥的？"

她说："这里的很多物件和书画都是特殊材质制成的，见不得强光。只能就这么找，眼下也没更好的法子。"说着开始动手在书架上翻找。

我轻叹口气，也跟着忙活起来。

书架上有各式各样的古怪书籍，大多翻开都是些我不认识的字或符号，甚至还有些什么生物标本，我也没心思细看。我和李星雨一人一个书架，一边翻找笔记，一边有一搭没一搭地聊着天。聊着聊着我忽然发现那边没了声音。

"李星雨？李老板？"

我喊了两声，不见那边回应，好奇之下走过去寻她。我转过书架，看到不远处一个背影正僵在原地。

我感觉不对，慌忙上前问道："怎么了，李老板？"

奇怪的是，那个身影并没有回应我。好奇之下，我刚想向她走过去，就听到李星雨的声音在我身后传来："是找到了吗？"

我下意识回头，就看到李星雨向我走来。

咦？她怎么在我身后？难道刚刚那个背影不是李星雨？

我感觉不对，立马回身望去，刚刚还站着背影的地方，如今一片黑暗，空空如也。

李星雨注意到我的疑惑，好奇问我："怎么了？"

我挠挠头，指着那片黑暗说："刚刚我明明看到你在那个位置背对着我，结果扭头发现你在我身后，我再回头看过去才发现那儿什么也没有。可能是我眼花了吧？"

李星雨望着我，问："你确定是我？"

我想了想，有些不确定地说："这屋子里也没其他人啊！"

李星雨的面色沉了下来，她悄然关掉了手机屏幕的光，慢慢向着那处黑暗走去。

我的心跟着一沉，随后屏住了呼吸。凝神看去，黑暗中仿佛仍有一个人影静静站在原地。

我俩小心翼翼地靠过去，随着距离逐渐拉近，有一张奇怪马脸的人身泥俑逐渐显出真容。那张马脸由各种不同的色块拼贴而成，双眼圆瞪，脸上有大小不一的各种圆形斑点，在这黑暗的氛围下看着诡异至极。

李星雨走上前去，冲着泥俑头上戴的那个马脸面具左右看看，问："你把这玩意儿看成我？"

我有些不好意思，说："可能是光线太暗，我眼花了。"

她不满地摇摇头，扭身打量那奇怪的马脸泥俑，忽然顿了顿，说："找到了。"

我往前凑过去，这才看到泥俑双手平举，手掌上放着一本破旧的红色笔记本。这显然正是李星雨要找的李四太爷的笔记。

李星雨小心翼翼拿起笔记本，随手翻开一页：

"牛乳富含营养，可多饮用。茶中取精华，一日三杯热饮茶，延年益寿。

"佛家食斋不进荤腥，我以为养生大忌，肉中营养丰富，延年益寿强健体魄，不可断绝。

"长寿村内有长寿泉，亲饮之，不过泉水凛冽甘甜，无其他异常。当地人长饮此泉，村内人均百寿。我以为主要因村内传统多吃萝卜，神完气足故能长寿。"

我挠挠头，这怎么都是些养生知识的研究？赶忙说："你从头开始翻吧，这么翻太乱了，看不懂这笔记。"

话音刚落，楼顶传来当的一声，就好像弹珠落在地板上发出的回响。

我俩同时抬头望去，黑漆漆的屋顶上什么也看不到。

李星雨说："可能是楼上什么东西时间太久了掉了吧。"说着从头开始翻笔记。我凑在跟前一页页跟着看，翻过前几十页关于养生食物的研究后，后边的内容渐渐奇怪起来：

"美国之生命科学研究，中国之阴阳研究，无非长生延寿。我李氏一族自淳风祖师以来，赊刀术锁上枷锁，借吉还凶，能量守恒，并非什么超然神术，不过是商贾一路的有借有还。大道求长生，赊刀术不堪此重负。

"我已洞悉赊刀术，成功锻出质押刀，凶煞可怕，驱邪破魅，然不过草草入门。赊刀术被祖师锁死，高山在前，我怎么超越，打破赊刀术之限制，从而转求长生？

"祖刀，有祖刀就能打破限制，只取不还，夺人造化，取人命数为我所使。须寻得祖刀，才能长寿不忧。"

一页页翻过去，我们渐渐发现不对，李四太爷的笔记从一开始的养生知识，后来渐渐提到生命科学和练气长生的话题。再后来不断提到淳风祖师对赊刀术的限制，以及对找到祖刀的执念。

我忍不住感慨："这李四太爷是研究养生知识走歪了，转去研究长生方法了啊！"

李星雨说："那个年代人命如草芥，惜命求长生，转去修道练气功什么都是常有的事。从笔记来看，四太爷当年锻造出质押刀后，就开始考虑怎么利用赊刀术求长生不老了。但即便他是赊刀人里的天才，祖师爷创立的赊刀术却像一座大山横在了他身前。"

又翻过一页，满纸密密麻麻写着"祖刀"二字。

我叹口气，猜测说："这么看来李四太爷应该是在寻找祖刀的过程中，在秦岭中身亡的。"

李星雨摇摇头说："没那么简单，四太爷消失那晚的怪物是怎么回事？更何况四太爷尸骨旁只有一把质押刀，另一把呢？到现在都不知道去哪儿了。何况他被谁所害也一点儿头绪都没有。"

我挠挠头，刚想说话，突然一怔，慌忙拉住李星雨："等等！"

"怎么了？"李星雨好奇道。

我紧紧盯着笔记本，这页的内容中，一个熟悉的词语映入眼帘。

"鬼方"。

一瞬间很多事突然在我脑海中通畅了起来。

"我好像……我好像想明白了。"我喃喃着，慌忙从李星雨手中夺过笔记本。果然，这页笔记中清晰写着李四太爷曾入鬼方遗迹寻祖刀的事。

李星雨问："明白什么了？"

我长舒一口气："明白当年李四太爷身上到底发生了什么。"

当的一声，那种弹珠跌落天花板的声音再次在头顶响起。弹珠在我们头顶滚动的声音如此清晰，在黑暗中显得格外瘆人。

我俩对视一眼，均感到不对劲。我压低声音问李星雨："这栋老楼还有三楼吧？"

李星雨神色犹豫，但仍是点了点头。

联想到刚刚我看到的那个背影，如果那不是我眼花的话，这栋老楼中，在我们的头顶上，难道隐匿着另一个人？

一阵恶寒从我后背升起，我望向李星雨，示意她我们得弄个明白。她沉默片刻，还是点了点头。于是我们收起笔记，悄然向三楼走去。

三楼是空荡荡的阁楼，最深处矗立着一面墙，墙上镶嵌着一个石人——是个还在呼吸，还会说话的石头人。

我怎么也没想到，在大长安城二环以内，书院门这种著名景点里，会看到如此诡异，如此不真实的一幕。

6　长在墙壁中的人？

我和李星雨悄然登上三楼，迎面看到的便是这古怪至极的墙。

墙壁中的人似乎并没意识到我们的到来，仍在不停地喃喃自语。他的整个身体都已经和水泥墙壁融为一体，裸露出的部分身体已经石化皲裂，像是浮雕一般，但仍能清晰看到这人胸腔在一起一伏地呼吸。自墙壁中突兀伸出的双手已经彻底石化，手指头残缺不一，地上石屑掉落满地。

我这才明白我们听到的那弹珠落地的声音，正是眼前这人的手指头石化掉落发出的响动声。

要不是有秦岭的古怪遭遇在先，单眼前这景象，便足够让我不顾一切扭头就跑了。这怪物藏在这里这么久，居然没人发现，简直是一个让人毛骨悚然的奇迹。

眼前这人是谁？他为什么会藏在赊刀人的老宅里？是谁将他藏在这里的？李家爷爷吗？他和死去的李四太爷有什么关系？

望着眼前一切，我模模糊糊想到了些什么，忍不住喃喃道："不会这么巧吧……"

一旁的李星雨显然也不清楚，下意识问我："你知道这个？"

我摇摇头咽了口唾沫，苦笑说："刚刚我以为我想明白了，看着眼前这个人，我现在又一头雾水了。"

李星雨强压心绪上前两步，冲墙里的石头人问话："你是谁？为什么会在我们家的仓库里？是不是我爷爷——李秉承那老头将你关在这里的？"

墙上那人置若罔闻，自顾自地小声嘀咕着什么。

我跟着凑上前去，听到那人断断续续在念叨什么口诀，我勉强听清几句什么"寂照功勤""大药自生"之类的话。

我壮起胆子，试探着问那人："你到底是谁？是不是李家把你关在这里的？"

墙上的人没有丝毫反应。

我退后两步，苦恼着说："没理由这么巧啊！"

李星雨扭头看向我："你到底想到了什么？"

我这才想起还没来得及告诉她我去见大师的事儿，慌忙把大师年轻时候的那段经历简略叙述了一遍，继而补充说：

"我看到李四太爷笔记中提到了鬼方，就联想到了大师的故事。故事里的那个李大哥的父亲，进入鬼方后身染疾病而死的应该就是李四太爷。想来大概是李四太爷为了寻找祖刀，和那一队日本兵合作，一起进入了鬼方遗墟。这也解释了为什么当时各方势力都搜寻不到那支日本部队。很简单，因为他们有个熟悉当地环境的本地人带路，而这个人，就是李四太爷。"

感受到李星雨的目光，我把视线从眼前的石头人转向她，说：

"顺着这一路想下去，一切就都串了起来。李四太爷为寻找祖刀，假借探寻古董的名义，和日本部队合作一起进入了肤施县境内的鬼方遗墟。不知道在那里边发生了什么，他们都染上了遗迹内的巫咒。这个巫咒会让人逐渐变成半人半石头的不死怪物。出来后他们分道扬镳，或者更大可能性是李四太爷单方面舍弃了他们，日本兵无处可去便在山中游荡直到逐渐失去意识彻底石化，也就是多年后大师在山中遇到的那些怪物。"

我继续说着自己的推测："而李四太爷则回到家中，想尽办法仍无法阻止发病，最终在那个雨夜决定彻底抛开家族桎梏，不择手段去寻生路。李四太爷就是李爷爷告诉你的，他小时候看到的那个披着斗篷离开的人。至于李爷爷看到的那屋内的怪物，我猜想也是李四太爷本人，当时他的身体已被巫咒侵蚀开始石化，变成了怪物一般的模样。所以最后他离开的时候才会披着斗篷。而李四太爷最终也在寻求巫咒解药的过程中，被人杀害在了秦岭深山中。也不知道是幸运还是不幸，从尸骨判断，他死前应该还没彻底石化。我本来觉得这一切应该是真相，但是……"

"但是你前脚刚听过大师的故事，后脚便在老宅里遇上了眼前这人。"李星雨看着这个喃喃自语的墙中石人，顺着我的话说，"鬼方、石化巫咒、李四太爷发疯逃走。这人出现在赊刀人的仓库里，身中你说的那个鬼方巫咒，明明看起来和所有一切都有关，却在整个故事中找不到任何一个有关眼前这人的信息，它就这么突兀地出现在这儿了。"

我点点头，这一切来得太过古怪也太过巧合。丁神途、李四太爷的尸骨、眼前这怪物，明明看似毫无瓜葛，但细想下去总感觉其中有些若有若无的联系。

"难道……"一种猜测在我心里蓦然而起，我望向李星雨，试探说道，"这人……会不会是那个……婴儿？"

李星雨迎上我的目光，说："你是说他借寿十年，但后来还是没能成功阻止咒术扩散，最终石化在墙壁中，然后被我爷爷关在了这里？"

我点头也不是摇头也不是，一时怔在原地。

"眼前这人要么是四太爷家中后人，要么是其他偶然进过鬼方沾染巫咒后逃出，然后被囚禁在李家的一个无关的陌生人。当然，我和你一样，更倾向于相信这人是李四太爷后人。但是……"

李星雨说着突然停下话语俯身下去，想要捡起地上的石头碎屑。我慌忙提醒："小心，这种石化病指不定会通过接触传染。"

她犹豫了下还是放弃了这个念头，站起身来，长叹口气说："但我们来这儿的目的是找寻给你解开赊刀术的线索，无论这背后藏着多少故事，多少隐秘，也都是陈年旧事了，可以先不管。"

说着，她转身看向我，眼睛明亮，说："现在我们找到了笔记，应该暂且放下这一切，先找到为你解开赊刀术的线索。只要这件事解决了，再多的事儿也都是我赊刀人一族的内部事务，让家里的长辈头疼去吧。"

说着，李星雨从我手中拿过笔记本，转身就要向楼下走，边走边说："我们先回前院，找个安静地方仔细研究一下这笔记。"

我俩刚刚转身，墙壁上的人突然厉声疾呼起来："173，是332，173！332在哪？"

声音沙哑难听，吓得我汗毛倒竖头皮发麻。

我俩慌忙回身，李星雨问："你说什么？"

墙上的人用沙哑疯狂的声音继续呼喊："寂照功勤，173！是173！332在哪儿？人332！长生332！是332！是我的！"

这都是什么乱七八糟的？我紧张地咽了口唾沫，说："要不咱们还是先下楼吧？"

李星雨盯着墙壁上的人，沉默片刻，忽地低头翻开笔记，说："是祭刀礼！"

我好奇地凑过去，看到在李星雨翻开的笔记本上，用红色的笔画着各种不同的小人，但所有小人的姿势都是身体匍匐向前，双臂左右伸展的姿势。和我们在秦岭山中看到的李四太爷尸骨姿势一模一样。

除了一堆小人外，旁边还画着一个复杂古怪的几何图形，四周写满我不认识的文字。

李星雨抬了抬眼，说："墙里那人突然发疯，我想应该是看到了我们手里的笔记，他应该曾经见过这笔记。我照着他说的数字翻到了173页，只是这图案已经做过诸多演化改变了。旁边的文字看起来应该是彝文，至于这图案……像是个祭祀阵法。"

我顿感头大，压住心里莫名的恐惧，问："所以这页记的是阵法研究？"

李星雨点点头："说不定破解赊刀术的法子就在这里边。"说着她用手机将那段彝文和图案拍了下来，继而拿起笔记本，在那墙壁中人眼前晃了晃，问："你知道这笔记本？你是谁？你知道这是用作什么的阵法？"

墙中那人忽然双目圆睁，似乎有了清醒意识一般，紧紧盯着李星雨手中的红色笔记本，不断嘶吼着："173！173！在这儿，332在哪儿？332是我的！"

我忙说："你要不翻翻看这笔记本的332页写了什么，或许会有线索。"

李星雨点点头，低头数着页码将笔记本翻到332页。

"啊，这不是……"我惊叫出来。

这页笔记本的一侧画着一个鬼脸一般的马面图案，和我们刚刚在二楼看到的一模一样；下面潦草地写着什么字，但被涂抹得早已看不清楚；角落里潦草地写着一段话："凝神寂照下丹田，寂照功勤，息不出入，大药自生，人乃长生，而后羽化。"其后又跟着一段看不懂的彝族文字。

我挠挠头，问李星雨："什么意思？还有这个马脸，这不是楼下那个面具吗？这……"

李星雨叹口气说："我也不清楚，应该是四太爷当年想研究什么长生的修炼术法吧。我们还是先下楼吧，别管这疯子了。"

我强迫自己冷静下来，扭过头去不再看那墙中人，也不再纠结于这些诡异的事和笔记中的奇怪记录，跟着李星雨朝楼下走去。

结果刚走到楼梯，一颗心再次悬了起来。

我眼睛向下一瞥，看到二层的楼梯口正中站着一个马脸泥俑。斑驳昏暗的光线映在那张诡异的马脸上，显得荒诞又恐怖。

"回来！"慌忙之下我一把拉住李星雨，将她拉至身边。

我指指楼下，低声说："楼下那个马脸泥俑动了！刚刚它可没在楼梯口！"

7 鬼脸马面泥俑

明明本该在书架间的那个泥俑，不知何时站在了楼梯口，我和李星雨却毫无察觉。

李星雨皱皱眉，悄然侧身望去，楼下那个泥俑静静伫在原地。

我苦恼地说："这前有马面活泥俑，后有墙壁怪物，这都是些什么小说剧情啊！"

"带刀了吗？"李星雨抬眼问我。

我说："没带啊，在雷大锤的车里放着呢。我也没想到在你家还能遇上这种事。"

李星雨不再说话，我看到她手里悄悄攥紧了什么，似乎准备硬冲下去。我慌忙说："别冲动！要不我们打电话求援吧！"

李星雨问我："你想报警啊？"

"我……"我一时语塞，忽地想起雷大锤还在外边，"可以叫雷大锤来帮忙啊！我俩一起上，弄它！"

李星雨摇摇头，刚想说什么，楼下传来古怪的闷响声。

我探头望下去，看到那个马脸泥俑忽地动了起来，轰隆隆的闷响声带动整个泥俑开始摇晃摆动，紧接着马脸的口鼻眼睛各处喷出大量黑雾来。奇怪的是那黑雾既没有落在地上，也没有在空中消散，而是就那么在半空凝滞不动。

我正感到奇怪，忽然听到李星雨的喊叫声。

"往后退！"随着李星雨的一声呼喊，我俩赶忙向后逃去，几步便走到了墙中人的身旁。

马脸面具不断吐出黑雾，形成的黑色雾团越来越大，渐渐包裹住了整个楼梯，逐渐漫上阁楼。

"是魃匣！"李星雨神色一滞，突然呆住，喃喃道，"难道是爷爷……"

泥俑身体内居然藏着魃匣！我大吃一惊，怎么也没想到，秦岭中遇上的那恐怖飞蚁群会出现在这李家老宅里。

我连忙唤醒陷入呆滞的李星雨，喊道："不管真相是什么，我们得先活着出去！"说着便左右看看，却实在毫无出路，急喊，"只能想办法破窗了！"

李星雨瞬间清醒了过来，她倒吸口气冷静说："让雷大锤带着打火机，多买一些草纸，赶紧过来救命！"

我慌忙听命，开始拨打电话。电话的忙音传入耳中，跟催命符一般。我低声骂了一声雷大锤关键时刻掉链子，扭头一看，那飞蚁组成的黑雾已经彻底漫上阁楼，向着墙壁紧逼而来！

李星雨阴沉着脸色，当机立断说："掰了这怪物的石头胳膊，砸窗！"

正在想办法徒手破窗的我突然一怔，急忙稳了稳心神。想着眼下也没有其他办法，只能"死道友不死贫道"了！更何况这也不是道友，就是个怪物。

一旁的墙壁中，那个石头人仍在不断喃喃着，对我们眼前的危机充耳不闻。

我急忙冲过去和李星雨两人一起使力，强忍着生理不适，试图把墙壁中人的胳膊掰断下来。

但也不知这人和墙壁长成一体多少年了，胳膊嵌在墙壁中真如水泥浇筑，任凭我使出吃奶的劲儿都没掰下来。这时黑雾突然加速朝我们扑了过来！

"来不及了！"随着一声呼喊，我下意识放开双手朝李星雨扑过去，将她护在身下，脑子里只剩一个念头——完犊子了！

我紧紧抱着李星雨趴在地上，不敢睁眼不敢张嘴，生怕那些飞蚁逮着机会钻入我的眼睛嘴巴。

奇怪的是，等了片刻周边毫无异样，倒是李星雨先出了声："我们没死，你准备趴到什么时候？"

"啊？"我慌忙睁开眼睛，看到那一团团黑雾并没攻击我俩，而是正聚在墙壁和地上，不断啃食着那人石化的皮肤和掉落到地上的指头碎屑。

李星雨轻轻推了推我，说："起来吧，魌匣没有攻击我们。"

有惊无险大难不死啊！想到刚刚的失态，我颇有些不好意思，慌忙爬了起来，转移话题说："这难道不是那什么魌匣？"

李星雨摇摇头，说："应该是同一事物，我们第一次见到这东西也是在四太爷的尸骨上，想来这魌匣中豢养的古怪飞蚁，正好是以这人身石化的碎屑为食。二楼的泥俑正是为了这墙壁中人专门设置的。"

想起秦岭山中，丁神途施法一般回收魌匣的样子，我突然感到有种说不出来的不对劲。

李星雨打断了我的思绪："走吧，趁这些飞蚁没空理我们。"

我点点头，我俩小心翼翼地绕过黑雾，向楼下走去。

来到二楼，刚刚那个剧烈抖动疯狂喷吐黑雾的泥俑此刻静静地站在楼梯口。

看着那泥俑，我惨笑两声说："我以后再也没法看《马男波杰克》了。"

李星雨回头望着我，眼神里带着一丝询问，显然是没看过这部动画。

我笑笑，说："咱们先出去吧，你家这老宅实在是凶险重重，吓得我够呛。"

我俩一块儿朝一楼走去。刚走了几步，我忽然感到一丝不对劲，回身看去，惊觉那泥俑紧紧跟在我的身后。

"它跟上我了？"我吓得慌忙后退了两步！

我俩满身戒备地看去，但那泥俑仍旧安静站立，没有一丝动静。完全想象不到它刚刚移动了位置。

"怎么回事？"我一时有些着慌，"咱们也没听到动静啊！"

李星雨矮身靠近泥俑，突然出手将那马脸面具打落在地，说：

"四太爷的笔记里有这面具图案，古怪肯定在这上边。泥俑不过是魍匣的容器罢了。"

我紧张地咽了口唾沫，问："这玩意儿不会缠上我了吧？"

李星雨试探性地说："你再走两步试试看？"

我小心翼翼左右移动了几步，但那面具依旧安静地待在地上。

李星雨想了想，说："你转身走，假装看不到它。"

我依言转身，向楼梯走了几步，再回头一看，那个面具果然已移动到了身后！

"这……怎么回事？"我怔在原地，问李星雨，"你刚才看到什么了？"

李星雨面沉如水，咬着牙蹦出了三个字："是蚁后。"

"什么？"我一时没反应过来。

"这不是面具，这是蚁后。就像瓢虫一样，这蚁后蜷缩收翅的样子看起来像张脸，被我们误认成面具了。刚才你转身一瞬间，它以极快的速度飞到了你身后。"

李星雨沉着脸，继续说："我不知道为什么蚁后会跟着你，很可能是一种捕猎习惯吧，但这意味着……"

她顿了顿，说："待会儿它们在楼上进食完毕，必然会回到这里。到时如果蚁后扑到你身上的话……"

我吓得打了个哆嗦，自己可不想被无数蚂蚁啃食而死，慌忙问："怎么办？"

李星雨咬咬牙，说："我们现在还不能动，一旦把这些飞蚁带出去，后果不堪设想。只能在这里想办法解决掉它们。"

我慌忙拿起电话，雷大锤的电话这次倒是打通了，但一直没人接。我陷入绝望，强忍着恐惧说："要不你出去吧，你出去买纸买火回来再救我。"

李星雨摇摇头，说："我们现在没法确定这蚁后为什么跟着你。万一这里只剩下你了，蚁后感到没有威胁直接攻击你怎么办？"

我几乎要哭出来："那怎么办？楼上那些崽子吃饱回家是早晚的事。"

"只能冒险一搏，先扑杀蚁后，然后赶在楼上飞蚁失控前回来，一把火灭杀个干净。"李星雨一边说着一边脱下外衣当捕虫网，"你当诱饵吸引它的注意力，我趁机捕住这蚁后，直接给它摔死了事。"

我紧张地点点头，再次转过身去假装要离开，试图吸引那蚁后的注意。在我刚转身的刹那，眼角余光瞥见李星雨突然动了。她只一瞬间就扑到了那蚁后身旁，大衣当头罩下，速度飞快。

可惜还是晚了，人脸那么大的蚁后一对叠翅猛然张开，忽地向一侧飞去，仅被李星雨扑到半个身子。

我赶忙扭身，也朝那翅膀彻底张开足有脸盆大的蚁后扑去。

8　我也要变成石头了？

我和李星雨满地打滚，试图压住那只疯狂扑棱的蚁后。正要坚持不住的时候，一个熟悉的声音忽然传来：

"星雨，你们怎么样啦？"

居然是花小薇？我喜出望外，忙高声喊道："快上来帮忙！"

话音刚落，一把刀掉落在我身旁。我一看，这不正是放在雷大锤车里的那把仿制祖刀吗？

赊刀人的质押刀似乎总对这种超出常识的生物有着奇怪的压制作用，那蚁后似乎感受到了什么威胁一般突然脱了力。我趁机拿起刀，也顾不得李星雨的衣服，一刀朝那对翅膀砍了下去。

一股腥臭味冲出，我和李星雨手一滑，蚁后蓦地挣脱开来。在我们还来不及反应之前，瞬间飞回了泥俑头上，重新变成了一个一动不动的马脸面具。

唯一的区别是，马脸面具上多了一道可怖的裂痕。

我瘫坐在地上大口喘着气，问："这蚁后是被打怕了吗？咱还要不要补刀啊？"

李星雨喘着气摇了摇头，继而转头问花小薇："你怎么来了？不是还需要静养吗？"

花小薇走上前来，说："爷爷醒了，他担心你，便让我赶紧过来找你。"

"爷爷醒了？"李星雨惊喜不已，"人没事吧？"

花小薇笑着点点头，说："刚醒来，知道你来老仓库了不放心，让我赶了过来。结果我刚进书院门就看到了雷大锤，怕你们有什么意外，所以带着刀来了。"

我在一旁竖起了大拇指，连声赞道："及时雨啊，小薇！"

花小薇看着满地狼藉，好奇地问："这都是怎么回事？"

李星雨揉揉额头，叹口气说："说出来你可能都不敢信。楼上有个怪物，这里藏着个魁匣，总之一言难尽。我有太多事要找爷爷问个清楚了。"

"你也别太着急，爷爷刚醒，医生说还需要再观察观察。"花小薇一边说着一边走向我，伸出手，"咱们也别在这儿了，到前厅休息休息再说吧。"

"谢谢啊！"此刻的我有些脱力，确实需要人搀一把，嘴上说着谢便伸出了手。

"啊！"花小薇突然惊呼一声，问，"你手腕上是怎么了？"

"怎么了？"刚刚站起来的我还没踏实呢，又被花小薇吓了一跳。我下意识看向自己的手腕，一块灰质的皮肤突地掉落下来，发出了石子落在木板上的声音。

"这是……"我的脑子蒙了，"我中巫咒了？"

我这才想起刚刚着急去掰那石头人的胳膊救命，我和李星雨不管不顾地和那石头人有了直接接触。如果那个巫咒真是一种传染病的话，此刻的我……我不敢想下去了。

"难怪……难怪蚁后要缠着我……"我的脸色惨白，满脑子都是楼上那些飞蚁啃食的画面，"蚁后这是把我当晚餐了啊……难怪……"

我也要变成石头了吗？要长在墙壁里变得人不人鬼不鬼了吗？

我"咚"地瘫软在地，一时之间不知该怎么办。

"这……"花小薇欲言又止，看向李星雨，"到底是怎么回事？"

李星雨看着我沉默良久，忽然单膝跪坐到我跟前，抵着我的额头，沉声说："对不起，都是我欠你的。"

额头上那凉凉的细腻触感让我失神片刻，忽地我感到手中一空，仿制祖刀被李星雨夺了过去。

花小薇惊呼："星雨你干吗？别冲动！"

我抬头看去，李星雨面色沉静地看着花小薇说："我欠他的，我没想到自己会不小心毁掉一个普通人的生活。他不过是个普通的上班族，喜欢登山，想赚点儿外快而已。结果被我们赊刀人连累，先是身中赊刀术还没有找到破解法子，现在又因为我沾染了治无可治的巫咒！"

说着她举起了刀横在身前，神色坚毅道："赊刀术借吉还凶，我李星雨今天就要逆势而行，把你这大凶的巫咒给我！让我还你一个安安稳稳的普通生活！"

我回过神来，惊慌劝说："别激动！说不定现在科学能解决呢，超声波什么玩意儿的不是都可以震碎胆结石、肾结石吗？万一有得治呢！何况你也……"

一旁的花小薇惊怒不已，冲上去一把抓住李星雨握刀的手，急吼道："你疯了？赊刀术是借不走鬼方巫咒的！"

"对啊！李四太爷不是……"话刚出口，我忽然感觉不对劲。

花小薇从哪儿知道这些的？我还没来得及给她说啊！

一旁的李星雨看我神色忽也觉察不对，拿刀的手腕猛然拧转，反手一扣，抓住花小薇的胳膊，冷声质问："这到底是怎么回事？小薇！"

花小薇吃痛，慌忙解释说："爷爷都告诉我了！我也知道当年四太爷离家出走的真相了。星雨你怎么了？发生什么了吗？"

看到李星雨的手腕一松，似乎有所犹豫，我慌忙说："先问清楚再说。"

但李星雨手腕已经松开，她的神色放松下来，冲花小薇说："抱歉，今天实在发生了太多的事。"

花小薇摇摇头表示理解。

我在一旁却越想越觉不对，忙收敛心神站起身来，问："雷大锤在哪儿？为什么他让你带刀过来，但是电话打不通微信没人回？他怎么不自己过来？"

花小薇笑笑，说："他手机没电自动关机了找地方充电呢，自己无聊这会儿正在老街上瞎逛呢。这里多少也算是赊刀人一族的禁地，雷大锤自然不能进来呀！"

我接着问："那李爷爷醒来，为什么家人没有电话、微信联系，偏偏喊你突然过来？李家长辈怎么想也不会让一个还在养伤的小辈这么辛劳吧？"

花小薇摇摇头，说："是我担心星雨的安危，主动要来的。"

我继续问："你说李爷爷告诉你赊刀术无法转移鬼方巫咒，但如此重要的信息，他怎么会在刚刚清醒的时候就单独告诉你？难道等你带李星雨过去，他躺在病床上再从头讲一遍往事吗？"

花小薇出奇地沉默了，一旁的李星雨直直盯着她，一言不发。

我没有理睬，脑海中的一切却逐渐串联起来："刚刚我们在二楼寻找李四太爷的笔记，在泥俑前我看到了一个人影，当时以为是眼花把泥俑看成了人，现在想来，那个人应该是你吧？只是你没想到会突然被我看到，仓促之下没来得及带走那本笔记。"

我向前两步，继续追问花小薇："刚刚看到楼上墙壁中的人，我就越想越感觉不对，现在我终于搞清楚这个古怪感觉了，因为从我认识你们起，所遇到的一切都太过巧合了，简直像是事先铺垫好的小说剧情一样。

"长安附近的得道高人、隐士不在少数，雷大锤辛苦找到的大师就刚好和赊刀人有过联系。我俩刚刚听完大师的往事，转头在这里就遇上了这怪物。想来应该是有人刻意引导了雷大锤那夯货的行动吧？

"我在秦岭里遇上那个丁神途的时候，他像是提前知道魁匣会飞出一般。秦岭那么大，他也不可能每天守在李四太爷的尸骨旁，怎么就能在隔天一早就出现在那里回收魁匣？怕不是有人提前给他报信了？

"再往前想一下，当初开口邀请我当向导，带你们上山的提议，应该也是你最先提出的吧？"

我走上前去，盯着花小薇，一字一顿地说："赊刀人，花小薇，你到底是谁？"

9　赊刀人的临时工

问完这句话后，我们三人陷入了沉默。

我看到李星雨神色复杂，不知在想什么。而花小薇则低着头一言不发。

楼上传来窸窸窣窣的异响，我知道是那团飞蚁啃食完要回巢了。果然，不过片刻，一大团黑雾从楼上涌下，在蚁后的四周盘旋片刻，渐渐全部进入泥俑，一切回归平静。

花小薇再抬起头时，已是满脸泪水。她哭着对李星雨说："对不起，星雨，我根本不想把你牵扯进来的，可是我……"

一股无名火猛然蹿起，我怒骂："把我牵扯进来的这一切都是设计好的吗！花小薇！我是上辈子欠了你吗？非要弄死我？"

花小薇轻轻摇了摇头，她的眼泪顺着脸颊滑落。

"小薇，"李星雨轻扶着花小薇的肩膀，深吸一口气后，盯着她认真问道，"我只问你一句话，爷爷昏迷住院，是你做的吗？"

花小薇摇摇头，说："我本想着当年的事李爷爷自会告诉你们，没想到他突然昏倒住院……"

我呛声说："所以大师才会被你利用是吗？人老爷子多大年纪了，你也好意思？"

花小薇惨然一笑，深吸口气平静说道："那又如何？决定做这件事前我便想好了一切后果，哪怕被赊刀人除名，哪怕和李家彻底断绝往来，哪怕被你们记恨一辈子，我也要做！因为在我心中，这世上的一切加起来都没有他重要！"

我刚想还嘴，看到李星雨投来个近乎祈求的眼神，让我的心一下软了下来。我忽然意识到，此刻她的心底一定比我还难受吧。

"小薇，到底是怎么回事？"李星雨强压翻滚的情绪，轻轻问，"你为什么要这么做？"

花小薇勉强笑笑，喃喃着说："赊刀人借吉还凶，天下哪有永远占便宜的事儿。一把刀抵偿不了，远远不够。祖辈们做的恶，为什么非要报在子孙身上啊！"

李星雨刚想说什么，我突然出声打断："你是为了丁神途吧？"

花小薇看了我一眼，终于点了点头。

李星雨也明白过来："丁神途是四太爷家的后人？也沾染了鬼方巫咒，身体如今开始石化，所以才躲在深山中？"

花小薇摇摇头，说："他便是四太爷的亲孙子。"

他还真是大师故事里的那个婴儿？李大哥的孩子？我惊讶不已，还真被我们猜着了？

之前听完大师的故事，我和雷大锤就有这猜测，只是怎么想也觉得年龄对不上。这要是真的，那个看起来不过二十多岁的丁神途，其实是个六十多岁的老头？

花小薇看出了我的疑惑，笑了笑说："自我八岁那年夏天认识神途哥哥起，他就是这副样子，从来也没有变过。我像候鸟一般，每年夏天打着登山、旅游、做义工等名义去山里找他。每一年他都会在一棵树下等我来，陪我度过或长或短的一个暑假。我一年年长大，每一年他都那么笑着，一点儿也不会变老。

"其实小时候我就很奇怪，为什么他非要和我约定，不能向任何人提起我们的事，为什么他从来也不会长大变老。为什么他不像我一样要上学回家，总是一个人待在深山里。很久之后我才知道，打出生起，神途哥哥就生着病，那病让他的身体时刻受着折磨，让他慢慢变成石头，只有魍匣才可以抑制住这病的发作。但也因为这，让他的身体停止了生长，他没法像正常人一样长大变老。"

我试探着问："所以你是说……这个巫咒只能通过魍匣里那些飞蚁啃食，来压制住石化的蔓延？那……那我以后是不是也得……"

花小薇摇摇头，苦笑一声说："事到如今也没什么好欺瞒的了，你并没有沾染这巫咒，只是我用障眼法骗你罢了。"

她继而看向李星雨，说："我深知你的性格是从不愿意欠别人的。我本想着让他误以为自己身中巫咒，你肯定会认为是自己的责任，定去设法解决。我笃定只要你全力出手，也就相当于整个赊刀人家族的力量都会被调动起来。这样……"

李星雨叹了口气，接过话来："这样你就有机会利用家族力量找到巫咒解法，进而去救丁神途？"

花小薇点点头，苦笑："只是我没想到你竟准备直接以赊刀术将巫咒转移到自己身上来。情急之下这才说漏了嘴。"

我知道事已至此花小薇没有必要再骗我，不由松了口气。

花小薇继续说："自从我知道神途哥哥的病情后，便暗自查询打探。当我知道鬼方，知道这种病原来是一种巫咒，知道四太爷那些缺德往事祸害子孙后，我去问神途哥哥，但他只说让我不要继续查下去。我们为此大吵一架，一气之下我带走了李四太爷尸骨旁的一把质押刀，很久没有再去见他。"

我惊讶："原来另外一把质押刀一直在你身上？"

花小薇扫了我一眼，自顾自说："直到你带着李四太爷的另一把质押刀找到我们。我就知道，这可能是我仅有的一次机会了。我要用这次机会调动赊刀人的全部力量，去寻找这巫咒的解法。所以我引导你们再次上山，并趁机触发了尸骨下的魍匣，让你被神途哥哥单独种下赊刀术。我知道，只有这样，只有让一个普通人被连累至此，才能让星雨去牵动家族长辈。"

我忍不住再次呛道："你有线索吗？就这么拉别人下水，让我们没头没脑去给你卖命？老李家欠了你的还是我欠了你的？"

花小薇回答说："线索不就在这笔记中吗？我知道是我欠你们的，但我必须救神途哥哥，不惜一切代价。只可惜我怎么也没想到，神途哥哥居然会提点你去找大师，还将仿制祖刀给了你。实在出乎了我的预料，仓促安排之下这才使得一切看起来太过巧合。"

这么理直气壮地坑我坑到底？我一时竟无言以对。

李星雨平静地说："小薇，无论丁神途和赊刀人有过多少关联，从四太爷脱离家族起他就不再是我们的一员了。你很清楚，家族不可能为了一个外人动用任何力量。"

她顿了顿，继续说："但我们从小一起长大，这些事为什么不和我说？我可以帮你一起去想办法解决。"

花小薇苦笑说："鬼方遗墟连四太爷这种天才都折在里边了，我们去又有什么区别？又有什么法子可想？如果没有家族的强大支持，就凭我们几个，又能做什么呢？"

我叹了口气，挥挥手说："事已至此，既然我人没事，你的阴谋也败露了，我也不想管你们神秘组织内部的事情了。我就一句话，只要你答应让丁神途收回种在我身上的术，咱们既往不咎。"

花小薇抬眼看着我，久久不语。

我被看得有些发毛，问："看什么？"

她手腕一翻拿出一部手机，我认出那是雷大锤的手机，不禁着急起来。

花小薇忽然一笑，说："你不好奇雷大锤为什么联系不上吗？你不想知道神途哥哥借走了你身上的什么吗？你不想知道楼上的墙中人是谁吗？还有，就算现在没沾染到那鬼方巫咒，你怎么就确定自己以后会没事？你可是抱着那石头胳膊掰扯了半天呢！"

我被吓了一跳，一旁的李星雨突然厉声喝问："小薇！你还想干什么？！"

花小薇嘴上笑着，忽然再次流下眼泪，低声说："对不起，我必须救神途哥哥，他已经没有多少时间了，哪怕只有万分之一的希望，我也要去试试。"

说着，一种诡异的声音响起，我身后的泥俑再次剧烈抖动起来，黑雾猛然从马脸周边弥漫开来。

"你要干什么？！"我慌忙举起刀，凑近了李星雨。

花小薇打了个响指，那蚁后仿佛得了什么命令，带着飞蚁猛然朝我们扑了过来，一瞬间便将我们淹没。

飞蚁盘旋，我和李星雨不辨方向。黑暗中我隐约看到花小薇趁机夺走了李星雨手中的笔记，我慌慌忙忙挥着刀驱赶飞蚁。不过片刻，一声尖啸传来，黑雾在一瞬间散开重归泥俑，就仿佛一切都没发生过。

李星雨飞速追下楼去，我捡起雷大锤的手机赶忙跟上。可一路飞奔到前厅，哪还有花小薇的踪迹？

李星雨试着打电话过去，不出所料，花小薇已关了机。

我看着怔在原地的李星雨，问："现在怎么办？"

她回过神来，一言不发地转身望了眼老楼，继而走过去将门重新锁了起来，接着双膝微屈，缓慢坐在了楼前的台阶上。

我挠挠头，走过去在她身旁坐了下来。

沉默许久，李星雨说："我和小薇从小亲如姐妹，什么事情都和她分享。我一直以为她就是个简简单单的女孩儿，也不热衷于赊刀人的事，好像只想安安静静开着我们的工作室，平平淡淡过日子。

她每个暑假都要外出一趟，我居然从来也没怀疑过什么。这次她花了这么多心思去救那个丁神途，甚至不惜利用我，利用家族。她一定不会放弃的，我生怕她会再做出什么傻事。"

我试图安慰她："可能丁神途对她真的很重要吧，虽然花小薇坑了我，但我也有些佩服她。我想眼下咱们只剩一个法子了。"

李星雨抬眼看向我，我笑了笑对她认真说："李星雨，我决定好了，我要加入赊刀人组织，直到这些事情全部解决。当然，只是临时工啊！"

李星雨一时语塞："你……"

我站起来伸了个懒腰，说："丁神途答应过只要我成为赊刀人，就收回质押刀解掉赊刀术。而我们只要找到丁神途，说不定就能找到花小薇。毕竟我相信丁神途再神经病，也不希望花小薇出什么意外吧！"

我看着李星雨的双眸，一字一顿地说："所以，我，刘米，要成为赊刀人的临时工！"

"我们赊刀人没有临时工啊。"李星雨说着，脸上忽然泛出了笑容。

"那就……实习生吧！"我哈哈一笑，身旁的李星雨也跟着笑了起来。

夕阳渐落，映出老楼斑驳的色彩。

我知道，自己算是主动把一只脚搁进了个危险奇诡的世界里。

蛹海浮屠

忽然，岩壁上亮起无数的鬼脸马面图案，数不清的魅生蝶似乎得了什么命令，扇动着翅膀，围绕亭中的蛹不断飞翔。不停有魅生蝶降落其上，紧接着便像被吸干生命一般迅速枯萎死去。

1　大蒙国与细奴罗

2019 年夏天到来前，我从长安城某商场的企划岗辞职。

老板问我辞职原因的时候，我心里暗想，总不能告诉你我加入了一个神秘组织吧？

是的，我暂时成了一名赊刀人。花小薇失踪，丁神途下落不明，李家老宅里发生的事情像一块大石压在我和李星雨的心上。我决心陪着李星雨解决所有事情。

话是这么说，其实至今也没多少真实感，想我几个月前还是个普普通通的上班族呢。现在的我暂时在李星雨的工作室里兼职打杂，赚点儿生活费，也没接触什么了不起的神秘组织内部秘密。

摆在我面前的问题还有很多：花小薇断了联络，我们尝试寻找丁神途也一无所获。最重要的是，关于鬼方巫咒我们仍一无所知。每每想起我和李星雨曾尝试扯断那石化人的胳膊，想起那皮肤上冰冷粗糙的触感，我都不禁生出冷汗和无数后怕。即便我俩反复去了几次医院，各种检查做了个遍，一再确认身体没什么异样，但我还是没法彻底放下心来。

而李星雨自花小薇离开，匆匆赶去医院见过李家爷爷后，就变得沉默了很多。我很好奇，她是从李家爷爷处知道了些什么吗？知道了那墙壁中人的真实身份？还是关于那个马脸泥俑的来历？抑或是当年李四太爷的什么信息？可她显然没打算告诉我。

正胡思乱想着，我的手机提示音响起。我拿起手机，是我哥发来的微信，说他出差回来了。

我长舒一口气，忙回信："今晚吃饭，见了细说！"

花小薇失踪那天，我想通了很多事。联想起第一次见李星雨时她说的那句"乱世赊刀客，长安太平人"，我即便再后知后觉，也猜到了一些事：我哥肯定和一些神秘组织有什么古怪关联。

于是我联系了我哥，并详细说明了秦岭回来后发生的一切，坦言需要他赶紧帮帮忙。

我收到的回复简单干脆而无情："出差了，等我回来详聊。"

我颇为愤懑，要不是你把我介绍到这里来鉴刀，我能摊上这么多事？于是回复："你可别做什么违法乱纪的事啊，别加入什么神秘邪教组织啊，咱妈可就你一个长子。"

他当时回复了个流汗的表情。

晚上，我们凑在一张桌上吃串串。我、我哥、李星雨，还有个同我哥一起来的，看起来像是个陕北煤老板的中年男子。

我哥招呼着大家，冲两边介绍着人："这是我弟，刘米。这是我老板，马龙。"

我刻意学着他的话，说："这是我哥，刘八斗。这是我老板，李星雨。"

李星雨轻轻笑了笑，道声"马老板"，看她的神态，显然早就认识那个名叫马龙的中年男子。

吃着饭，我絮絮叨叨说着在山中捡到质押刀，继而认识李星雨后发生的一系列事。李星雨在一旁不时补充细节，马龙倒是大马金刀能吃能喝，直到我俩说完全部的事情，都没有打断过我的讲述。

"这样看来，"马龙顿了顿，点燃一根烟，深吸一口，说，"八斗你还真是坑弟啊，哈哈哈。"

我忙不迭点头："马老板你见过这么坑亲弟弟的吗？"

我哥喝着酒笑笑说："计划赶不上变化啊，我这不是把马老板请来帮你解决问题了吗？"

我刚想拍一下马屁，就听一旁的马龙说："赊刀人家族的事我们不方便掺和太多，找人我也不在行，我能做的很有限。不过……"说着他举起手机，"星雨之前把你拍的那几张笔记的照片发给小巩后，她给我看过了，解读难度有些大，大都是古彝文，还夹杂了一些爨文，我也只能解读个别词语，全部的通义还得等我的一位古彝文专家朋友——吴教授帮忙破解。"

我刚想问这和我们找丁神途、花小薇有什么关系，一旁的李星雨已经出声："现在知道的信息有什么？有解开赊刀术的法子吗？"

马龙摇摇头说："目前我能解读的，就简单几个地名、人名，以及长生、轮回一类的字样。我猜测这也是你们那位赊刀人长辈关于长生的研究笔记吧。"

我好奇地问："可为什么那个墙上的人要一直强调这页的内容呢？还有当时我们翻那笔记，前边都是汉字，最多有几个英文，怎么偏偏这里用的全是古彝文？"

我哥说："我们也想了很久，推测有这几种可能：要么这几段文字不是那个赊刀人前辈写的，而是其他人写在了他的笔记本上；要么是他不希望这段内容被人简单抄去，做了刻意加密；要么……这里的信息很可能有什么特殊意义，必须这么记载；当然还有最后一种可能，就是那位赊刀人前辈根本不懂这些文字，只是在哪里看到了这些文字，仓促下誊写过来的。"

我挠挠头，感觉这些信息对解答我们的疑问并没有用。李星雨却颇为上心，继续问："你说提到了地名、人名，具体是什么？"

马龙说："大蒙国、细奴罗、神庙。"

李星雨点点头，沉默下来，似乎在思考什么。

我好奇地问："不是彝文吗？怎么跑内蒙古去了？"

我哥一拍额头满脸无奈："这里的大蒙国不是内蒙古，是唐初一个叫细奴罗的人，在云南地区建立的小国家。你不是玩过《仙剑奇侠传》吗？南诏国记得不？这个大蒙国就是南诏国的前身。"

跑那么远？我满脸惊讶，心想李四太爷为了求长生这种虚无缥缈的东西，真是劳心劳力啊！

马龙继续说："历史上的南诏国是个多民族混居、多种宗教信仰和民间土神崇拜并存的国度，细奴罗也被当作祖先神供奉在土主神庙。有没有长生的法子我不知道，不过可以断定的是，这个地方用古彝文来写，肯定有什么特殊意义。既然丁神途是李家那位前辈的后裔，秦岭遍寻不着，不妨朝这个思路试试看。当然，这也都是推测，一切都得等吴教授破解了全部信息后才能揭晓。"

我挠挠头，心想这也扯得太远了吧？丁神途会从秦岭深山跑去云南深山？还是说花小薇会顺着这个线索跑去云南？

我忙说："笔记里还有很多信息咱们没来得及看，而且花小薇既然是想找到解开鬼方巫咒的法子，应该会照着当年日本人的路线去想法子进入鬼方才是吧？"

马龙笑道："那也有可能。鬼方遗墟的入口我会帮忙找的。"

我试探着问："感谢感谢，找到的话您要不帮忙进去探探？"

我哥打断我的话说："你可别想啊，那种地方谁也别进去，几条命都不够用的。"

李星雨突然噌地站起身来，郑重地说："马老板，谢谢你提供的信息。如果你的古彝文专家朋友破解了全部信息，麻烦通知我或者刘米一下，感激不尽。"

马龙抽着烟，站起身连忙点头："放心，他是个古彝文化痴，过几天回长安后介绍你们认识。"

李星雨客套几句后匆匆告辞，我则留下来陪着我哥和马龙继续吃饭，直到喝红了脸。

2　南诏传说，魅生轮回

三天后，一个头发花白、戴金丝眼镜的老头出现在工作室门口。

"有人吗？"老头精神奕奕，腰杆笔挺，"我来找一位叫李星雨的女士。"

我连忙迎上去："您好，您是？"

老头摆摆手，左右看看说："我叫吴玉泉，马龙给我看的那些古彝文，是你们给他的吧？"

我恍然大悟，是马龙提起过的那个古彝文研究专家吴教授？

我心下好奇怎么马龙也没来个通知，这老头就找上门来了？嘴上忙客气着："是吴教授吧！欢迎欢迎！马龙还说等您回来介绍我们认识呢，您这直接上门来了。您稍坐，我这就去喊李老板。"

说着，我将他迎了进来，也不忘给我哥发个信息。

吴教授一边走一边笑着说："我这一路可是几经波折啊，刚下飞机就遭了贼，幸亏重要的东西都还在。我这都赶不及报警，就直奔你们这儿了。哦，对了。那段古彝文我已经破解出来了，今天是专程来找你们的。"

我听到他遭了贼，忙客气问丢了什么。吴教授和蔼地摆摆手说没什么，丢了一些废纸罢了，重要的东西都在呢。

刚刚走出来的李星雨听到这话，忙迎上前来，招呼吴教授坐下，上了茶水。客套几句后，吴教授说起了正事：

"一开始拿到那两张照片的时候，我也很惊异，上面记载的内容看起来和如今考古界的一些研究成果相互冲突，但是做学问嘛，必须大胆假设、小心求证，于是我搜集了很多资料，也请教了一些学界前辈，总算是将这些信息完整翻译过来了。"

李星雨问："里边具体提到了些什么？"

吴教授缓缓道来："是一个当地的传说，和一个……一个介于科学和幻想之间的推断吧。"

我试探着问："没有什么古代神秘学论述，或者阵法、术法的研究吗？比如关于破解法术之类的？"

教授摇了摇头，继而犹豫了下又点了点头，说："算不得是什么研究吧，在我看来都是一些推断和臆测，当然其间有很多细节，细想下感觉非常不可思议。"

吴教授从随身的包里取出一张皱巴巴的纸，继续说："第一部分的开篇，说这是当地大巫口口相传的，是真神的历史，是大祖的神迹，是关于细奴罗的故事。你们知道细奴罗吧？他被称为彝族始祖，是建立大蒙国也就是后来改称南诏国的人。"

我连忙点头，嘴上说着"这些大家都知道，听说这位彝族始祖是个很伟大的人，至今还被供奉在云南巍宝山上的庙宇中"，心里想着这几天的功课没白做。

吴教授颇感欣慰地点点头，一副"这年轻人还算有点儿见识"的神态，感叹着："如今彝族文化传承艰难，多少灿烂的历史和文化遗留都快被人忘干净了。你们两个身居长安城的年轻娃娃还知道这些，也算不错了。"

李星雨扭头看了我一眼，我有点儿不好意思。吴教授倒是继续他的讲述：

"第一部分讲的是细奴罗的事。传说在细奴罗年轻时，当地大巫预言他未来会历经三次死亡，三次复活，三次称王，死后成为伟大的巫神。大巫做出预言不久后，白子国的三公主喜欢上了当时还是长工的细奴罗，国王因此嫉恨细奴罗，对其暗下杀手并抛尸河中。这是细奴罗的第一次死亡。

"他的尸体顺弥渡河而下，被一个名为诃吒迦的菩萨复活了。传说那菩萨自佛国下凡，周身有仙蝶围绕。他允诺细奴罗助他娶三公主，并获得整个白子国，条件是为大和尚建造佛海、浮屠及神庙。细奴罗答应了菩萨并拜其为师。这便是他的第一次复活。

"白子国的国王和王后知道细奴罗复活后，愤怒不已但不便发作，于是想尽种种办法整治细奴罗。他们为细奴罗设下陷阱，让他为三公主求来'可以唱歌的灵鸟'陪伴左右，'照亮长夜的星星'驱散黑暗，以及'代表他对三公主永恒之爱的长青树'。细奴罗为了承诺，出发寻找这三样东西，自此在白子国内杳无音信。这是细奴罗的第二次死亡。

"几年后的二月八打歌会上，公主正在思念远去的细奴罗，远处忽然飞来一群金翅鸟。它们唱着歌，喊着：'细奴罗、三公主，细奴罗、三公主……'远处的山上亮起无数星星，伴着篝火把长夜照亮。公主流下了眼泪，因为她看到细奴罗唱着歌回来了。这是细奴罗的第二次复活。

"国王和王后看到归来的细奴罗十分惊讶。细奴罗则大声唱着歌，金翅鸟口吐人言和他一起唱起了歌，山上的光点伴随着歌声闪烁，似乎是满天星星。所有人都知道细奴罗完成了承诺，带来了可以唱歌的灵鸟和照亮长夜的星星。

"正当国王指责他没有带回永恒的长青树时，细奴罗命人搬来一座巨大的青铜树，立在国王和王后身前。那对金翅鸟落在其上，光影照耀，青铜树上闪烁着长青的光芒。所有人都喊着"细奴罗履行了承诺"。如此一来，国王无法食言，只能将三公主嫁给他。于是细奴罗成了白子国一地封主。这是细奴罗第一次称王。

"几年后，大概是大唐贞观年间，垂垂老矣的白子国国王禅让，细奴罗改国号建立大蒙国，也就是南诏。这是细奴罗的第二次称王。之后他病逝，应了预言中的第三次死亡。

"大唐开元年间，细奴罗的后代皮罗阁一统六诏，立国南诏，奉细奴罗为南诏国开国王祖，入神庙，受后人万世香火。这算是预言中提到的第三次称王。其后细奴罗复活成神，成了如今那巍宝山上的巡山神。"

说完，吴教授喝了口茶，补充道："这段记载虽然是怪力乱神，但很多细节有迹可循，比如这诃吒迦便是南诏自古以来流传的"诃吒迦观音"。《南诏中兴画卷》也记载有一个老和尚收细奴罗为徒，辅佐他，并在祭铜柱大典上现出真身的故事。还有细奴罗成神、金翅鸟这些说法，在大理倒也算是人尽皆知的古老传说，如今他的金身还被供奉在大理的巍宝山上。相信这里提到的传说，都是些祖先崇拜的刻意神格化，并没什么值得特别注意的信息。"

我点点头，心想要是不考虑它出现在李四太爷的笔记中和那墙壁中人神神道道的态度，这单独看也就是个民间故事，不足为奇。

李星雨问："旁边那个祭祀图案呢？吴教授可有什么想法？"

吴教授点点头，说："图上画的是某种群体祭祀行为，至于那图案，我和几位专家都倾向于是细奴罗复活成神的某种仪式。"

我和李星雨对视一眼，均认可了这种想法。李四太爷对长生有疯魔的执念，他在写下这段内容的时候，很可能已经身中鬼方巫咒了，所以想研究这所谓"复活"仪式来达成自己不死的目的。

吴教授感叹道："西方的耶稣复活，古埃及的亡灵之书，印度宗教中的灵魂转世，道教的羽化飞升，凡此种种，本质上都是为了让生命延续下去，对于长生、不死相关的命题已经陪着人类走过了几千年。至今还有很多人不相信生物科学，指望依靠修行延长生命呢。笔记的主人想来也是痴迷此道。"

"确实如此。"李星雨点点头，又问，"那另一张照片呢？"

吴教授沉默了片刻，说："第二张照片，就是为什么我说它是一个介于科学和幻想之间的推断。"

我问："是那段什么功勤长生羽化的口诀吗？"

吴教授点点头，继而又摇摇头。我们好奇地看过去，吴教授缓缓开口道："那段彝文记载的是一个推断，大意是诃吒迦教导细奴罗往生极乐的方法，要细奴罗去寻找并豢养当地一种特殊的蛊虫，待其孵化成蝶后，用自己的心血将其养大，这样死后灵魂就可以寄宿在这种蝴蝶上，并保留自己的意识。如此便可成功羽化成神，获得长生。"

我忍不住吐槽："这怎么听着像和尚在教国王如何当道士？"

李星雨白了我一眼，说："这应该是四太爷针对细奴罗的故事做的调查。"

教授自顾自地继续说："中国自古便有化蝶的各种传说，还记得关于诃吒迦的记述吗？说他来自佛国有仙蝶环绕。我遍寻白子国和南诏国的民间流传资料，总算找到一种生物的记载，与这张照片中所画的马脸图案一模一样。它在当地土语中被称为'轮回的蝶'，我在古籍里发现了这种生物的另一个称呼——魅生蝶。"

魍匣的蚁后是魅生蝶？象征轮回的蝶？

我满眼震惊地望向李星雨，心想难怪它能抑制象征死亡的鬼方巫咒。一旁的李星雨面色发白，沉默着咬紧嘴唇，不知在想什么。

吴教授似乎没发现我俩的异常，依旧喃喃着："想象一下，当地善蛊的民众生前养着这种蝶，死后将自己交给蝴蝶，希望化蝶重生，这不是最浪漫的葬仪吗？汉族文化中有庄周化蝶，可这所化之蝶是什么？一直未有记载。在南诏传说中，这种魅生蝶有寄宿灵魂的异能。若真是如此，那庄周梦蝶、梁祝化蝶等故事岂不是有了新解释？得知这信息的当晚，我连夜调查关于这种生物的记载。所幸，在南诏铁柱庙和巍宝山两地，我们陆续发现了一些线索，终于在大理南部找到了一处地方，我相信这就是世上仅存的魅生蝶栖息地！"

吴教授面色泛红，继续喋喋："我不相信什么长生、灵魂转世，但魅生蝶如果真的被我找到，证明这种奇异生物在千百年前就和当地民众共生，并成为一种隐藏的图腾崇拜。这定会一举拓宽古彝族文化的研究版图，意义不亚于三星堆出土的太阳轮！"

3　我要去大理

看着越讲越兴奋的吴教授，我赶忙站起来一边为他续了茶水，一边劝他冷静。

一旁的李星雨沉默片刻，终于平复了情绪，起身对吴教授认真说："教授，谢谢您。"

吴教授忙摆摆手，高兴地说："是我要谢谢你们！谢谢你们让我了解到这些信息。我已经决定了，最近几天稍做准备就出发去大理，寻找魅生蝶的所在！"

我附和几句，又和他闲聊了一些关于这些事的猜想，吴教授就要告辞了。我起身送客后，看着吴教授走远的背影，问李星雨：

"你说花小薇有可能去那边吗？"

李星雨沉默了很久，才说："爷爷醒来后，我去见了他，他说那墙壁里的人是李家人。"

李家人？我心下好奇，老宅的事情过去这么久了，她一直不怎么提起，怎么这会儿忽然说起？

李星雨自顾自地继续说："墙壁中是当年家族派出去寻找四太爷的人。当时因为四太爷突然消失，关于如何处置他，家族内部争执不下，直到当年日本北野家族的秘密小队的消息传来，家族最终决定派出一支小队去寻四太爷。可最终十多个人中只有一人回来，而且他也彻底疯了，只是怀里紧紧攥着四太爷的笔记。自此赊刀人一脉明令禁止家族人去寻鬼方禁地。"

我问："所以赊刀人一族至今也不知道鬼方遗墟的入口？"

李星雨点点头："赊刀人一脉自跟随淳风祖师以来，一向被称为最擅破局的一族。可是鬼方，却彻底成了不允许探寻的禁地。所以……"

我回过神来："所以，你是说……花小薇暂时没办法找到鬼方的具体位置，想冒险一试也无处可去？"

李星雨点点头沉吟着："这也是我没着急出发去肤施的原因。而且我觉得丁神途豢养魃匣，蚁后的秘密他应该也知道。至于小薇到底知不知道……"

我摆摆手："你别把事情想得太复杂了。花小薇闹得这么大，以她的性格来说，只要有一点儿机会就会去试试的，鬼方走不通，她如果得知了这些……"

正说着，我猛然想起吴教授抱怨一下飞机就遭贼，有这么巧？

我看了李星雨一眼，显然我们想到了一处。

我冷汗顿生，忙掏出手机，发现我哥不知什么时候回了微信，我打开一看，写着："哦，马老板是说吴教授今天到长安，没想到他直接去找你们了。"

我来不及回信息，一个电话打过去，简单说了刚刚发生的事，并找他要吴教授的电话号码。我哥立马用微信发来一串数字。

拨通电话后，听到我的询问，吴教授的声音传来："对，没错，就是我翻译那些古彝文用的一些稿纸啦，完整的翻译信息都被我整理录入电脑啦，没什么损失。小蟊贼不懂，下手捞空了嘛……对了，我找到个民间赞助，我们的南诏考察团……"

听着教授的话语，我的心逐渐沉了下去，后边说了些什么也没听清，只是看着眼前李星雨的面色越来越古怪。

我有些不确定地说："说不定是巧合……吧？"

如果不是巧合，只可能是花小薇趁机盗取了吴教授的资料，也就是说此时躲在暗处的她已知道了那些信息。她手中掌握有魍匣，无论以前丁神途有没有给她说过魅生蝶的事，只要看到那个蚁后的图案，她一定会去寻找羽化长生的真相。鬼方找不到解救丁神途的方法，花小薇很可能会认为这是解开丁神途诅咒的唯一方式。

李星雨斩钉截铁："去大理！跟吴教授说，我们一起去大理！"

我连忙点头，向吴教授说明情况。我当然没敢说什么赊刀人一类的话，只是说我们的影视工作室要做一些与古彝族相关的道具，需要实地考察，那些古彝文资料也是我们在筹备电影时无意间找到的。教授没有丝毫的怀疑。

挂了电话，我和李星雨商量了一些细节，便各自去做准备。其实我对这种大海捞针一般的寻人方法没信心，但想到吴教授说那里很可能是唯一有魅生蝶的地方，便忍不住猜测，丁神途在秦岭豢养的魍匣会不会也是从那里带出来的？他会不会也在那个地方？

如果真寻到了丁神途，是不是很多问题都可以迎刃而解？最起码花小薇见到他一定会主动现身吧？

接下来的几天，李星雨给我彻底放了假，说她要专心准备一些东西。吴教授那边也是经常联系不上，偶尔接通电话也只说在忙着准备资料、考察团什么什么，我哥和马龙也没能见到吴教授。看来这次南诏之行，吴教授是充满干劲啊！

我则无所事事，除了偶尔去找朋友蹭蹭饭外，便是询问我哥和马龙在忙的一些稀奇古怪的事。

我这才知道，世上除了李家赊刀人这种以刀用术的，还有马龙这种用乱七八糟的科技鼓捣灵异事件的人，我哥说他们自称太平人。我笑说"那咱俩算是半个同行啊"，心下却想着世上是否还有很多我们不知道的神秘组织，在搞着一些超乎想象的事情？

我忍不住在心里默默吐槽：他们是怎么逃脱科学"铁拳"的？老祖宗的文化还真是精妙神异啊！

几天后，我们定下了去大理的日期。因为携带的东西太多，无法登机，我们最终选定了租车自驾出行，以民间采风团的名义，经成都下昆明转道去大理。

看到"味佳民间文化考察团"的横幅时，我和李星雨还来不及惊讶，就听到后边传来雷大锤的笑声："来来，大家一起合个影。"

我扭头看去，一群年轻人正凑在一块儿嘻嘻哈哈地拍照。

"大锤！"我喊道。雷大锤扭头看向我，惊讶出声："刘米！你怎么也在这儿？还有李老板！"

李星雨扫视一圈，冲雷大锤点点头，算作打招呼。

"我还想问你呢，"我好奇道，"你整这一出是干啥？家里的凉皮店不准备继承了？"

我这话一出，让一旁的安然和柴苏苏微微皱了眉。自秦岭那晚以后，我没再见过这两人，两人对我的印象也不好，大概是那种"把雷大锤丢在山里的不靠谱的狐朋狗友"吧。柴苏苏是雷大锤的女朋友，身材姣好，周身显着时尚气息。她的闺密安然也不甘示弱，两人站一块儿真能成一道风景线。

雷大锤显然没看到身旁人的反应，冲我笑着解释说："这考察团是我们公司全程赞助的啊！你没看这摄影师、网红，要啥有啥，也是给我家品牌做做营销宣传，算作一次品牌推广活动。"

我点点头，看着一人背着摄影器材，柴苏苏和安然也拿着手机在忙着什么，心想：雷大锤说的网红是这两人？

我挠挠头，心直口快地说："你能不能不去啊？"

这句话惹得身旁众人望来，我有些尴尬，老宅的事情因为牵扯一些赊刀人的秘密，我没对雷大锤全部说明，隐去了很多关键信息。他至今也以为当日手机丢失只是巧合。

不过雷大锤倒是敏锐觉察到了什么，毕竟有了秦岭的遭遇，他对李星雨有种莫名其妙的信服。他上前两步，带着我和李星雨走远一段距离，悄声问："李大师，怎么回事？这趟文化考察是给你们赊刀人的行动打掩护？"

李星雨摇摇头，说："只是和吴教授顺路，但是……确实可能会有危险。"

我说："你到底知不知道咱们这趟去哪儿？大理只是落脚点，我们会前往山里，去一个……"

我的话还没说完，雷大锤的眼睛就亮了起来，忙说："听起来有点儿刺激啊！我想去！哎呀，放心啦！这么多人在呢！这样，大部队到了大理后，他们按原计划采风，完成公司的推广计划。我就自己一个人和你们一起出发，这总行了吧？"

我叹了口气，李星雨刚想说什么，这时吴教授带着几个人走了过来，打过招呼后问："雷明小兄弟，咱们可以准备出发了吧？"

雷大锤点点头，说："咱们一块儿合个影就出发！"说着招呼我们过去。

我嘴上不情不愿，但也知道事已至此，不可能让雷大锤取消公司既定的活动。我心里还在奇怪怎么吴教授找的赞助方好巧不巧的就是雷大锤？虽然无奈，但我也只得忸怩着走向车前，李星雨则面无表情地站在了我身旁。

摄影师架好机器，我们一群人站在三辆 SUV 车前，拿着横幅，一起喊了一声——"茄子！"

咔嚓，大理之行，不，应该说是南诏之行，开始了。

4　巍山于图，观音倒悬

这次同行去大理的人，基本分为三派。

一是考察组，就是我和李星雨打着制作电影道具的名义来考察。

二是文化人组，就是古彝文化研究专家吴教授，以及他的三个学生：胖胖的长发男大学生王港，眼镜片快赶上瓶底厚度的中年人刘云明，以及一个文文弱弱说话细声细语的女大学生张思。

三就是打工人组了，雷大锤雇用的三个专业长途司机、摄影师小王、味佳品牌宣传抖音网红兼雷大锤女友柴苏苏，以及柴苏苏的闺密安然。

我把这个人员区分讲给雷大锤后，他哈哈笑着回了个"滚"字。

我和雷大锤、李星雨三人单独一辆车打头，吴教授和他的学生单独一辆车居中，摄影师及其他两位女士坐在最后的车上。和另外两辆车不一样的是，我们这辆车的司机被雷大锤赶到了第三辆车上，他自己开车领路。

我问雷大锤："你不和你女朋友他们待在一起吗？"

雷大锤摆摆手，说："这次出来还是以工作为主，车一启动，那边苏苏和安然就开始线上直播了，我们这次是不间断实时直播，长安直到大理。我待在那边说话啥的还得照顾直播效果，不自在。咱们三个在这儿说话也方便嘛。"

说起直播，我想起第一次见李星雨时，她戴着一头纯紫色的头发正在直播卖刀，便笑着说："我家李老板直播也很专业的，你要不签了她？"

李星雨白了我一眼。

雷大锤笑着说："别啊，卖刀的网红我可惹不起。话说，李老板要不要考虑让我入股你们的工作室？老实说我一直想拍点儿短视频、短剧什么的。"

李星雨还没来得及回话，车里手机响起，我接起电话。

"喂，哥，是我，对对，吴教授和我们一块儿呢。又没联系上？嗨，没事，估计老爷子这会儿还在兴奋着呢，没来得及看手机吧。放心放心，我会照顾好老人家的，嗯嗯。"

一通电话挂了后，我笑着解释："马龙和我哥又联系不上吴教授了，说是本来还想一起过来送送我们呢，有事耽搁了，所以问候一下吴教授。"

雷大锤笑着接过话："要说这老头也真是个狠人，一去大理两千多公里，说走就走。电话一扔，不管谁的电话都爱接不接，比多少年轻人潇洒太多了。"

我们一路闲聊着，三辆车沿着京昆高速飞快向前。我靠在椅背上，想象后边车上吴教授正拿着地图或者资料和他的助理及学生讨论着什么，最后一辆车上两个女生在叽叽喳喳地直播。

考虑到老人家的身体状况，我们赶路并没太仓促，几乎每隔一个服务区都会停车短暂休整。穿越秦岭后，三辆车都交给司机稳速向前，我们一行人在各自车上休息聊天，直到当晚到达成都。

隔天一早我们再次出发，经过长达十五个小时的漫长车程，终于在一片疲惫的夜色中，到达了大理古城。雷大锤安排大家住进早就订好的酒店，虽然已是深夜，大理街头仍旧热闹非凡，吃喝一应俱全，众人吃饱喝足后，安心回房休息。

第二天一早，从没来过大理的我强拉着李星雨去逛街。因为按照教授的安排，今天下午我们就会和雷大锤的宣传团队分开，换车去往大理周边的巍山县城考察，可没给我们留什么游玩时间。

清晨的大理渗透着阳光和湿润的风，街头不少酒吧还在收拾昨晚的残局，早餐店开着，宿醉的年轻人说着我听不太懂的话语，不时有背包客从我身旁走过，让人感觉闲适舒服。

李星雨在街边买了一顶鸭舌帽，手腕一翻变魔术般地将一头散发扎成单束马尾，配着干净的衬衫和爽利的牛仔裤，看起来像是真正的游客一般。我想清晨闲散的时光多少缓解了她心底的焦虑。

趁这时机，我从背包里摸出包好的柴刀递给李星雨："其实我早就想把这质押刀送给你了，我现在手里有那把仿制祖刀，这把也是多余，不如你带着防身吧。"

李星雨看着我微微愣了愣，半晌才说："我记得我刚见到这把刀的时候，给你开价五千？"

我哎哟一声，夸张地说："你这么一说我就肉疼了啊！"

李星雨笑着接过柴刀，开玩笑说："赊刀人借吉还凶，质押刀本身是凶刀，哪有把这么危险的东西送女孩子的？"

我挠挠头，还真没想这么多，只得说："这不想着你多个武器好防身吗？你们要是有这讲究，就当是暂时赊给你，以后不想用了再还我。反正此情此景的，我不能收你买刀钱。"

李星雨哈哈一笑说："这刀上的铭文已经模糊不清，只依稀能见个大字，以后刀名就称'大福'吧！"

她嘴上说着，柴刀在手中翻转片刻，不见疏忽。我这才意识到李星雨是个用刀高手，不像我只会胡劈乱砍。

我恭维着说："大福？很吉利啊。你说我要不要也给这仿制祖刀取个名字，比如假刀、赝品、仿刀什么的？"

这话刚说完就换来了李星雨的白眼。

回到酒店时，众人已聚在了一起，摄影师和柴苏苏、安然围在雷大锤周边，还有几个我不认识的人，他似乎正在安排工作。

我和李星雨冲吴教授打过招呼，吴教授说："等雷明那边工作安排完了，咱们吃过午饭，就出发去巍山。那里有被称为南诏国发源地的巍山古城、供奉着细奴罗神龛的巍宝山，还有南诏第一座都城，也是细奴罗发迹地的山龙山于图城遗迹，咱们都得去看看。所以接下来几天就暂时不回大理这边了。"

吴教授的助理刘云明补充说："吴教授发现的那处位置，就在巍山往南的山里，所以后边都是乡下苦地方，你们年轻人还有什么要带的，抓紧去逛逛买买。"

我耸耸肩，客气了几句。一旁的胖子王港和女学生打扮的张思相互看了看没说什么，看情形似乎和这个教授助理不太对付。

忙完工作的雷大锤走来，长舒一口气说："搞定了！下午我和你们一起去巍山，车加好油了。苏苏、安然和摄影师一起留在这边，配合本地团队忙他们工作的事。"

李星雨点点头。我看着雷大锤说："大锤，我可最后问你一句，你真要一块儿去？你可别忘了秦岭的事啊！"

雷大锤神色一滞，继而爽朗一笑说："你没看那些小说里都是黄金铁三角吗？你，李星雨，这不还缺一个吗？我顶上，咱这黄金铁三角不就成立啦？"

我笑笑说："那我们缺的是一个胖子。"

雷大锤一顿，张思和李星雨同时笑出声来，一旁胖胖的王港左右看看，颇感莫名其妙。

话是这么说，我也没再劝什么，且不说雷大锤是这次出行的金主，就算去了山里真遇上事儿，他人高马大能走能跑的，还有丰富的户外登山经验，总比身旁的王港和张思让人放心。

午饭后稍作休整，我们两辆车再次向南出发，前往巍山县城。依旧是雷大锤、我和李星雨一辆车，吴教授他们一辆车。不同的是，这次两辆车都换了司机。大理周边地势复杂，线路繁多，稳妥起见雷大锤另外雇用了两个当地司机。

巍山彝族回族自治县古称蒙舍、邪龙或舍龙，境内云岭、哀牢山、无量山山势绵延，自然风景堪称一绝。依照吴教授的安排，我们先行绕道去往弥渡县（就是故事中细奴罗第一次死亡被抛尸的弥渡）铁柱庙。

吴教授说，他翻译完全部内容后就想到了铁柱庙，铁柱对应的当是故事中细奴罗筑造的长青的青铜大树，不过金翅鸟如今已不见踪迹。

我和李星雨、雷大锤对这些民俗传说不感兴趣，简单逛过后就找了个凉快地歇着，只想尽快去吴教授所说的魅生蝶栖息地。吴教授倒是带着助理和学生前前后后忙活了半天，又是拍照又是讲课。

忙完后，我们驱车赶往巍山县内，到达酒店下榻时，天已经擦黑了。好在这次精力旺盛的吴教授体谅我们这些年轻人辛苦，没再要求大家继续采风考察。

第二天我们去往当地名胜巍山古城，也称南诏古城。

巍宝山上修建了大量的佛寺和道观，吴教授望着满山的古建筑，扭头指着巡山殿说："这里大多是明清建筑，巍宝山上的佛寺道观倒是历史来源复杂，南诏国自立国便开始尊佛教，一直延续到大理。但这个过程中道教和佛教也一直在争，相互影响相互促进，逐渐融合。所以你们听过的那个诃吒迦观音收徒细奴罗的故事，也有老君点化南诏王的版本。"

雷大锤摸索着下巴说："都是宣传嘛，无非是结合当地特色文化搞营销，你看基督徒在咱们长安不也是？我上次见到他们传教都开始发肉夹馍了。"

李星雨想了想，说："所以那个故事很可能只是为了传递信息，才被四太爷记录了下来，故事具体怎么讲的并不重要。"

我看着不远处忙着拍照做记录的王港和张思，心想跟着教授出差真辛苦，嘴上说着："不是有人说过，一切传说本就是历史吗？"

我们在巍宝山上边走边聊，吴教授突然止步，严肃地说："这是哪来的游客这么没素质！怎么能把观音石倒立。"

我们三人抬眼看去，只见巡山殿外一处不起眼的角落里，一块长方形的石头矗立在地上。

教授走过去，有些吃力地扶起那块石头，我和雷大锤慌忙搭手帮忙。那石头被我俩翻过身来，还真是一尊面相肃穆、头饰高耸的观音，只不过此刻高耸的头饰被直直插在土里。

吴教授有些生气地说："这石雕就是当地民众尊敬的诃吒迦观音像。也不知道哪来的没素质游客，做这种破坏文物的事情！"

原来这就是诃吒迦啊？这个观音的面相有点儿像女性，但身体是男性，身躯纤细修长，双手结的是佛家的妙音天印，面部表情细看之下有种说不清的意味。

李星雨也端详了那石像片刻，有些犹豫地说："这面相看着有点儿眼熟啊……"

教授摆摆手，不再说话，我们绕着巡山殿走了一圈，发现每个角落都有一尊被倒放面壁的诃吒迦观音像，让吴教授心痛不已。雷大锤和我、王港、张思只得将观音像一一扶正。

一开始我也以为这只是没素质的游客随手玩闹，可隔天在山龙山于图城遗迹再次看到倒放的诃吒迦观音像时，我恍然觉得，事情好像并没那么简单。

5　大蒙奇嘉王神庙敕建

山龙山于图城址最早是当地农民无意间发现的，1958 年云南省考古队在这里挖掘出了大量建筑材料和陶片，证明了这里正是南诏国早期都城遗址，如果做精确推测的话，南诏第一代土主细奴罗正是在这里崛起称王的。

这里拥有一座山城所必需的全部条件：山环水抱易守难攻，前临阳瓜江，后依大黑山。四周民舍林立，很多地方仍保持着当地古老的风貌。

我们依靠地图一路进入景区，登上城址。因为不是巍山古城那类著名景点，上去的时候，除了一个当地老大爷在看守景区外，整个五千平方米的遗迹里，放眼看去不过寥寥数人。

这一次发现倒悬观音像的不是吴教授，而是雷大锤。

一块埋在瓦砾下的方石被雷大锤一屁股坐塌，我还没来得及笑，他爬起来时，我就看到了那尊观音像。

雷大锤看出了我脸色的变化，好奇问怎么了。

我凑近一看，果然，那块方石的另一侧刻着的正是诃唎迦观音像。我回忆着方石刚刚倒下的位置，可以确信，它原本确实是被倒栽在地上的。

一种古怪的感觉突然涌上心头，我心底一动猛然回头，恍惚看到一个人影在远处一闪而逝。

我慌忙指着远处，问身旁的雷大锤："你看见什么没？"

雷大锤顺着我指的方向望过去，摇摇头问："看到什么了？"

我说不上来，慌忙喊李星雨，众人听到我的喊声以为出了什么事，都凑了过来。

我深吸一口气，说："大锤、王港、刘老师，有劳你们在遗迹四处看看，还有没有倒栽着的观音像。"

看着我的表情，还想再问什么的王港，被雷大锤拉着去四周查看了。

我指着雷大锤刚刚坐塌的地方，冲李星雨和吴教授说："巡山殿外倒悬放置的观音像可能不是偶然，你们看。"

两人看向那块方石，露出思索的表情。

没一会儿雷大锤等人陆续回来了，果然在这遗迹的四角，各发现了一尊倒栽着的观音像。

众人的眉头皱了起来，雷大锤左右看看，问："我们这是……被人盯上了？"

王港说："说不定是恶作剧呢？只是一直没人发现，恰巧今天被我们发现了。"

刘云明扶了扶眼镜，思索道："这也可能是本地人的某种神秘仪式。"

吴教授摇摇头，说："观音倒悬，可能是某种警示，也可能是某种叛逆信仰的行为，算不了什么好兆头啊！"一旁的张思有些紧张地直点头。

我想起刚刚那个一闪不见的人影，心下猜疑不定。如果真是有人在跟踪我们，那个人影会是花小薇吗？

吴教授突然想起什么似的，忙说："快，把观音像翻过来，看看背部有没有什么字迹。"

众人依言，七手八脚地把倒悬着的观音像挨个翻过来一一查看，果然有铭文。

遗迹四个角落的四尊观音像，两个以阳文刻着"大蒙奇嘉王神庙敕建"，两尊以阴文刻着"诃吒迦观音长生渡"。

吴教授喃喃着，忽而激动了起来："大蒙奇嘉王神庙敕建……神庙……这是……这是从神庙中搬运出来的！是故事中细奴罗为诃吒迦建造的神庙！传说……传说是真的！我们没找错！"

一旁的刘云明也语带兴奋，冲众人解释说："在那段古彝文中，诃吒迦帮助细奴罗称王，细奴罗为其打造佛海、浮屠、神庙。这两段铭文，正好契合这个故事，很可能是从细奴罗为诃吒迦观音建的神庙中搬出来的！"

作为教授学生的王港和张思听闻，也跟着高兴起来。我和雷大锤、李星雨三人则互相望了望，实在高兴不起来。观音倒悬，大凶的征兆摆在面前，对于我们三位有过点儿奇诡经历的人来说，这玩意儿多少得信。

吴教授高兴地说："咱们这就进村，分头打听这几尊观音像的来历。只要依据这尊观音像找到当地向导，我们就能精准找到神庙所在了！也不用在山里四处乱撞寻找魅生蝶的栖息地了！"

雷大锤好奇地问："您就这么确信？"

吴教授哈哈一笑，说："这世上没那么多巧合，故事里提到的魅生蝶和这神庙，就算不在一处，也一定相距不远！"

想想也有理，雷大锤不说话了。

我急着想和教授等人暂时分开，好和李星雨说那个人影的事，慌忙应和着，招呼大家分组，抓紧时间去周边打探消息。快速讨论之后，教授和助理刘云明一组，王港、张思一组，雷大锤、我和李星雨一组，分别去不同方向打听，我们就此往回走。

路上，我悄悄说起那个一闪而逝的人影，以及那种说不上来的古怪感觉。李星雨低头思索着，最终也只是摇摇头。突然一个身影拦在我眼前，我定睛一看，这不是之前看守景区的老大爷吗！

雷大锤好奇地问老大爷："怎么了？我们买过票了啊！"

老大爷不理他，只盯着我和李星雨左右看看，看得我俩怪不自在的。

我耐着性子问："怎么了，老大爷？"

老大爷只是古怪地笑着，佝偻着身子，探头在空中嗅嗅，似乎在闻什么，表情看起来颇为陶醉。

雷大锤指了指自己的脑袋，低声说："这老头可能这里不正常。"李星雨摇摇头，自顾自走开了，我俩也不再理会这神神道道的老大爷。

"味道……熟悉的味道，哈哈……"老大爷的声音突然传来，但话语里温度骤降，冰冷瘆人，"你们……被观音诅咒了啊！"

我的心突地一跳，转身问："什么？"

老大爷嘿嘿笑着，指着我和李星雨，摇着头说："是诅咒的味道，你们被诃吒迦观音诅咒了！"

诅咒？我和李星雨相视一眼，均想到了那个唯一的可能性——鬼方巫咒，这个老大爷能闻出鬼方巫咒的气味！

李星雨低声说："想法子留下他，看看能不能问出什么。"说着准备动粗。

我慌忙制止，讨好地上前和老大爷搭话："老大爷，我们就是来这里旅游的，您说的诅咒是啥啊？那观音不是保佑咱们的好神仙吗？诅咒我干什么？"

老大爷嘿嘿笑着："你俩碰过观音最不喜欢的东西，可千万别撞上观音真身咯，趁早离开这里吧！"

观音最不喜欢的东西？是说鬼方巫咒？我想起魅生蝶对鬼方巫咒的克制作用，心想这逻辑倒也说得通，不过这老大爷是怎么闻出来的？

我刚想问老大爷是谁，就听到身后传来喊声，我们三人扭头看去，王港气喘吁吁朝这里跑来。看着他的行动速度，我心想这胖子的运动能力距离小说里的胖爷差得有点儿远啊，忍不住摇摇头。回过身来，刚刚还在和我说话的老大爷却消失不见了。

我看向李星雨，她沉默着摇了摇头。我忍不住后怕起来，连李星雨都没看到那老大爷是如何离开的，他到底是谁？

"怕不是见了鬼……"雷大锤嘀咕了一句。

这时王港跑到了我们跟前，喘着粗气说："找……找到……教授让我……喊你们。"

"这么快？"我们压下心底的讶异，跟着王港去和吴教授会合。路上王港向我们解释："刘云明那家伙点子歪得很，花了点儿钱就有一群当地农民过来帮忙打听。一个农户说这几尊观音像是早几年有人从山里背出来的。后来当地开发景区，大家觉得拿这个来招揽游客挺好，就私下收起来了，不过很久之前就丢了，没想到会被埋在遗址里。听说去年还有考古人员来考察呢，愣是没发现这几块石头，也真是巧。"

李星雨问："那打听清楚这石头是从哪里背出来的了吗？"

王港点点头："这大黑山里有个老军寨，据说是明朝屯兵建的，就是从那里背出来的。我出来的时候，吴教授正在和当地一个老人沟通，尝试画张地图出来。"

"军寨？"我好奇地问，"这大黑山里还有个军寨？"我和雷大锤扭头望向远处林深叶茂的大黑山。

王港点点头，说："当地人叫它舍龙军寨。"

6　前往舍龙军寨

隔天在吴教授的带领下，我们出发前往老乡口中的军寨。

舍龙军寨在大理和楚雄的交界处，翻过山龙山于图城遗址进入大黑山地界后，山势忽然陡峭起来，山林里随处可见毒虫毒蚊，即便我们已经做好了各种准备，这次进山旅程依旧成了我经历过的最折磨人的一次。

吴教授手持地图，在刘云明的帮助下缓步向前，不断确认位置以免迷路。我和李星雨、雷大锤三人居中，拖着脚步向前。

因为需要徒步进山，所有物资都只能靠背。沉重的行囊磨着我的肩膀，后背不知被汗水打湿了几遍，我和雷大锤耐着性子机械向前挪动。

最惨的就是王港和张思，他俩显然没有太多在山中徒步的经验，行程刚刚过半，便已累到几乎虚脱。

李星雨微微喘着气，看着前方教授的背影说："吴教授的身体素质真不错啊。"

我忍不住苦笑："这年代登山、下河、徒步的不都是大爷大妈吗？年轻人都在蹲办公室，老爷子早就练出来了。"

雷大锤哭丧着脸："大理的酒吧、夜店、烧烤、啤酒不好吗？我为什么要和你们来这里啊！连个手机信号都没有！"

我苦笑着说："这下你怎么不说黄金冒险铁三角了？"

经过一天赶路，我们找了一处避风干燥的地方扎起帐篷过夜。夜空澄明，枭飞雁落，黑暗中不时有动物的声音传来。树林风响，星河直跨天际和远处的山连成一片，唯美梦幻至极。

隔天黄昏临近，我们拖着酸痛肿胀的小腿，终于到达了舍龙军寨。寨子里几十座木石结构的小屋错落有致，远处隐隐有炊烟升起，牛铃声传来，宛如一个世外桃源。

一行人中只有吴教授懂当地土话，他充当翻译和向导，带我们去了村长家中落脚休息。村长是个头发稀疏、腰别旱烟的老头，他招待我们坐下后，又叽里咕噜冲吴教授说了一通，就匆匆离开了家，看起来很着急。

教授解释说："咱们人多，村长家里没有足够的房子给咱们住，他去帮咱们联系个住的地方。"

雷大锤揉着小腿，说："那也不至于这么着急啊。"

我也觉得有些奇怪，看着瘫坐在地的一群人，老村长这会儿就算找到地方了，我们这些人也挪不动啊。

吴教授说："村长说他们这地方天黑了不能随便走动，所以他得赶在天彻底黑下来之前帮咱们安排好。"

李星雨正在整理背包，好奇问："入夜不能随便走动？"

教授说："原话是'别去黑的地方'，可能是当地的民俗吧。"

刘云明想了想，问："会不会是因为这地方不通电，入夜外边太黑了怕危险呢？哦对，也说不定有什么野兽？"

张思闻言顿时缩了缩身子。

吴教授止住话头："好了好了，做这些猜测也没什么意义，入乡随俗吧，我们可能还得在这寨子里待几天呢。"

正说着，我忽然发现李星雨似乎有些不对劲，我顺着她的目光看去，发现墙上挂着一幅黑白照片。

我小声问："怎么了？"

李星雨摇摇头，站起身来，走近看那张照片。我好奇地跟过去，也仔细看那照片。其他人也好奇地望过来。

照片上是三个中年男子，一个手持长筒猎枪的当地老乡，一个穿马丁鞋、戴牛仔帽、长络腮胡的老外，还有个一身长袍、目光深邃的中年男人，背景是一大片形态各异的石头和斑驳的枯草。

我嘿了一声："一个当地人，一个老外，一个汉族人？这是什么奇怪组合。"

吴教授喃喃说："这应该是曾经来本地考察的探险团吧？十九世纪初西方流行探险，有不少探险团来到中国，对各种文化珍品巧取豪夺。这张照片已经泛黄，想来也有好多年了。"

李星雨怔了片刻，指着照片里那个长袍男子，对我说："这人是……四太爷。"

什么？我心下惊讶不已：看来这军寨就是李四太爷笔记中记载的地方，有这么巧？话说李四太爷当年真来过这里的话，那他找到魅生蝶了吗？

李星雨向众人解释说照片上的长袍男子是家族长辈，就是他留下的文献。吴教授恍然大悟："这就是引导我们来这里的老前辈啊！"他的言语间充满了感激和激动。

我和李星雨则实在高兴不起来，李四太爷的照片说明了笔记里记载的确有其事，他甚至亲自在这里考察寻找，最终得出了那个转生轮回的猜想。可既然如此，当年一心求长生的李四太爷，为什么没通过魅生蝶摆脱巫咒呢？

要么是他压根儿没找到魅生蝶，要么是他寻到了，但这魅生蝶无法解决巫咒问题。无论哪个结果，对我们来说都不是好消息。

想起那个一闪而逝的熟悉人影，和那个闻到我身上巫咒味道的古怪老大爷，我有种说不上来的古怪感觉。

李星雨怔怔地看着照片，我忽然发觉她近来变得更沉默了。

天快黑的时候，老村长急匆匆回来，说是安排好了住处。吴教授趁机问起墙上的照片，他却不愿多谈，只说是家里祖辈留下来的，其他一概摇头不语，我们也问不出来什么。

商量过后，我和雷大锤、李星雨跟着老乡去往另一个住处。所幸两地离得不远，直线距离不过十几米，喊一嗓子两边都听得到。

村长打着手势叮嘱我们早点儿休息，入夜了不要外出。得到我们的一再应承后，他终于满意点头而去。

简单洗漱过后，多日周转积攒的疲惫终于暴发，我裹着睡袋躺在床上沉沉睡去。

不知过了多久，我被人猛然拍醒，迷迷糊糊中看到雷大锤站在眼前。

"怎么了？"我揉着眼睛问。

"嘘——"雷大锤示意噤声，下巴扬了扬，我顺着看过去，只见房间的角落里，一个黑影背对着我们，正在咕叽咕叽摆弄着什么，看着瘆人至极。

"是……李星雨？"我心下好奇，刚想出声，雷大锤嘘了一声，说："不对劲，李老板好像中邪了！"

中邪？我压下心底的讶异，细细看去，只见李星雨蹲在角落，一前一后有节奏地摆动着，嘴里在喃喃说着什么。

"不只李老板，你看外边。"雷大锤指指窗外，低声说。

我顺着他的手指向窗外看，汗毛瞬间乍起。门外几个黑色的人影并排站在月光下，一动不动地看向屋内，诡异至极。

雷大锤低声说："我起夜时差点被吓死，你看，教授、刘老师、张思、王港，这大晚上不睡觉，一字排开站在外边，我喊他们也不应声，你说这不是中邪了是什么？"

我倒吸一口凉气，低声说："他们在这儿站了一晚上？"

雷大锤点点头说："最少一小时了，"继而指指身后说，"这位也是。"

我心下奇怪，李星雨是赊刀人，还有质押刀在身，应该是我们这帮人里最安全的，怎么也中招了？可我当下也没空多想，扭身回去，抽出仿制祖刀握在手中，对雷大锤说："走，看看去！"

我矮身靠近李星雨，她仍蹲在地上一前一后有节奏地摆动着，我轻轻喊了声："星雨？"她恍若未闻。

我壮着胆子靠近，拍了拍她的肩膀，刚想说什么，突然感到身后有人拍了拍我的肩膀。

雷大锤这一拍把我吓了一跳，我扭头怒道："你干什么？"

话音刚出，我看到雷大锤煞白着脸，吞吞吐吐地说不出话来，只是指向窗外。

窗外怎么了？

我扭头看去，只见窗外的黑暗中，站成一排的人影中多了一个人。我借着月光清晰地看到，多出来的那个人正是李星雨！

那眼前这个人是谁？

我脑袋一蒙，回头看去，蹲在角落里的李星雨缓慢而僵硬地转身过来，一张诡异拼图般的马脸露了出来。

7　黑暗里有什么？

我惊呼一声，慌忙后退了几步，举刀指向李星雨，大喊："李老板！"

面部覆着魅生蝶的李星雨缓慢站起身来，我看到那马脸图案似乎微微裂开，像是笑起来一般。

这个场景让我想起了电影《异形》里的抱脸虫，一种诡异的寒冷从我的尾椎骨直冲脑门。

角落里的李星雨朝我走来，脚步缓慢而踉跄，一时之间我不知道该怎么办，只得向后退去。

一旁的雷大锤哭丧着脸："完了完了，李老板这位专业人士都中招了，咱俩要完蛋啊！"

我心烦意乱，别人也就罢了，我如何也想不通李星雨为什么会中招，眼下我举着刀砍也不是，不砍也不是，更不要说窗外还站着另一个李星雨。

事不可为，我当机立断："咱们先出去，分辨出哪个是真的李老板，我才好下手！"说着我扭身踹开门冲了出去。与此同时，雷大锤的声音从身后传来："村长不是说，夜晚别去黑的地方……"

我哪顾得了那么多，一步踏出门外，忽然感到眼前一黑，脚下一个趔趄。我忙吸气凝神，只见正前方在月光下站成一排的人，从李星雨到吴教授同时露出了诡异至极的笑容，他们一手缓慢向前抬起手掌，一手向下指地，同时做出了"妙音天印"的手势。

这个动作让我瞬间想起了诃吒迦观音像，与此同时我的耳边忽然响起了层层叠叠的诵经声。

这是什么鬼阵势！我扭头要往回走，可才一转身就发现屋门被关起来了。

"是我！开门，雷大锤！"我大吼，可屋内一片黑暗并无回应。我这才想起屋子里还有个李星雨呢！雷大锤没跟着我出来，不会出事了吧？

耳边的诵经声越来越响，扰得我心烦意乱，我提起一口气用力踹门，还好这寨子有年代了，门并不牢靠，被我几脚踢松，我握紧刀闯了进去。

一进门，眼前的景象让我错愕不已——我的睡袋中钻出一个人，似乎是刚被我踹门的声音惊醒，正一脸惊恐地望着我。可怖的是，这人无论样貌、神态、表情，都和我一模一样。

"另一个我？"我压下心底的恐惧，赶忙环顾一周，发现雷大锤没了，李星雨僵在原地。我忙问："大锤呢？"

"你是谁？"那个和我一模一样的人紧紧盯着我。

我心下狂躁不已，吼道："我还想问你呢！"

我被逼入了僵局：诵经声仍未停止，面覆魅生蝶的李星雨似乎被控制了意识一般站在原地，另一个我和我对峙，雷大锤消失不见，屋子外还站着一排中了邪的同伴。

我的精神被压迫到了极限，发狠道："再不说实话，老子就捅死你。"

另一个我慌忙起身改为跪坐的防御姿势，举刀面向我，问："咱们是不是中招了？"

话音未落，李星雨动了，她以极快的速度猛然扑向我，在我来不及惊呼出声的时候，一刀捅进了我的腹部。

我感到身体一虚，下身涌出温热的感觉，我知道那是血，看着眼前被魅生蝶控制的李星雨，我被绝望淹没，再也无法支撑身体，跪倒在地。

我听到跪坐在床上的另一个我问："李老板，这到底是怎么回事……"

话音未落，我在模糊的目光中看到李星雨横刀一挥，另一个我的头飞向了空中，血液喷涌。

杀疯了吗？难道站在门外的那个才是真正的李老板？

我跪倒在地，忍不住呻吟起来……

"醒醒！"

不知过了多久，我的意识居然又逐渐清晰起来，诵经声也听不到了。我下意识弯腰看向自己的肚子，哪有一点儿伤痕，再看周围，也没有什么血迹。

我抬眼看去，李星雨坐在我旁边，正忙活着什么。想起刚刚发生的一切，似乎是一场梦，我好奇地问："这是……什么情况？"

李星雨似乎明白我的想法，指了指窗外，叹了一口气说："可惜并不是梦。"

我撑起身望向窗外，另一个李星雨和其他人仍在原地站着不动。

"这……到底是怎么回事？"我的心再次提了起来。

李星雨解释说："我发觉这里的黑暗中有什么古怪的东西，我们一旦被黑暗笼罩，就会被复制出另一个一模一样的自己。雷大锤起夜时中招了，吴教授他们应该也是因此中招的。当然，门外那个假的我也是这么从黑暗中出来的。"

我一脸蒙："复制？也就是说刚刚那个我，是因为我出去了才被复制出来的？"

"差不多吧。"李星雨解释道，"我发觉他们从黑暗中出来后，不约而同地聚集到了我们的屋子这里，我试探了几次，最终发现他们是奔着魁匣来的。他们似乎对这玩意儿……又敬又怕。"

我这才发现，李星雨手中摆弄的，居然是一个魁匣。

我惊讶不已："你居然把李家老宅里发现的那个魁匣一块儿带过来了？"

李星雨点点头，继续说："我想起老宅里那个泥佣的样子，于是有样学样将魅生蝶覆于脸上。果然他们不敢再靠近，而且也不再有复制体出来。可惜覆上后不知怎么无法开口言语，这才没来得及阻拦你出去。"

我慌忙问："那雷大锤呢？他刚刚还在屋里。"

李星雨扭头望向我，一脸古怪地说："你以为你的复制体是怎么凭空出现的？"

这话仿佛一记重拳打在我胸口，我一时语塞。是那个假的雷大锤变成了我？那真的雷大锤呢？想到刚刚和雷大锤的对话，我不禁后怕起来。

李星雨颇为冷静，继续说："赊刀人的刀最善破障，邪祟怪物没法复制赊刀人的刀，所以眼下能辨明身份真假的只有你我。刚刚我反向施展赊刀术，假意用刀捅你，就是要让那怪物认为我无法分辨真假，才好趁机一击将其毙命。"

我想起刚刚中刀的痛楚感，心想难怪会那么真实。

李星雨站起身来，说："我原想等到天亮后再做打算，但眼下雷大锤没了踪迹，教授他们也不知道怎么样了，只能冒险搏一搏了，我要去那边的屋子看看教授他们还在不在。"

我脑袋发烫，感觉自己发烧了一般，脑子似乎转不起来，只能下意识地问："怎么弄？你说吧，我听你的！"

李星雨果决干脆："你在这儿待着，我出去看看。"

说着她拿起魍匣从中捞起蚁后，也不知道她是不是找到了什么驾驭方法，魍匣中的蚁后安静得像一个真正的面具。

我刚想反驳，李星雨摇摇头制止我，说："和你不同，他们都在黑暗中消失了一段时间，因此我没法判断从黑暗中走出来的人是真是假，现在门外的他们到底是不是复制体，我也不敢确信。多个你我反而分心。"

我无法反驳，想了想只得点头应下。

李星雨点点头，沉默着背起被她命名为大福的质押刀，再次将魅生蝶覆在面上转身出了门。我从窗边看到她径直走向屋外的另一个自己，直接手起刀落，将另一个李星雨砍翻在地，接着头也不回地消失在了黑夜中。

"是个狠人！"我忍不住赞叹，眼看着屋外被砍倒的"李星雨"转瞬化成无数灰尘，消失不见，心下又惊疑这到底是什么古怪生物。

这一夜太过漫长，我又困又累地守在门口，不敢出去，又不敢放心睡去，心下不住惴惴。我实在忍不住了，便拿出手机打发时间，却发现我哥发来了一条微信。

自进山以来一直没信号，我也没再动过手机，不知道是什么时候发来的消息。

我点开微信，发现我哥发来的是："吴教授是假的！危险！"

啥？我一脸蒙！吴教授不是马龙介绍的吗？怎么会是假的？

我一怔，突然发现我们从头至尾都忽略了一个关键信息！

我和李星雨原本就不知道吴教授长什么样，这个吴教授是主动找上门的，而且他从头至尾都没和我们、马龙三方一起见过面，我们三方的联系都是通过电话和微信！

也就是说，这个假的吴教授利用双方的信息差，成功取信双方，继而带着我和李星雨来到了这里。

那雷大锤正好是此次活动的赞助方还是巧合吗？机场资料被盗也是故意引导我们而编造的？那我此前看到的人影是我眼花了吗？

如此处心积虑地诓骗我和李星雨来这儿，他到底有什么目的？

李星雨！我一惊：如果吴教授是假的，她孤身去那边，要糟！

想到这里我再也坐不住，慌忙站起身来，忍着对魃匣的恐惧抱起了盒子，就要去寻李星雨。

就在此时，门吱呀一声开了，李星雨和雷大锤走进来，两人一脸疑惑地望着我，我抱着魃匣愣在原地。

"你这是要去哪儿？"李星雨埋怨道，"这么危险怎么还准备出去？"

我咽了口唾沫望向笑着的两人，冷汗浸湿了我的后背。

眼前的李星雨既没佩刀，也没魅生蝶覆面。

我心下狂躁不已，忍不住在心底大喊："李星雨！你不是说戴着魅生蝶，就不会再有复制体出来了吗？"

8　吴教授是谁？

毫无疑问，眼前的两人是复制体。

如果李星雨没骗我，那眼前再次出现了这个假的李星雨，说明真正的她在毫无防备的情况下暴露在了黑夜中。

是被那个假的吴教授暗算了吗？

我不禁为李星雨担心起来，看着眼前两个复制体焦躁不已，但又不好直接撕破脸。

"雷大锤"左右看看，嘿嘿傻笑着说："李老板找我已经够费心了，你就别出去了。"

我冷静片刻，指着外边勉强开口说："吴教授他们好像中邪了，咱们得去救他们。"

"李星雨"说："眼下还是静观其变吧，黑暗中不知有什么让人猝不及防的古怪东西，等到天亮，太阳光一照就好了。"

我点点头，不动声色地靠近"李星雨"，说："你确定？我看他们都在外边站一个晚上了啊！"

"雷大锤"摆摆手，说："你是不知道咱李老板有多厉害吗？那秦岭里的蓬莱游仙局，亦真亦幻，差点儿把我折腾死，还不是被李老板随手破了？"

我忙点头，赞叹道："不厉害，我能跟着赊刀人打工？"

我心底却忽然感觉不对劲儿，眼前的复制体怎么会知道秦岭的事？难道这种怪物连人的记忆都可以全部复制？

这也太科幻了吧？不对不对！我连忙冷静下来：再怎么夸张也不可能读取记忆吧？

我试探性地问"李星雨"："李老板，我在大理送你的礼物……带在身上吗？"

一旁的"雷大锤"立马露出满脸八卦的表情，"李星雨"则微微点头，说"在呢，我很喜欢"，却并未拿出大福。

果然！我心下肯定了猜测，眼前的"李星雨"根本不知道我送出的是一把柴刀。那这么说来……眼前的雷大锤……难道是真的？

想想以雷大锤的智商，被一个一模一样的"李星雨"诓骗也很正常啊！

我嘴上应和着"那就好"，心底忍不住暗骂了雷大锤几句。

我问："大锤，你是什么情况？这大晚上的怎么就不见了？和吴教授他们一样都中邪了？"

雷大锤感叹道："没有啊，我就是出门上个厕所，发现远处山上有特别好看的萤火一闪一闪的，鬼使神差就着了迷，找不到回来的路了。还多亏李老板……"

我恍然大悟，基本确信了这个雷大锤的真实性，手上骤然发力，将魁匣猛然丢给他。雷大锤慌忙去接，一旁的"李星雨"似乎也很紧张，连忙跟着伸手想要接住魁匣。

我瞅准机会一刀劈向"李星雨"，她好像早有准备，侧身想要躲开。所幸我这一刀速度不慢，轻轻划到了"李星雨"的肩膀。

雷大锤惊呼："刘米！你！"

我不搭话，举刀紧盯着"李星雨"，看到她肩膀的伤口上渗出古怪的透明黏液，整个人似乎失去力气突然瘫软下来，慢慢化成一条长虫，摔倒在地。不一会儿，这怪物快速风干，变成一堆灰质。

"这是……"雷大锤一脸惊诧，"李老板怎么了？"

"还不是你起夜惹出的事儿？"我没好气地说，紧接着三言两语简单交代了整件事情。雷大锤面色惨白地瘫软在地，我于心不忍，又劝慰了他几句。

窗外再次响起诵经声，我扭头看去，站成一排的众人正在缓步向后退去，身形逐渐消失在黑夜中。

另一侧的黑夜中，两个人影一前一后匆匆行来，正是李星雨和"吴教授"。

我扭头对雷大锤说："待会儿那两人进来了，看我信号，你拿下吴教授。"

雷大锤犹豫片刻，最终还是点了点头。

两人一进门，李星雨就扒拉下面上的魅生蝶，说："暂时没事了，这地方有人设了个阵，引诱这种怪物在夜晚封锁寨子，看情况至少有百年了。不过阵眼被我暂时压制了。屋子那边就剩了吴教授，其他几人不见踪影。"

我问："这么说刚刚窗外站着的，都是复制体？"

李星雨点点头，说："应该是。阵法效果一消失，气流风势都有所改变，那些怪物维持不了复刻的人形，因此散去。咱们得抓紧收拾，去寻其他人。"

她的话音刚落，我猛然挥手，雷大锤得了信号，从后方跃上，直接将"吴教授"双臂反剪，锢了起来。

"吴教授"慌乱不已，忙问："雷小兄弟，刘米，你们这是做什么？"

李星雨看着这一幕，略带疑惑地看向我。

我拿出手机给李星雨看了一眼，说："这个人是假的，他利用我们，借着信息差假扮马龙的朋友吴教授，故意引我们来这里。"

李星雨微微一怔，继而想通了整件事情的关节所在。

"吴教授"满脸苦恼，问："你们到底在说什么？眼下咱们得赶紧去寻人啊！"

李星雨一言不发，猛然扭头抽刀，架在"吴教授"脖子上。我慌忙劝："星雨，杀人犯法，杀人犯法……"

李星雨置若罔闻，只盯着"吴教授"问："我没有多少时间，你到底是谁？"

"吴教授"左右看看，继而低头苦笑片刻，再抬头时整个人的气质为之一变，他淡淡笑着说："我也没想到会被这么快揭穿，是我小看马龙了。"

"吴教授"之前身上那种儒雅敦厚的书卷气悉数不见，转而让人感到阴险、强大又无法忽视。

我慌忙举了举刀，雷大锤也不自觉地紧了紧双臂。

"吴教授"盯着李星雨，双臂不知怎么忽然挣脱出来，变换了几个手势，嘴上说着："花小薇的事情发生后，你真以为家族会坐视不理？"

赊刀人的祭刀手势？家族？我脱口而出："你也是赊刀人？"

李星雨手中刀未动，显然她不会如此轻易被说服。

"吴教授"叹了一口气说："李秉承吩咐我暗中护你，在事情没彻底闹大之前寻到花小薇，并把她带回家族。我之前确实查到花小薇可能来了这边，所以才设局替代吴教授，一方面可以近距离保护你们，一方面也方便我自己行事。当然，你们继续喊我吴教授、吴玉泉也可以，或者喊我吴老三也行。"

李星雨道："为何设局引导我们来这儿？"

吴玉泉摆手笑笑："这可不是我设的局，我就是因势利导，李四太爷的笔记内容和翻译信息全部都是真实的，我判定你们知道这些信息后会来这边查线索。既然如此，我就帮你们简化了整件事情，岂不更爽利些？"

我问："那花小薇呢？"

吴玉泉看着我笑笑说："你不是看到她了吗？据我猜测，她应该是想利用我们，找到魅生蝶所在的那间神庙。"

果然是她！在山龙山于图城遗址看到的那个身影果然是花小薇！我们来对了。我微微松了口气。

李星雨问："所以是爷爷派你来的，帮助我们行事？"

吴玉泉想了想说："算是，也不是，毕竟我隐瞒身份来此，确实还有另一个目的。"

吴玉泉看了李星雨一眼，继而看了看我，继续说："祖刀，赊刀人的祖刀在这里出现过，据说找到魅生蝶栖息地就能寻到祖刀的痕迹，李四太爷的照片也说明了这个消息的真实性。"

祖刀？我一个头两个大，相信此刻的雷大锤也和我一样。

李星雨冷笑回呛："祖刀要是真在这里，四太爷怎么可能空手而归？"

吴玉泉摆摆手，满不在乎："说不定是因为他没找到呢？也或许他在这里的时候，刀还没在这附近呢，谁知道呢？事到如今，我骗你们又没什么好处。如果不信，我们大可天亮后分道扬镳。"

说完，他便不再说话，我们沉默了下来。

我的脑子乱成了麻，等待着李星雨的决断。

良久，李星雨收起了刀。雷大锤见状，也放下了戒备。

吴玉泉扶了扶眼镜，说："话都已经挑明了，咱们的事也就简单了，我护你们安全，找到花小薇，但你们别耽搁我寻找祖刀。"

我想起消失的那几人，忍不住问："你的那几个助理和学生，也是赊刀人假扮的？"

吴玉泉用看傻子的表情看着我说："你觉得这可能吗？那几位可是我花大钱请的人，是长安城里真的大学讲师和学生。"

我一时不知说什么好，眼前的吴玉泉让我对赊刀人这个组织有了新的、不好的观感。

李星雨平复了一下情绪，盯着吴玉泉说："你的身份问题暂且存疑，在这寨子里我们暂且共进退。但你要敢做什么多余的事，别怪我不讲道理。"

吴玉泉点点头："完全同意。只要那个拿着仿制祖刀的家伙别多事，咱们都是一家人。"

我咳嗽两声，争辩道："我哥也是担心我的安危，何况你也不向他们打个招呼，难免产生误会。"

吴玉泉摆摆手不耐烦地说："招呼？我压根儿就不想和那个马龙有任何交集。算了，不说了，咱们还是先找人吧！"

没有了黑夜的威胁，我们当即收拾装备，出发去寻失踪的刘云明、王港和张思。

据李星雨说，这几人似乎走得很急，但房间内留下了一道道已经干涸的透明黏液。于是我们当即出发，一路朝山里摸了进去。

9 怪石荧海，危机四伏

我们循着那古怪黏液的痕迹摸索向前。

那种黏液似乎同被我杀死的假李星雨身上渗出的一样。我将刚刚发生的事告诉了李星雨，她点点头说："似乎是某种怪虫的分泌物，这种怪虫形体特殊，好像可以模仿化形。"

雷大锤感叹着："这也太邪乎了，都成精了啊。"

"成精？"吴玉泉回过头来说，"魅生蝶有轮回奇效，你们就没想过，它们在成为魃匣中的蚁后前是什么形态？"

我脑袋一蒙，难道这奇怪的虫子和魅生蝶是同一种生物？那蝶之前是什么？茧？还是蛹？

"等等！"李星雨挥手示意，我的思绪也被拉回现实。此时我才发觉我们已经离开寨子很远了，四周是数不清的乱石碧苔，不远处的石头上，黏液在手电照射下泛着不易察觉的光。

李星雨上前两步，从地上拾起一件外衣。我们认出那是张思的，衣服上的黏液清晰可见。

"事情不太妙啊！"吴玉泉感叹一句，但语气轻松至极，仿佛眼前的一切和他无关。

雷大锤面色发白，问："他们三个是被怪物带走了吗？"

"追！"李星雨一声低喝，迈开步子快速向前，我和雷大锤脚步踉跄地慌忙跟上。

走了不知多久，我甚至不知道我们离开舍龙军寨多远了，突然听雷大锤惊呼一声"啊，看"，他随后指着远处的高山上说："我就是看到那个萤火后迷路的！"

我们抬眼看去，不远处的山上亮起几点昏黄色的光，像星星也像萤火。我们当即朝着发光处走去，终于在一块散发着暖黄色荧光的半透明怪石前，找到了昏倒在地的王港。

我和李星雨慌忙上前打算施救。

一旁的吴玉泉环望四周，摸着下巴喃喃道："这地方……很是眼熟啊……"

我头也不回，刚想呛吴玉泉这老小子两句，就听到雷大锤的声音传来："刘米，小心！"

"怎么？"我听到声音下意识抬头，只见昏黄的荧光清晰映出雷大锤和吴玉泉的身影，脑子里下意识地好奇，周围的光……怎么变得这么亮？

突然一股巨力袭来，我感到自己腿上一痛，整个身子被带着失去平衡摔倒在地。

我勉强撑起身子，扭身看去，只见自己的左脚被黑暗中伸出的一条荧光丝线扯住，那丝线正奋力把我往黑暗中拉。

"哎哟！"我下意识想坐起来，却再次被丝线上传来的巨力拉倒。这次我终于看清，原来那怪石中伸出了无数古怪的丝线，正缠绕着王港，他的双腿已经被拉进怪石中了。

所幸我们有李老板。雷大锤冲上来拉紧我的手，李星雨眼疾手快地刷刷两刀砍断了那些发光的丝线。我挣脱束缚，慌忙喊一声"救王港"，想也不想地一刀捅进了那发着荧光的怪石。

一旁的吴玉泉微微一笑，趁我出刀的空当，猛然伸手往刀背上用力一压，刀锋向下受力，在怪石上划开一个大口子，无数泛着荧光的透明黏液流了出来，雷大锤和李星雨慌忙拉出了王港。

惊魂甫定，我大口喘着气，一边咒骂着这诡异的怪石。

"刘米，"李星雨轻轻拍拍我的肩膀，"你看！"

我顺着她的指引望去，只见被划开口子的怪石中，一具尸体在黏液裹挟下一同流出。那尸体大半个身子都露了出来，我看到他面容平静、衣着规整，穿着马丁鞋，戴着牛仔帽，满脸络腮胡。

"啊这……"雷大锤惊呼一声，说出了我想说的话，"这不就是照片里的那个人吗？"

眼前的尸体和村长家里那张照片中，与李四太爷合影的外国探险家一模一样！

可问题是那张照片起码是一百年前拍的了，眼前这具尸体无论是皮肤状态还是面容，都和照片里一模一样！

难道当年那个老外探险家就待在这怪石里长生不老了？

我猛然醒悟，我们现在站的位置，不就是那张照片里合影的地方吗？王港怎么会倒在这里？难道这里是那些怪虫的巢穴？

越想越不对劲的我望向一旁的吴玉泉，这老小子望着尸体，满脸佩服地啧啧说："咱们这位李老前辈也是够狠的啊，把这老外利用完就直接扔这儿了？"

雷大锤试探性地问："你是说……他被李四太爷……"

没人接话，我心想以李四太爷坑死那些日本兵的经历，这事还真有可能。

"怪物！吃人的怪物！有怪物！吃人！"王港突然醒来，尖锐的嘶吼声划破夜空。雷大锤赶忙上去劝慰，我和李星雨也蹲在他身旁，试图问出另外两人的下落，但王港似乎受惊不小，只自顾自地大喊大叫。

李星雨皱眉问道："吃人？"

吴玉泉原地坐下，扒拉着地下的草根说："看起来，这地方有一些吃人的石头，它们与食人花类似，通过发出荧光的丝线触手猎捕猎物。这个老外很可能是被李四太爷拿来蹚陷阱了，只是……"

吴玉泉若有所思，我好奇地问："只是什么？"

李星雨冷冷地说："只是，被吞下的人为什么会尸身不腐保持百年，照理说无论是动物还是植物，吞下猎物后就会进入消化过程，可这老外分明和照片上没一丝变化。"

说到这儿我听明白了，这老外冒险家被怪石吞了，但一百多年来一直没被消化，反而维持着原本模样，实在不太符合常理。

难道这老外并不是怪石的猎物？望着被剖开的怪石，一个古怪的联想在我脑中闪过。

我咽了一口唾沫，说："这怪石生物……不像是在捕猎，倒是更像个……像个……"我试图找出一个合适的词语。

"像个大型的生物培养皿。"吴玉泉接话道，说着他好像想起了什么似的，猛然起身一转，手中翻出一把巴掌大的小弯刀，直直刺入了那老外的尸体。

我还没来得及惊讶，就看到那老外探险家的尸体已然睁开了双眼，僵硬的身躯挣扎着，似乎想要站起身来。

"妈呀诈尸了！"

"鬼啊！"

雷大锤和王港的尖叫声先后传来，我感到头皮要被炸开，顾不得拔刀，扭头拉着李星雨就跑。身后传来吴玉泉的声音："果然这虫液是某种特殊营养液，看来得用赊刀人的刀才好使……"

没走两步，我便惊觉不知什么时候，我们周边数不清的石头开始发出昏黄的荧光，闪闪的丝线似乎正在向四周蔓延。每一块半透明的石头中，都有一两个黑色的人影，似蹲似卧，自荧光中透出不同的剪影。

令人抓狂的寒意在一瞬间吞没了我。

"它们有感应，它们是活的，它们知道我们来了！"我听到王港发疯般的呼喊声。

我身侧不远处的雷大锤被荧光丝线缠上，正在拼命挣扎，一旁的吴玉泉一脚踹倒那正在站起的老外尸体，救下雷大锤，拉着他向远处跑去。

"先逃！"李星雨拉了我一把，让我恢复了冷静。我们绕过身旁活过来的怪石，退后几步，发觉身后早已被无数荧光占领，不知有多少怪石正在苏醒。荧光丝线在对着我俩手中的刀扭曲、盘旋，似乎在犹豫要不要攻上来。

来不及多想，我俩朝着黑暗处逃去。可刚走几步还没来得及喘口气，我就发现身边原本黑漆漆的石头也逐渐发出昏黄的光。到这时我也反应过来，黑夜中漫山遍野的石头几乎都是这种会吃人的怪物。它们似乎对人类有某种感应，我们就像是黑夜里的信号灯，走到哪儿就亮到哪儿。

这搞个屁啊？我暗骂一声，在逃命的间隙快速环顾左右，前无出路后无退路，我们几人还被那古怪的丝线迫着走散了。

随着我们在石海中穿梭，无数怪石如街灯般被渐次点亮，漫山荧光仿佛繁星，更仿佛致命而梦幻的光之海洋。

海？我心中一惊，想起笔记中的那个故事，细奴罗为诃吒迦修建的佛海，是这古怪的荧光海洋吗？难道在求娶三公主的故事中，细奴罗为三公主亮起来的漫山星光，是在暗指这地方？故事里的诃吒迦究竟是何方神圣，搞这么大阵仗？

就眼下的情况，我还多想个屁啊！我暗骂一声收回思绪，心想眼下连救人的心思都没了，还胡思乱想什么？

"逃啊！"我朝着夜空中大吼一声，"大锤！王港！别停下来，这怪物能感知我们的位置！"

我反手握刀，和李星雨一左一右，在这片要命的光的海洋中寻找最后的生机。

10　细奴罗也是赊刀人？

我已经看不到雷大锤和王港的身影了。

我和李星雨一路左冲右突，依旧寻不到逃出这片石海的路，慌乱中只能一边躲避空中那些发光的丝线，一边四处移动，期望自己多撑一会儿。

开始发光并吐出丝线的怪石越来越多，绝望在我心中升起，我想到了死。

正当我快要放弃的时候，我看到不远处有一个熟悉的侧影。

那是我在山龙山于图城遗址中看过的侧影。

"李老板，是花小薇！"我大喊一声。

李星雨闻言看去，那个身影似乎不愿和我们碰面，看到我俩后慌忙转向另一侧逃去。

"追！"我和李星雨一发狠，也顾不得眼前局面，一起朝着那个身影闪过的地方追了过去。

花小薇的身影一闪而逝，加上四周怪石泛着的点点荧光，让我们的视线颇为混乱，追了片刻就丢失了目标。而眼前出现的新状况，也让我俩不得不暂时停下脚步。

"这是……"我不确定地问身旁的李星雨，"是刘云明？"

李星雨面无表情地点点头。

在我们身前不远处，亮着荧光的半透明怪石中，刘云明一张写满恐惧和惊讶的脸清晰可见，显然，他被怪石吸了进去。

我慌忙上前，拔刀劈开怪石，伴随着透明黏液的涌出，刘云明也滑了出来。我发觉他的胸前有一个可怖的贯穿伤口，我壮着胆子一探鼻息，果然已没了呼吸。

"这个伤口……"看着刘云明的尸体，我有种说不出的寒意。

"是刺伤，刘云明是被人杀死后丢在这里的。"李星雨判断。

是谁杀了刘老师？这片黑暗的石海中还藏着其他人或怪物？

还是进入这片石海的某个我们熟悉的人？失踪的张思？发疯的王港？抑或是……花小薇？

我不愿再想下去。

"你看！"李星雨的话将我的思绪打断，我扭头望向她，只见她蹲在我身侧不远处说，"是赊刀人的记号。"

我起身走上前去，果然看到一个古怪石刻。

李星雨左右看看，说："刚到这里，我就发觉这附近的怪石没有亮起来，小薇是刻意引我们过来的，她引我们来这里的目的，应该不止是发现刘云明。果然，这里有赊刀人的石刻。"

我好奇地问："是花小薇刻的？"

李星雨摇摇头说："和山下那个利用怪虫的阵法一样，起码上百年了，看来在四太爷之前，就有赊刀人的祖辈来过这里。吴玉泉可能真是循着这个线索来找祖刀的。"

我皱巴着脸苦笑道："眼下我只想逃出这里，刘老师已经死在这儿了，张思还没找到，也不知道雷大锤和王港有没有逃出去。至于赊刀人祖上的恩怨，我实在是提不起兴趣了。"

李星雨站起身来，说："跟着祖辈的石刻记号走吧，说不定能找出生路。"

我扭头看了看刘云明，想起刚刚那个死去一百年的老外再次复活的事，不由得打了个寒战，问："他怎么办？"

李星雨一言不发，拔出刀走向刘云明。我想起失散前吴玉泉的那句"得用赊刀人的刀才好使"，瞬间明白过来李星雨想去做什么，扭过头去不忍再看。

古怪的是李星雨过去看了看刘云明的尸体，就转身回到我身旁，从头至尾刀都没落下。

"他应该醒不过来了，走吧，小薇应该在前方等着我们呢。"李星雨说着，当先向前走去。

听到这话的我不知为何松了口气，连忙点点头，逃也似的跟了上去。

有了那些记号的指引，再次出发的我们一路顺利了很多。

"当年，淳风祖师受皇命编撰奇书《己巳占》，李家先祖随侍左右，开山破障，寻路访幽，这才被淳风祖师授以赊刀术和质押刀。这石刻有上千年了，说不定就是唐时留下来的。"我们一边走，李星雨一边说着关于石刻的推测。

一路上我喊叫了好几次，试图通过这种方式联系上雷大锤或王港，可惜一无所获。我俩只能循着记号继续向前。

跟着赊刀人前辈留下的石刻记号，我们在怪石荧光的困局中逐渐找到生路，那些古老石刻记号也指引着我俩向大山更深处走去。

天快亮时，我们来到了一间塌方的小石屋前，屋顶已经不见了，但用巨石垒成的四面墙壁总算还完整，我打着手电四处看了看，屋子的外墙上刻着各种不同的古怪图案，屋子正中矗着一尊巨大的石像，上边似乎有一些文字图案。

想到笔记中有关细奴罗的故事，我有些不确定地问："这难道就是细奴罗为诃吒迦观音建造的神庙？"

"这里是长生渡口，神庙应该就在附近了。"吴玉泉的声音从后方传来，显然，他也找到了石刻记号，跟着来到了此处。

我扭头看去，与他同行的还有满脸疲惫的雷大锤和浑身擦伤的王港，看到他俩没事我不禁大喜，赶忙迎了上去，心下也不自觉对吴玉泉信任了几分。

李星雨回过身来问："你如何确定？"

吴玉泉指指那石屋，笑笑说："大蒙奇嘉王神庙敕建，诃吒迦观音长生渡。我虽然是个假教授，但对古彝文也颇有涉猎。我们之前穿过的怪石堆，就是故事里的佛海，这里可以理解为海中渡口，经由长生渡，就可以找到神庙，相信那里就是魅生蝶的栖息地。"

雷大锤搀着浑身是伤的王港，靠着墙壁坐了下来，叹气说："什么遗迹神庙的，咱们又不是倒斗的，要我说咱现在是不是得商量商量看怎么回去啊？"

吴玉泉颇有些不屑地看向雷大锤，指指身后说："太阳出来后，那些怪石——哦，应该叫怪虫才对，它们畏光，自然就不再伤人，你们循着来路自行下山便可，不会有什么危险。"

我好奇地问："你是说……那些不是石头？"

李星雨接过话来："不是，那些石头其实和我们昨夜遇到的化形怪虫是同一类怪物。唯一不同的是，它们结茧生蛹了。"

我不禁惊呼出声："所以这漫山遍野的石头，都是蛹？"

吴玉泉哈哈一笑，反问："不然你以为故事中的佛海是什么？这里就是怪虫吞尸的蛹海！这是一种奇妙的共生关系，它们需要营养，需要尸体。那虫液又有令尸体维持不变的神奇效果，令当地无数民众相信借助这蛹可以获得复生的机会，所以他们在死亡到来前自愿被怪虫吸收，期待有朝一日这蛹孵化成魅生蝶，这才有了借助魅生蝶轮回转生的说法。"

一旁的雷大锤大惊失色，我也不禁头皮发麻，身旁王港微弱的抽咽传来："我看到……我看到那些怪石……吞了刘老师，我拉着张思拼命跑，拼命跑，路上也走散了，遇上你们总算大难不死。我们不能再往里走了，咱们赶紧逃吧！"

我咽了一口唾沫，怎么也想不通，当地传说里保佑一方、被万民供奉的观音，居然会建造这样邪门诡异的地方？

李星雨想了想说："无论如何我们先找到神庙吧，眼下这种情况散不如聚，我们还是一起行动更妥当。"

雷大锤连忙应和："对对对！让我自己往回走不是要我死吗？谁知道那些僵尸会不会复活？我跟定李老板了！"

考虑到吴玉泉这个最大的不确定因素，何况花小薇也下落不明，我没什么犹豫，也忙点头同意。早已被吓破胆的王港眼见我们达成一致，也不好再说什么。

我们绕过破烂的石墙进入屋里，虽然没了屋顶，但石屋内破损不算严重，依稀可以看到石像四周围着一圈风化的尸骨，墙壁上和外墙一样，也雕刻着各式各样的浮雕。

绕过正面的文字，石像背面刻着那个我早已熟悉的鬼脸马面图案，底下依稀可见一个古怪的菱形图案和几个奇怪的五芒星。

李星雨的声音传来："屋内的整体布置与赊刀人家传术法息息相关，我之前在蛹海里看到赊刀人的记号，以为是先辈曾到此游历，现在看来……这里根本就是赊刀人先祖所筑。"

我脑子一蒙："不是说这里是南诏先祖细奴罗为诃吒迦观音建造的吗？怎么还和你们扯上关系了？"

吴玉泉哈哈笑道："尸骨是用作祭刀礼仪式的，四周排布也是家族特有的阵术，原以为赊刀人到此只是访客，如今看，这里的主人本就是赊刀人一脉！我越来越相信祖刀就藏在神庙中了。"

想起神庙，我不由惊呼："难道细奴罗是赊刀人？"

"不排除这个可能。"李星雨说，"白子国禅让，细奴罗称王。换种方式思考，很可能就是细奴罗以赊刀术借走了王族命数。"

吴玉泉补充说："淳风祖师公元 648 年升任太史令，开始暗中出京游历，着手编撰《己巳占》，隔年也就是公元 649 年，远在云南的细奴罗称王。看着眼前这些，很难不让人多想啊！"

我想了想说："你是说……淳风祖师暗中帮助细奴罗称王？"

李星雨冷笑说："站在祖师当时的立场上也不难想象，周边安定有助于大唐的长治久安。只是没想到细奴罗不知足痴迷此道，居然会将赊刀术和当地巫术结合，建筑出这样奇诡的大局。"

吴玉泉耸耸肩一脸无所谓："这有什么，李四太爷不也着了长生不死的魔吗？"

李星雨瞪了他一眼，不再说话。

气氛颇有些剑拔弩张，雷大锤连忙岔开话题："那咱们……现在既然到这什么长生渡了，怎么找到神庙啊？"

这次两人异口同声："等天黑。"

"啥？"我震惊不已，"天才刚刚亮起来，又要等天黑？"

想起昨夜的惊险历程，一旁的雷大锤和王港欲哭无泪。

11　蛹海浮屠，佛光人蛹

黑夜再次降临，一片沉寂的山中，传来咕咕的仿佛是在蠕动的古怪声音。

我们五人围着石屋中的石像，无数荧光丝线在头顶悬空，它们像有意识一般逐渐降下，线头轻轻触在我们眼前的石像上，紧接着越来越多的丝线从小屋四周攀过来，缠上了石像。

吴玉泉居然有心思说笑："这倒有点儿像光纤插进网络接口。"

我在心里白了他一眼，看着身侧脸色惨白的雷大锤和王港，不由想起白天的场景——

听到还要继续等一下午，正在吃东西的雷大锤哀号不已："我们还要在这鬼地方再待一夜？"

一旁的王港也跟着忙不迭点头。

李星雨说："小薇没找到，张思下落不明，总得有个结果吧。"

吴玉泉说："白天没有海，自然就没有渡口，只有等夜晚降临，蛹海的光再次显现，才能找到入口，所以必须等。"

雷大锤和王港面面相觑，不由纠结起来，不过最终两人还是决定留下。于是就有了眼前我们五人围着石像的情景。

随着攀上的荧光丝线越来越多，我们面前的石像逐渐亮起。

雷大锤喃喃道："原来这也是怪虫的蛹啊。"

我们不由得后退了几步，李星雨和吴玉泉默默地拔刀在手。

那足有一人多高，四五人合抱才能围住的石像，就这么被无数荧光丝线慢慢托起悬于空中，底下露出个一人多宽的洞口。十数只魅生蝶伴随着无数飞蚁从洞中涌出，在空中盘旋。

吴玉泉没有丝毫犹豫，立即跃入洞中。李星雨看了我一眼，我还没明白是什么情况时，她也紧跟着钻入那黑洞。

我把心一横，喊了雷大锤一声，也跟了进去。

我拿出手电朝下照了照，只能看到无数悬挂着的藤蔓缠绕在一起，心想有这些藤蔓应该摔不死，便也抓着藤蔓，小心翼翼钻了进去。

里面是一个密不透风的空间，感觉一层一层向下延伸。我跟着走在前边的李星雨，利用藤蔓不住向下移动。

我壮着胆子向下看去，黑漆漆一片，只能看到星星点点的光。

雷大锤在我上方喊："咱们都进去了，万一大石头砸下来，不都得困死在这里了吗？"

我无奈地大喊："待在上边万一被那些怪虫吃了呢？还是跟着李老板吧！"

说着我手脚并用地一路向下，没一会儿，在钻过一个小小的黑洞后，踩到地面的踏实感觉传来，让我心下一松。不远处传来李星雨的声音，我慌忙上前会合。

"咱们下来的路是一座倒悬的浮屠。"李星雨打着手电左右照照，继续说，"浮屠中空，塔尖向下，这塔尖也留有空隙，刚够我们一人通过。"

我闻言打着手电向上照去，四周是个巨大的空洞，眼前一层层佛塔的飞檐依稀可见。

我问："会是细奴罗打着观音的旗号建的那个吗？也不知道和之前发现的那些倒悬观音石像有没有关系。"

"不好确定，但也说得通。"李星雨摇摇头。这时雷大锤和王港也陆续下来，四个人打开手电，周边空间顿时亮堂了不少。

雷大锤问："那个假吴教授呢？"

显然，吴玉泉下到地底后并没有等我们，我冷哼一声："不用管他。"

李星雨推测道："如果小薇在遇到我们之后一路循着记号到达石屋，很可能在昨夜就已经进入这里了。只是她不乐意见我们，料想定是奔着魅生蝶筑巢的地方去了。这底下环境复杂，咱们小心行事，找人为先。"

我点点头，一旁的王港问："那……张思会不会……也逃进这里了？"

没人接话，我想起刘云明的死，心想张思即便可以侥幸逃到这里，恐怕眼下也不容乐观。

雷大锤拍拍王港的肩，安慰说："嗨，说不定白天时她就自己下山了呢！先走吧！"

我们四人相隔一米左右，我和李星雨当先，王港缩在雷大锤身后跟着。

没走一会儿，我感觉到有种说不出来的诡异，心里毛毛的，总觉得在被人盯着。我忍不住问李星雨："李老板，我怎么感觉……"

李星雨抬抬手，说："你把刀拿着，会好点儿。"我依言而行，那种不舒服的感觉果然消退了很多，忍不住赞叹："赊刀人的刀真是驱邪神器。"

李星雨转脸看向我，一脸古怪："驱什么邪？黑暗中这岩壁上攀满了无数的魅生蝶，它们像看猎物一样盯着你，你当然会不舒服了。你展露一些威胁，自然会感觉轻松点儿。"

她的话让我想起在老宅里被蚁后盯上的经历，当时也只有一只而已，想着如今身后的黑暗中藏着无数的魅生蝶，它们像盯猎物一般盯着我，我不禁感到头皮发麻。

我咽了一口吐沫，想起那个古怪老大爷提起的鬼方巫咒气味，

蛹海浮屠

忍不住问："是因为咱俩碰过鬼方巫咒，在它们眼里成了晚餐？"

"你有刀呢，放轻松点儿。"李星雨没接我的话，自顾自说，"待会儿可能会遇到更多呢！"

我颇有一种把自己当外卖送上门的古怪感觉。

"你们看！"王港一惊一乍的声音把我吓了一跳。我们闻言看向后边，只见倒悬的佛塔中渗出无数荧光丝线，仿佛收到了什么命令一般，一股脑朝着黑暗中同一个方向涌去。

雷大锤好奇地问："是从上边爬下来的？"

"跟上去！"我们迈开脚步跟着无数丝线汇成的荧光河流，向着一处跑去。

神庙就在前方。

说是神庙，更像是一座纯唐式风格的亭子，在古装剧里很常见。唯一不同的是，亭中放置的不是石桌石椅，而是一个巨大的半透明茧蛹，正泛着微弱的光。

那些丝线汇成的荧光河流自高空悬落，慢慢融入这个巨大的半透明茧蛹，伴随着昏黄的光透出亭子，茧蛹中隐隐可见一个赤裸身躯的男子。

"这是……"我们停下脚步，震惊得说不出话来，一种说不出的生理反感自我的体内升起。

"是……细奴罗？"

难道说这神庙是细奴罗的墓？

忽然，岩壁上亮起无数的鬼脸马面图案，数不清的魅生蝶似乎得了什么命令，扇动着翅膀，围绕亭中的蛹不断飞翔。不停有魅生蝶降落其上，紧接着便像被吸干生命一般迅速枯萎死去。

无数的魅生蝶飞旋、降落、死去，片刻间，亭中已落了满地的魅生蝶尸体。飞蛾扑火，不外如是。

这哪是象征生命和轮回的蝶啊？看着眼前的奇怪生物不断赴死，我的内心几乎抓狂，满脑子都是自己为什么会来到如此诡异而令人作呕的地方。

雷大锤跌坐地上，不断喃喃着："完蛋了，完蛋了，完蛋了！"

王港带着哭腔疯狂呐喊："思思！思思你回来啊！刘云明已经不在了！你回来啊！刘云明已经死了！你回来啊！"

我的眼前尽是魅生蝶，光线迷离，亭中的蛹似乎感应到了我们的到来，有节奏地闪动着古怪的光芒。我隐约感到蛹中人似乎朝我看了一眼，一种冰冷的感觉抓着我不断下坠，我感到天旋地转，再也站立不住。

身旁的王港跪坐在地上不住地哭号，雷大锤喃喃的绝望声让我心生厌烦，止不住心底的狂躁。

"当初是你非要跟着我们来，现在哭个屁！白天让你们走你们不走！非要来这里送死！和我们死在一起很爽吗？"我恶狠狠地想，"干脆我先送你们一程！"

我心底一发狠，手中握紧了短刀挣扎着爬起来，拼尽全身力气，向雷大锤当头砍去。

叮！双刀交击发出清脆的金属声，让我瞬间神志清明不少。

李星雨冷冷的声音传来："冷静点儿！"

我左右看看，雷大锤和王港依旧双眼呆滞，嘴里胡乱言语，只是似乎体力消耗不少，声音渐渐小了下来。看着他们的情况，我不禁冷汗狂流，要不是李老板出手，后果不堪设想。

"这光能致幻？"看着亭中的情形，我身心发虚，大口喘气。

李星雨摇摇头，说："还不知道，但这里确实有干扰人精神的东西存在。"

"他俩怎么办？"我挣扎着坐起，"像秦岭那时候用刀敲他们的头，管用不？"

李星雨深吸一口气，说："先试试吧，眼下没工夫管他们了。"

我这才发觉，李星雨和我说话时，从头至尾盯着亭中的情形。

顺着她的目光看去，亭子一角的飞檐上，一个身影挂在空中，被无数丝线缠绕包裹着。从身形看，那个身影毫无疑问是个女性。

想起之前的推测，我惊呼出声："是花小薇！"

12 借刀，杀人

无数魅生蝶依旧绕着亭子盘旋继死，亭子上挂着的那个身影不知死活。

我心下焦躁不已，顾不得李星雨，赶忙拿刀朝着雷大锤和王港的脑袋就是几下，可作用有限，两人只短暂恢复了一下清明。

我暗骂一声，只能先不管他们，救人要紧。

李星雨说："我已试过上前救人，但那些魅生蝶似乎感应到了威胁，如果不小心让它们全攻过来，我们铁定要完蛋。"

我听得出她声音里压抑的情绪，急道："这扑棱蛾子不是怕质押刀吗？咱俩一起冲上去？"

李星雨没接话，似在犹豫什么。

黑暗中传来吴玉泉的赞叹声："这才是真正的赊刀术啊！用一个虚假的谎言换得无数人以生命献祭，用无数人的生命当作营养液，来护住这个身体不死不腐。还说什么借吉还凶，分明是巧取豪夺，哈哈哈哈！"

我没心思听他胡言乱语，忍不住回嘴："吴老三你也中邪了吗？快过来帮忙救人！"

吴玉泉走近我俩，看了一眼瘫坐地上的两人，转而望向亭中，赞叹道："攫取天机，真正的赊刀人哪！"

我没好气地说："你帮我们救人，待会儿我们帮你寻刀，很公平吧！"

吴玉泉想了想，点点头说："很公平，不过要想救人，得答应我一个条件。"

条件？

吴玉泉指着我对李星雨说："我需要用这小子手中的仿制祖刀，当今现世仅有的两把质押刀都在你们手中，质押刀对它们有克制作用，但这小子拿着又不会用，刀借给我，我们完全可以合力冲到亭下救人。"

借刀？我看到李星雨神色犹豫不决，显然没法信任吴玉泉。

"可以。"我压下一瞬的犹豫，赶忙点点头，心想凭我的能力实在没法救人，不如拼一下。何况这老小子之前虽然各种神神道道骗我们，但终归把雷大锤和王港活着带出了蛹海，应该没什么恶意。

听了我的话，李星雨也下定决心，点点头。我把刀递给吴玉泉，吴玉泉举刀打量，赞叹道："李四太爷不愧是最后的赊刀匠，即便是仿制的祖刀，锻造出来依旧锋芒无匹。"

我后退两步，吴玉泉和李星雨在我身前一左一右，我看着他们手中的刀开始闪出奇异的光辉。两人同时冲向亭中，亭子里盘旋的魅生蝶感应到了威胁，突然改变飞舞方向齐齐攻向两人。

我在远处看着刀光闪烁，密密麻麻脸盆大小的魅生蝶不断掉落。两人一左一右刀光不断，我算是第一次见到了武侠小说中所谓"把兵器舞得密不透风"。

"上去！"吴玉泉大喊，微微下沉身躯一手虚握，李星雨一脚踩上吴玉泉虚握的手掌，两人一同发力，李星雨宛如飞燕般高高跃起，一刀劈下了挂在飞檐处的身体。

"帮忙！"李星雨在空中大喊一声，我慌忙上前几步，只见她接住那个身躯刚刚落地，便原地打了几个转，借助旋转的力量将人整个向我抛了过来。

我连忙迎上，那飞来的身躯像一颗炮弹般砸入我的怀里，我一个踉跄后仰摔倒在地，总算有惊无险接住了人。

"救到了，赶紧出来！"我一边高兴地大喊，一边火急火燎坐起来，手忙脚乱地拆着花小薇身上的丝线。

"思思！"我闻声回头，一个巨大的身影猛然朝我扑来。我来不及躲开，没想到刚刚还瘫坐在地的王港会突然抓狂般尖叫着朝我扑来，我赶忙原地打了个滚闪到一旁。

已陷入癫狂的王港一把夺过那身躯，抱起来疯狂扯着丝线。

我感到一丝不对，心中下意识一惊，赶忙去抓王港，可惜晚了一步。

丝线突然被扯开，露出面容的"花小薇"猛然睁眼，一手突然伸出，手中不知什么利器狠狠插入了王港的胸膛。

血流如注，我一时着慌，上前用力一脚，踹开了行凶的"花小薇"，慌忙大喊："李老板！有诈！"

就在这时，亭中一声清亮脆响，李星雨的怒吼传来："吴玉泉，你干什么？！"

我搀着已经流血脱力的王港，扭头看去，只见吴玉泉趁着刚刚李星雨救人的空当，手中的仿制祖刀已经插入了亭中那巨大的半透明蛹中。

一股澎湃的巨力自蛹中席卷而来，紧接着无数魅生蝶疯了一般冲向那亭中的蛹，一层一层将那蛹越包越大。

李星雨快速退出亭子，来到我的身边，赶忙检查王港的伤口。片刻后，她冷冷地说："心脏被彻底毁了，没救了。"

我心头一凉，眼睛不禁发红，忍不住怒骂道："你个老小子骗我们！"

吴玉泉施施然走出亭子，一边走向我们，一边感叹道："这可真不怪我啊，我也没想到张思这小姑娘会被夺走心智。她本来可真是个善良单纯的大学生哦！可惜啊！"

身后的亭子里传来令人牙酸的吱呀声，无数的魅生蝶继续涌入，快要将亭子撑塌。亭外成了短暂的对峙局面。

吴玉泉的话让我忽然意识到，我们还是被他耍了。

此前我和李星雨见到的花小薇只肯远远现身。一开始我们以为她是顾忌此前的事情不愿相见，进入那浮屠塔后我怎么琢磨都觉得不太对劲。如果她真是想在这里找到破解丁神途身上巫咒的方法，眼下我们被困在同一处，以花小薇为救丁神途无所不用其极的性格，和我们合作才是最优解吧？

刚刚躲开王港的一瞬间，我才忽然想起，李四太爷留下的质押刀中，还有一把从头至尾都没现身的刀被花小薇带走了。花小薇有刀在手，加上操纵魁匣的手段，怎么会被这么轻易地擒到神庙来？再联想一直消失的张思、刘云明的尸体……

"原来……是骗局。"我红着眼喃喃道，"世上果真没什么羽化长生的美梦，有的只是一个又一个算计和骗局。"

吴玉泉的话语传来，说出了我的猜测："哎，话也不能这么说，我不过是因势利导而已，故事是真的，笔记也是真的，你看，连这神庙都是真的。至于张思……小姑娘早就想杀了刘云明这有违师德的垃圾了，我借给她复仇的勇气和力量，条件不过是让她扮演一下花小薇而已。你看？多划算的交易啊！可惜她自己控制不住心性，杀人后把自己的灵魂也弄丢了，唉，真是可悲可叹呀！"

我们被眼前这老头彻头彻尾地骗了。我满腔怒火无处发泄，又怕倒在地上的张思发疯对雷大锤造成伤害，强忍怒气将生机已绝的王港放倒在地，转而去把雷大锤挪到身旁。

我想去看看张思怎么样了，但她发出不似人声的嘶吼，让我打消了这个念头。

李星雨一言不发，从后背包抽出一把短弩，上膛瞄准了吴玉泉。

李星雨冰冷的声音传来："你不是赊刀人，为何对家族事情了如指掌？如此处心积虑引我们来此，是为了什么？"

吴玉泉慌忙举起双手："我对你们真的没恶意，引你们前来就是为了借刀，张思意识被吞噬是个意外而已。哦！说出来你们可能不信，我确实见过花小薇，还告诉了她进入鬼方的方法呢。"

借刀？我想起他刚刚借走仿制祖刀，刺入蛹中的情形。

借刀，是为了杀人！

一股莫名的恐惧再次自我心底升起，李星雨二话不说扣动了弩机，短箭直直射向吴玉泉。

就在这时，不远处的亭子骤然炸开，包裹其间的无数魅生蝶化为满天齑粉落下，仿制祖刀连同无数烟尘和瓦砾碎片一同卷来。

亭中的蛹自内发出璀璨的荧光，蛹中赤裸男子的面目被映照得清晰可辨。

我看到蛹中男子动了动，似从睡眠中苏醒，他的后背长出两个短小的肉翼，双臂和大腿外侧都有无数似鳞片似羽毛的奇怪物质。

羽化？这个念头在我心底一闪而过。

吴玉泉暗骂一声，似乎也没料到刚刚那刀居然没杀掉蛹中人。

李星雨再次一箭射出，阻止了吴玉泉的行动。我明白过来，赶在吴玉泉冲过去之前，捡回了仿制祖刀。

还没来得及松口气，一股冰冷的寒气突然自灵魂深处涌出，我们三人同时望向亭中的蛹。

蛹中赤裸的男子睁开眼，望向了我们。

13　祖师爷是大反派？

"这是……什么情况啊？王港他……"刚刚的动静居然让雷大锤清醒了过来。

"眼看就不行了。"我沉声说，接着把大概情况告诉了他。

"所以这个裸男是南诏初祖奇嘉王细奴罗？"雷大锤惊呼不已，"真有长生不死的人？"

李星雨低声说："这应该是以赊刀术做阵，夺天机命数，借用无数人的生命当作营养液，通过怪虫和蛹来进行能量传输，以此保持这个真身的肉体鲜活。"

想起此前吴玉泉的赞叹，我忍不住好奇地问："所以细奴罗还真是赊刀人？"

无人回答，蛹中男人渐渐舒展身躯，左右看了看，宛如午睡刚刚醒来一般。

雷大锤拉着我俩赶忙说："人家大王刚复活就被看到裸体，咱们会死的，赶紧逃！"

话是这么说，看着身后无数荧光丝线织就的大网上，数不清的魅生蝶和飞蚁盘旋其上，我们想逃也得有地方啊！

绝路啊！

蛹中人已经彻底醒来，他抬头看向正头顶处那刚刚被刀刺破的地方，似乎在疑惑蛹怎么会被刺破。接着，他伸手触向那个破口，慢慢划开了蛹，无数黏液流出，荧光散乱，巨大的蛹像是泄气的气球般迅速瘪下去，蛹中人自划开的位置走了出来。

"啊！是观音像！"雷大锤惊呼。我们这才看清，蛹中人的样貌和诃吒迦观音一模一样。

一个推测在我心底成形：看来真是细奴罗被淳风祖师授以赊刀术获得王位后，利用当地佛教兴盛和自己的王权威势，将自己神格化为诃吒迦观音，继而修建这巨大的阵法，骗当地信徒主动献祭为自己的营养来源，妄图有朝一日羽化长生。

吴玉泉的声音自不远处传来："不想死的话，我们就得合作！"

我当先呸了一声，喊回去："你快去死吧！"

吴玉泉不以为意，哈哈笑说："我吴老三活得够久啦，可怜你们几个小娃娃啦！"

一个身影自我们身旁闪过，发出一声痛苦的嘶吼冲向刚刚走出亭子的蛹中人。

"不要！"我们齐声呐喊，可惜早已失去理智的张思似乎感受到威胁，不管不顾地冲向蛹中人。

蛹中人对张思仿若不见，随手一挥，一只魅生蝶猛然扑向张思，覆在她面上。巨大的冲击让张思仰倒在地。更多的魅生蝶扑上，瞬间紧紧包裹住抓狂的张思。巨大的嘶吼声和令人胆寒的肉体撕裂声不断传来。

"救不救？"我着急问。

李星雨摇摇头："救不了了。"

我心下一沉，强打起精神面对那个早已无法称之为人类的裸男。

蛹中人朝着我们扫视一圈，出声询问："可是鲜于将军麾下？"

鲜鱼？什么鬼？我和雷大锤面面相觑。

那边的吴玉泉连忙跪拜行礼，口称："正是，特来迎回令公。"

蛹中人看着他点了点头，继而望向我们，我们有样学样，立马跪倒在地。

蛹中人满意地点了点头，望着自己的双手和双腿，似乎正在适应新的身躯。我听他询问吴玉泉："鲜于将军现在何处？如今是何年月？"

吴玉泉这老小子也是不讲武德，欺负古代人刚睡醒，嘴上满嘴胡诌。只听他答："将军正在军帐内等候令公，为掩人耳目特遣我等前来迎回令公。"

蛹中人点点头，继而看向我手中的刀，好奇地问："你是何人？祖刀为何不由鲜于将军亲自执掌？"

我内心慌张，嘴上胡乱回答："'鲜鱼'……'鲜鱼'将军送给我的。"

蛹中人声音逐渐冰冷："送？"

吴玉泉的声音传来："回太史令，他是鲜于家晚辈，最得鲜于将军喜爱，因此托他带来此刀。"

我心中正默默埋怨吴老三硬是把我说成什么"鲜鱼"的子孙辈，突然瞥见身旁的李星雨正在不停抖动。我悄悄扭头看她，只见她面色苍白，冷汗正从额上不断渗出。

我悄声问："怎么了？"

李星雨艰难地说道："不……他不是细奴罗，是……是祖师。"

不是细奴罗，是祖师？我脑袋一蒙。

这时蛹中人的声音传来："哦？那是何人给你种下的术？"

我还没反应过来，一瞬间我的灵魂似乎飞出躯体堕入冰窟，脑海里无数声音传来。我头疼欲裂，抱着头蜷缩起来，手中的刀不断传来嗡嗡声，似乎在与什么东西共鸣。

祖师……我们面对的是祖师爷，赊刀人世代供奉的淳风祖师？所有一切都是淳风祖师布的局？吴玉泉为何要杀淳风祖师？淳风祖师怎么会还活着？

蛹中人的声音在我脑海中不断回响："我以诃吒迦之身份助细奴罗称王，以此为条件命细奴罗为我筑长生所需之蛹海大阵，并以观音之身感召南诏子民自愿献祭助我羽化……"

这个声音越来越远，我头痛欲裂的感觉越来越强，手中的刀几乎不受控制地剧烈摆动起来。我隐隐听到李星雨和雷大锤不断在呼唤着我，可我没法出声回答。

我痛得泪流满面，蜷缩着身子跪倒在蛹中人面前。蛹中人的声音再次传来："看来你们不是鲜于将军的人，难道是……处刑人？是来杀我的吗？"

"刘米！"雷大锤一声怒喝令我脑海中无数声音随着一声闷响戛然而止，我的神志逐渐清明，难以置信地看着眼前的一切。

不知什么时候，我手中的仿制祖刀紧紧插入了李星雨的腹部，温热的血液正顺着刀流到我的手上。

"啊！"我惊怒交加，赶忙扶着李星雨坐下，一旁的雷大锤手忙脚乱地从背包里往外掏各种急救物品，我俩慌忙施救。

蛹中人饶有兴味地看着这一切，转而望向吴玉泉，笑笑说："看来是你利用了我的后辈，才能来到此处，寻到我的真身。"

吴玉泉冷笑道："赊刀术本就不该存在，至于你……李淳风……一千多年前就该死了，居然还妄想羽化长生？"

蛹中人哈哈一笑，挥挥手便有数十只魅生蝶在四周盘旋，随时准备发起攻击。

吴玉泉好整以暇，说："我费尽心思拖延时间，你可知为何？"

蛹中人微微皱眉，这才似乎感到哪里不对，忙招来魅生蝶覆于面上。我远远望去，蛹中人看着就是个戴着马脸面具的年轻裸男，有点儿变态。

吴玉泉的声音越来越清晰："你假扮和尚在这偏远地方做着羽化长生的美梦，我知道祖刀的共鸣声才能唤醒你，可你想不到，祖刀也会有假的吧？"

"有意思。"蛹中人笑着点点头，随后一招手，无数魅生蝶攻向吴玉泉，吴玉泉赶忙躲闪逃窜。

蛹中人不再理会向远处逃窜的吴玉泉，转而向我们三人走来。

想起刚刚痛苦的经历，我忍不住缩了缩头，一旁的雷大锤壮着胆子拿起李星雨的刀，挡在了我俩前边。

蛹中人来到我们身旁，就此止住脚步。我看到他裸着身体蹲下来，捡起那把染满血的仿制祖刀，说："赊刀人的祖刀为我所锻，和我有意识共鸣，这把仿制祖刀居然也能得其神韵。对了，你们可知魅生蝶有意识轮转的奇效？"

想起李四太爷笔记中的记载，我不自觉点点头。他抬头看向我，问："赊刀人？"

我点点头又摇摇头，说："临时工。"

"淳风祖师……"李星雨虚弱的声音传来，"请饶过他们。"

蛹中人点点头，说："你俩尽可放心归去，至于他……"说着他看向我，"我需要一具新的身体，你得助我一臂之力。"

我心里一慌，还没来得及回话，脑海中奇怪的声音再次炸响，灵魂深处的震颤让我再次痛苦倒地。

"李老板重伤，雷大锤无法躲开魅生蝶的攻击，没人能阻挡眼前这个裸男祖师了。"

我的意识逐渐模糊，看着无数魅生蝶朝我飞来，心生绝望之际，我注意到了一个不可思议的情景——

不知什么时候，身后那无数荧光丝线织就的巨网上，魅生蝶和飞蚁已经不见了。更古怪的是，那些丝线中多了很多凌乱的横摆线头，远看好像织成了一个歪歪扭扭的"丁"字。

一个念头猛然闪过，我用尽最后的力气高声大喊："丁神途！"

声音响彻整个空间，蛹中人也为之一滞，抬眼看去。

一个轻快而带点儿神经质的声音传来：

"谁啊？谁找我？"

14　魅生蝶

这一声应答无异于救命福音。

只见丁神途的身影自黑暗中跃下，魅生蝶围着他不断盘旋，将落未落。

我悲喜交加，忍不住低喝："救我们！"

丁神途夸张地看向蛹中人，惊呼出声："哇！裸奔男！"

雷大锤欲哭无泪："大哥，你能说点儿人话吗？"

丁神途看看我们，忍不住叹气："都说了让你们早点儿回去，别来这边作死。非不听，吃亏了吧？"

我想起那个古怪老头，心想原来是你个鳖孙搞的鬼？

蛹中人似乎对丁神途的出现也颇为意外，他一挥手，数十只魅生蝶攻向丁神途。可惜它们飞到丁神途身前时，就像得了什么命令般突然停下，无法向前攻击。

蛹中人"咦"了一声，微微惊讶。

丁神途微微弯腰抱拳，说："不好意思，我也养这玩意儿。晚辈小丁，拜见祖师爷。我爷爷生前一心想超越您，没想到有一天这把仿刀会骗到祖师爷，他老人家泉下要是知道，足可夸耀一番了。"

蛹中人感慨道："没想到李氏一族会有如此后辈，果然人算不如天算。"

丁神途接着说："您说您都是一千多年前的历史人物了，还是早早投胎吧，求什么长生啊！"

蛹中人笑问："我要是非要呢？"

说着他摘下马脸面具，走上一步朝我的脸上覆来。

丁神途骤然伸手，紧紧握住了蛹中人的手腕，轻声道："那我不答应。"

"鬼方巫咒？"蛹中人轻哼一声，"以蛮夷巫咒求长生，也算别开生面。"

说着他周身涌出一股巨力，瞬间将丁神途击飞。我跪倒在地，眼看着蛹中人手里的魅生蝶伸出多根触手，向我的脸上攀附而来。

无数的意识洪流一瞬间涌入我的脑海，数不清的人和事让我脑子几乎要烧坏了，我捂着头痛苦地大叫起来。

"收！"随着空中传来的一声轻喝，我感到脑袋瞬间降温，意识重回身上。我知道是丁神途种在我身上的赊刀术被解开了。我抬眼看到身前的裸男身躯晃了晃，趁着空当，我拼尽全力举起右手，挥动了刀。

"你不是和祖刀有意识共鸣吗？来来来，你再共鸣一下！" 我恶狠狠地想着，随即用力将刀身磕向身旁的碎石。

这一下几乎用尽了我全身的力气，随着当的一声，仿制祖刀从中折断。我向后倒去的同时，看到李星雨、丁神途、雷大锤几乎同时出手，攻向蛹中人，旋即被一阵巨力再次掀翻在地。

蛹中人痛苦地扶额蹲下身躯，无数魅生蝶得了命令般飞在身侧保护他。

没有人看到黑暗中飞出一把刀，直直刺向了蛹中人。

是吴玉泉！

蛹中人扭身躲开，飞刀自他脸侧飞过，刺穿几只魅生蝶后摔落在地。

片刻，蛹中人似乎平复了痛苦，重新站起身来，伸手轻轻抚摸了一下脸颊上泛出的红色伤口，又看了看几乎脱力的我们，点点头说："你们很好。"

就在我以为要面对铺天盖地的攻击时，他忽然转身，缓步走向了亭中。

坍塌的亭中如今只剩一张破烂蛹皮，蛹中人重新站到其中，双手渗出无数荧光丝线，如虫子吐丝结茧一般开始缝补那个蛹。

四周的无数丝线开始发出耀眼的光芒，吸引着更多魅生蝶如之前一般不断飞来赴死，向蛹中输送养分，我们眼见着那个原本破损的蛹开始迅速膨胀。

丁神途说："快走吧！他要开始羽化了，咱们打不过。"

雷大锤好奇地问："那个吴玉泉呢？"

丁神途扭头看看，说："人家比你们聪明，早都跑了！"

我们互相搀着，向外逃去。有了丁神途同行，那些丝线畏惧不敢上前，我们顺利走到倒悬的浮屠塔尖。

钻入浮屠塔尖，丁神途当先朝上攀去。雷大锤帮我把受伤的李星雨捆在我的身后，我们这才往上爬去。攀爬过程中，我们看到自洞口钻入的丝线越来越粗也越来越亮，似乎在疯狂攫取着能量。

"这不太对啊！"雷大锤嘀咕着，我的心底也感到越发不妙。

费尽力气，我们终于从洞口爬了上来。我累得气喘吁吁，抬眼看到那巨石仍旧被无数丝线牵扯着悬于空中。

我喘着气问丁神途："羽……羽化……羽化了会怎么样？"

丁神途满不在乎地忙碌着："谁知道呢？可能会不死吧，也说不定会变成长翅膀的天使？那我还是让他变烤翅吧！"

说着他站起身来，我看到他手中居然拿着个火把。

我慌忙道："你干什么？别冲动啊！"

丁神途哈哈一笑："没有长生，没有轮回，魅生蝶需要以人的生命为饵食孵化，这种害人的玩意儿，还是和祖师爷一起说拜拜吧！我丢！"说着他不顾我们的劝阻，将火把自洞口丢了下去。

"丁神途我……"我刚想破口大骂，可眼看着他眼中闪过的一丝丝疯狂和决绝，我硬生生把话堵了回去，"……我谢谢您啊！"

丁神途摆摆手说："不客气，来，我们一起和祖师爷说再见。"说着他也不顾我们三人的古怪神色，自顾自向洞口内大声喊，"祖师爷，我们走啦！以后也不回来看望您啦！"

话音刚落，一只双翅带火的魅生蝶自洞口窜了出来，火焰四散，丁神途哇哇大叫地追着扑火。所幸那着火的魅生蝶飞旋几圈后坠地而死，烧焦的味道刺鼻难闻。

"快走吧。"我担心李星雨的伤势，催促道。

"好！"

丁神途带着我们朝山下的军寨走去，一路上无数丝线自蛹中生出，绕着我们打转半天不敢攻击，最终又退回黑暗中。丁神途从头至尾都没理睬蛹海中的无数危险，让一旁的雷大锤看得崇拜不已。

"我本来是下山寻小薇的，一打听才知道你们去了云南，这才一路跟来，结果越走越发觉不太对劲，就索性跟着你们看看那个吴玉泉到底在搞什么把戏。"丁神途一边走一边说，"我曾听我爹生前说起过这里，但也是第一次来，想来家中的魍匣也是自这里带出的吧！"

我问："你知不知道小薇去寻鬼方了，为了你？"

丁神途沉默片刻，说："刚刚听到吴玉泉的话了，送你们到安全的地方后，我就去找回这傻姑娘。"

"你们看！"雷大锤的惊呼打断了我们的对话。我们循声看去，身后的远山上火光闪动，显然是地下的火烧上来了，顺着蛹海一路蔓延，火势渐大。

"丁神途你这个纵火犯！"我抱怨了一句。

虽说四周都是石头山，没多少植物，不至于会被山火逼死，但我们仍旧慌忙加速，一路不歇逃回了寨子。

回到此前休息的屋子，我放下已经失血昏迷的李星雨，顾不得满身大汗，连忙叮嘱雷大锤照顾她，转身就去把正在睡觉的村长叫了起来。

村长显然没料到消失一天的我们还会再出现，显得高兴异常。我顾不得解释，连忙打着手势示意要找医生。他看看天边逐渐退去的黑夜，犹豫了一下，终于还是披好衣服去喊寨子里的医生。

不一会儿，一个发须花白、面容瘦削的老头儿出现在门口。我迎上去刚准备打手势，结果老医生哑着嗓子说："我懂汉语。"

我连忙松了一口气，老医生迅速为李星雨处理了伤口，冲我点点头说："没事了。"

我这才一屁股坐下，终于放松了下来。

"既然如此，"丁神途点点头说，"那我就走啦！"

我刚想说什么，他忽然转头看着我："你把我的刀折断了，我把你的术解开了，我们两清了哈！小薇的事，有我。"

我茫然地点点头，问他："你的咒……"

丁神途止步，回过头来笑笑说："其实也没啥，好歹我也活了这么多年，是小薇那丫头爱多想。"

我点点头，还没来得及说什么，便眼看丁神途消失在夜色中。

一旁的老医生一边收拾东西，一边随口问："山上的火，是你们搞的？"

雷大锤连忙否认："可不敢胡说，我们都是好公民，放山火那是要坐牢的。"

我苦笑不已，望着沉沉睡去的李星雨，一股劫后余生的复杂感觉涌上心头，眼泪不受控制地涌出眼眶。

"你看你这糗样子，还赊刀人，还冒险……还救……"雷大锤望着我的惨相刚想奚落几句，也不受控制地红了眼眶。

老医生一声长叹："毁了也好，清净！千百年的孽也算了啦！"

这话怎么听怎么古怪，我连忙收了情绪戒备起来。一旁的雷大锤得了我的眼色，也悄悄站起身来。

老医生的背影似乎充满无奈和疲惫。

我试探着问："您……到底是谁？"

老医生转头望向我们，苦笑说："我的汉名啊，早已记不清了，不过我祖上姓鲜于，你们不是见着祖师爷了吗？就没想过以淳风祖师的谨慎态度，难道不会给自己留一个守庙的人吗？"

雷大锤惊呼："'鲜鱼'将军？"

15　淳风祖师的局

老医生缓慢摇头，叹了一口气说："什么将军？囚徒罢了。"

我忍不住好奇："这到底是怎么回事？"

老医生转过身来，坐下长舒一口气，缓慢说道："这个世界处在某种平衡中，生老病死，万物流转，道法自然。淳风祖师是一代得道之士，自然更懂这个。可惜，看破却勘不破，死亡将要到来，终究会成为每个求道者的心魔。"

我想起之前的见闻，说："所以祖师为了羽化长生，便在这里设了这个局？"

老医生点点头："细奴罗遵祖师命，修建活尸蛹海、倒悬浮屠、神庙大阵。淳风祖师原计划于大限将至之前进入此地完成羽化，进而复活长生。这个计划的关键有两大所在，一是钥匙，便是祖师的佩刀——赊刀人的祖刀，祖刀可以通过意识共鸣唤醒沉睡的祖师；二便是拿钥匙的人。"

"人？"

老医生点点头说："蛹不会动，得有人带着祖刀去唤醒祖师。原本的计划中，这一任务是落在鲜于家的。于是公元754年，祖上鲜于仲通说服朝廷，先后三次派遣大军攻打南诏。其实这本就是障眼法，鲜于仲通攻打南诏的目的，是来此唤醒淳风祖师。可惜人算不如天算，细奴罗的后代阁逻凤与当时大唐另一领军李密是至交好友，李密无意间泄露了此事。阁逻凤不愿淳风祖师复活，故而与吐蕃结盟大败唐军，鲜于仲通也在败阵中丢失了祖刀。祖刀自此下落不明，祖师也就失去了复活的时机。"

老医生继续说："此后鲜于家族自觉愧对淳风祖师，便派族中一分支举家搬迁，到此驻扎，成为祖师的守护人，一直延续至今，等待有朝一日寻得祖刀，再去山中唤醒淳风祖师。"

雷大锤试探性地问："那……您不上山去救救祖师爷？"

老医生苦笑一声："一千多年过去了，人的想法总会变的。以千万人命养一命，祖师之法如今看来实在有违天和！可祖训难违，也因此我们才布下阵不让寨子里的人天黑后外出，以减少不必要的伤害。如今看着满山火光，这结果也算顺应天道了。"

原来祖刀一直遗失在外，那李四太爷是如何获得祖刀图纸的？我心中奇怪不已，想起村长家的照片，问他："那你知道李四太爷曾来过这里吗？"

老医生点点头："你们口中的李四太爷当年带人来此，那老外蛮横无理，准备以火枪火炮攻打寨子，最终我父亲亮明身份，以祖训劝回了李四太爷。"

"原来如此。"我点点头，心想李四太爷也没多听劝，最后还不是去了蛹海，把那老外坑死了。我继而想到吴玉泉，问他："那你知道什么是处刑人吗？"

老医生沉默着摇了摇头，我们也沉默了下来。

老医生背起药箱，说："你们好自为之，今夜能挺过去的话，天亮后还是尽早离开吧！"

挺过去？我好奇地问："怎么？火会烧过来吗？"

老医生摇摇头说："火不会，但蛹里的东西……不好说……"

我悚然一惊，想起蛹海中那些人影，如果蛹都被火烧裂，里边的尸体都像那老外一样突然诈尸，这……丧尸围城？

雷大锤跳了起来，惊呼："会诈尸吗？"

老人摇摇头："不好说啊！蛹里的尸体少则几年多则上千年，具体是什么情况没人知道。最坏的情况可能是如今蛹海大火中，无数尸体正在醒来，然后朝着寨子而来。"

雷大锤当机立断："咱们逃吧！"

我心底一凉，望着熟睡的李星雨，犹豫片刻说："逃不了，这附近山连着山，走哪去？何况李星雨的伤也没法走。"

我强撑着身体，转身问老医生："我送您回去吧！"

老医生摇摇头，自顾自拎着药箱消失在夜色中。

"军寨真的会毁灭吗？被丧尸大军。"雷大锤问我。我看着他沉默片刻，最终只能摇了摇头。

"先挺过今晚吧，让李老板好好休息，能挨到天亮最好，挨不到的话……"我咬了咬牙，"那就只能继续拼命了。"

雷大锤黯然，我的心情也跌落谷底。这一路同行的几人死在了山上，吴玉泉那老家伙利用完我们就消失不见，李老板身受重伤，花小薇如今是什么情况也不知道。

雷大锤推推我说："你先睡会儿吧，我来守夜。万一真来什么鬼丧尸，也得有劲儿拼命吧？"

说着，他递给我一件东西。我低头一看，居然是已经断成两截的仿制祖刀。

"你居然把这捡回来了。"我笑笑，"给力啊，兄弟！"

雷大锤嘿嘿一笑，端起李星雨的短弩，说："家伙什儿不能丢嘛！咱黄金铁三角，李老板除外，我可比你专业太多了。"

我眯着眼睛细细抚摩着这把断刀，嘴上嘿嘿笑着："咱们这是青铜三角吧？被人利用来利用去的，一点儿好处也没捞着。"

屋外传来风声和呼喊声，似乎是大火惊动了寨子里的人，也似乎是真有复活的尸体冲进了寨子，可是我浑身酸痛，怎么也提不起劲儿。雷大锤仍在我身旁絮叨："兄弟，你就守好李老板，我可是神弩手，这玩意儿从小玩到大，我守着门口你尽管放心。"

我点着头，嘴上应着他的话，渐渐闭上了眼睛。

我梦到亭中的蛹重新弥合，蛹中人长出双翅悬空站立，蛹海发出耀眼的荧光。

我梦到淳风祖师冰冷的双眼再次睁开，向我望来。

我梦到无数魅生蝶的双翅燃烧着，满天飞旋带动无数火星宛如星空。

我梦到张思痛苦的嘶吼不似人声，她将手中的断刺狠狠刺入了刘云明的胸口。

我梦到王港胸口染血，跪倒在地哭泣不止，不远处的吴玉泉一脸无所谓地看着这一切。

我梦到李星雨满身是血，双目盈满泪水。

我梦到花小薇痛苦倒地，丁神途救援不及。

我梦到断刀，梦到鲜血，梦到拼命，梦到逃亡，梦到无数丧尸围攻军寨，梦到谁在我耳边不断说着话似在道别。

我梦到自己堕入了无尽的黑暗。

16　蛹中人不见了

"醒来啦？"一个男声在我身边响起。

我迷迷糊糊睁开眼睛，白炽灯、洁白的被子、洁白的墙，正前方电视上正放着热门年代剧。

"这是……医院？"我好奇问。

"嗯，大理第三人民医院，你已经昏迷几天了，不过医生说问题不大，主要是过度劳累和精神长时间高度紧张导致的昏厥。"刘八斗的声音传来。

我扭头看向床边："哥？"

我哥蛮不高兴地说："嘿，还知道叫我哥？我发微信提醒你们那是假的吴教授，为啥不立刻折返？"

"啊这……"我连忙转移话题，"大锤和星雨他们呢？"

"他们没事儿！"我哥一脸无所谓，"不用担心，马龙去处理后续收尾的事情了，你安心养伤，事情的整体经过我也知道了。"

"哦。"我重新躺下，想起昏迷前的那晚，问，"那个寨子呢？"

"寨子没事儿，"我哥说，"就是老……"

雷大锤中气十足的声音传来："嘿！兄弟，醒啦！你是不知道，那晚我自己一个人硬守着大门，最后……"

"小声点儿，这里是医院。"护士的声音传来。

我扭头看到雷大锤躺在邻床，正吃着香蕉玩着手机。看来他恢复得不错。

我哥摆摆手，继续说："就是那个自称姓鲜于的老头儿，找不到了。"

我瘫在床上，苦恼说："又是长生术，又是古代祖师，又是丧尸，我这脑袋瓜子嗡嗡响。"

我哥笑笑说："哪来的丧尸，真是别人说什么你们信什么？"

"啥？"我坐起身，"那老头儿骗我们？"

"不知道。"我哥摇摇头，"总之我们赶到的时候，就看到昏迷的你们几人，蛹海确实烧毁了，但寨子一切如常，就是那个医生老头儿不见了。"

"我有一个想法！"雷大锤连忙举手，插话道，"我严重怀疑，那晚那个医生老头儿就是吴玉泉那老小子假扮的！你看，他能让张思假扮成花小薇的样子，自己为啥不能扮成另一个老头儿？何况附近除了舍龙军寨也没其他地方可去，你们说在神庙里逃出的吴玉泉能去哪儿？肯定也在寨子里。所以这老小子就再次发挥他的能力，假扮成医生，拿一大堆假话来哄骗我们，把咱俩骗得团团转，这才大摇大摆地离开了。对不对？"

我嗯嗯了半天，才说："说你胡诌吧，好像有那么点儿道理；说你推理强吧，又全是胡乱猜测，那吴玉泉不杀我们都谢天谢地，怎么会专程来救李老板？"

我哥说："其实也不排除这个可能性，如果他真是……处刑人的话。"

我苦恼不已："他想用刀可以直接跟我说啊，给点儿钱我就把刀租给他了，至于耗费这么大心思，诱导我和李星雨千里迢迢来云南，还差点儿把命交待在这里？"

我哥笑笑说："哪有那么简单，刀和人有时候是一体的。"

"说白了就是多几个垫背的，出事了可以'死道友不死贫道'，要不是丁神途跟着，这次真的要交待了。"我恨恨地说，继而想起死的那几人，"白白害死几个无辜的…"

我哥打断我的话，说："马老板去处理了，尸身是没办法接回来了，只能处理成野外考察失踪的事故了。"

雷大锤插话道："家属抚恤这块儿我会安排的，说到底这次咱们都是受害者，你别自责。"

我点点头，心知这次事情对雷大锤的影响肯定也不小。

接着我又想了那个问题，问他："所以那假的吴玉泉，祖师说他是处刑人……处刑人到底是什么？"

"这个啊……也只是传说和一些推测罢了。"我哥说，"有机会的话，马老板可能会跟你说说详情。"

雷大锤嚷道："我知道！你没看过《金田一少年事件簿》吗？里边那个诱导别人杀人的傀儡师高远遥一，我怀疑他就是处刑人组织里的。"

我开玩笑问："所以金田一是赊刀人，还是你们太平人？"

"跑远了啊，话题跑远了！"我哥提醒着。

随后我哥告诉我，马龙从被烧毁的长生渡下去，发觉亭中的蛹已经彻底被大火烧毁，但蛹中不见人影，只剩一张干透了的皮，四下里也找不到蛹中人的尸体。祖师是被大火烧没了，还是真的羽化消失了？没人知道。

我躺在床上深吸一口气,消毒液的味道充斥着胸腔,微微刺痛的感觉让我由衷感慨活着真好。

雷大锤嘿嘿的笑声传来:"兄弟,既然你都醒了,咱们也受苦受难了好几天,出院了不得去高兴几天?就咱们几位男士去喝个痛快?哎,刘米他哥,咱仨一起去,不用客气,放心!我请客!放心吧!苏苏她们已经被我打发回长安了,李老板今早也出院离开了。"

"嗯?"我一惊,赶忙坐起身来,"星雨出院离开了?她的伤还没好吧?"

我哥点点头,说:"今早离开的,劝不住,应该是去肤施了。"

"是去找花小薇了啊。"我头痛不已。

我哥连忙劝阻:"就你这情况,别去掺和了!"

我摸着酸痛的胳膊,只能点了点头。一旁的雷大锤劝慰道:"放心啦,李老板恢复得比你想象的要好太多了,不然医生怎么可能让她出院?"

想起我神志混乱时不受控制刺了她一刀,还没来得及说句抱歉,她就丢下我们独自走了?我有些郁闷,脑海里浮现出我在老楼前说自己要加入赊刀人时,李星雨的盈盈笑意。

如今丁神途种在我身上的赊刀术已解,刀也断了。花小薇有天才丁神途和专业赊刀人李星雨两人去救,我这个业余人士就算去了也是添乱吧?万一再把友军捅一刀怎么办?

我恍惚觉得,我好像可以和赊刀人临时工的身份说再见了。

我望着天花板,问:"大锤,咱们也不算青铜三角吧?"

雷大锤抬头看过来:"嗯?那当然,咱们可是干倒了赊刀人祖师爷啊!得是铂金级别吧!"

"有没有这么夸张啊?"

"当然啦!"

雷大锤永远自信满满。

鬼方遗墟

我看到那人的双眼渗出红色的血泪，那血泪歪歪扭扭自眼角流出后，居然站了起来！像两条小红蛇一样弓着身子站在了那人的脸上！

1 我家住进了偷坟人

这故事发生在我九岁时。

那年暑假，店里来了两个古古怪怪的外地旅客要住宿。你也知道，我家是在肤施城下属的一个小镇上，我爸妈在镇上开的饭店是一栋小小的两层平房，一楼卖面和炒菜，二楼隔了几个小单间搞住宿生意。那两个住宿旅客穿得破破烂烂的，各自手里拎着个大粗布袋子，头发衣服上到处都是灰尘。

两人说要找个房间住下，我爸妈还以为是附近新来的临时小工，也没在意就给开了间房。可这两人自打住下后，每天待在屋子里不知道忙啥，几乎足不出户。每次吃饭也都是其中一人来一楼点餐，然后打包带回去吃。房间里有时候还会传来一些金属声。

就这么过了七八天，我妈觉察到不对，问我爸："老刘啊，这205房间住的两个客人不会是偷坟的吧？"

我们那儿管盗墓贼叫偷坟的，深山里野坟和古墓多，经常有偷坟的趁深夜去山里盗墓。不过这偷坟的也有两种，一类就是咱们常说的盗墓贼，挖洞开棺，进去偷陪葬品出来卖的，这早十几年在整个三秦地界都很常见，你也知道。还有一类偷坟的就很麻烦了，他们是专门偷尸体的。

什么？你不知道偷尸体的？雷大锤！你还是不知道社会的险恶啊，这样以后怎么出去冒险？为什么偷尸体？当然是拿来卖的啊！配阴婚懂不？懂了吧！转卖八字相合的尸体，这是绝户的阴损生意，这在我们那儿被抓着了就算被苦主直接打死都没人埋。这类偷坟的是犯大忌，我妈担心的就是怕那两个住客是干这个的。

我爸那会儿成天忙着打麻将，满不在乎摆摆手说："爱干啥干啥的，每天按时给咱交房费就行么。"

话是这么说，可我妈终究放心不下，她让我以送茶水的借口去敲门，进去看看房里啥情况。

我就冲了壶茶提着热水去敲门，我是小孩嘛，他们也没戒心，我说送开水的就让我进去了。

房间里到处都是泥土灰尘，烟雾缭绕的。两个住客正躺在床上抽烟，但他们的衣服、鞋都完好穿着，好像随时要出门一样。他们的破布袋随意扔在地上，我随意瞟了一眼，半开着的拉链处，露出来一点点黑色的金属光泽。

不对劲，我心里嘀咕着。默默退出房间后，我悄悄给我妈说了房间里的情况，我妈一愣神，急得连连打转："完了完了完了，这两个狗东西还真可能是偷坟的。"说着火急火燎去找我爸商量。

没一会儿，我爸独自上楼去找那两个旅客，赔着笑脸递着烟，说着什么"派出所查经营资质，我们不能搞住宿生意了"之类的话，好说歹说连哄带骗让两人当天下午就退房离开了。

我以为这事结束了，没想到当晚半夜，我睡得迷糊时，门外忽然传来了吵架声。我妈的大嗓门急吼吼地喊着："你们俩要祸害人也别逮着我家啊！我们真没法让你们住在这儿。"我爸也在一旁帮着腔。

我听到一个住客说着："哎呀！老板娘，你不要介个样子嘛！我们兄弟好歹在这也住了一星期多啦，也没少过你钱，就多住一晚好不好？我兄弟受伤了，我们天亮就走嘛！"

我妈回击："你们偷坟的伤阴德，你问问这镇上谁敢留你们！"

那个旅客无奈的叹气声传来，他说："你误会啦，我们不是盗墓贼啦，我们是……"那个旅客欲言又止的，"哎呀，总之我们没干什么伤天害理的事情啦！我们真的是……就一晚好不好？我加钱！加钱可以不？"

另一个顾客难受的呻吟声不断传来，有点像是中年烟枪老男人喝醉呕吐后的那种呻吟声，你知道吧？深夜里听着还怪瘆人的。

我起身趴在窗上听着门外的动静。屋外边三人还在争论，那个不断呻吟的顾客声音忽然扭曲起来，我感觉有什么不对劲，悄悄把头探出窗外，看到院子里一个人痛苦地跪倒在地，双手掐着自己的脖子，嘴里不断发出动物一样的嘶吼声。

我还没反应过来这是怎么了，我妈焦急的声音就传了过来："妈呀！这哪儿是受伤了，这明明是中邪了！老刘，快去叫王婆子！"

王婆子是我们那儿的马童，马童你知道是什么吧？我们陕北那边很多庙里供奉神仙的庙祝，就是这个神仙的马童，一般庙里的马童都有驱邪的手艺。

我妈还在慌忙喊着："赶紧把人抬进来先救人，别让邻居知道了！唉，真晦气！我怎么摊上了你俩这客人。"

我趴在窗边看着他们手忙脚乱的样子，穿上衣服出去帮忙。我妈看到我起来了也顾不上问什么，就让我去烧开水。我下到一楼的厨房里烧开水，楼上不时传来呜呜嗷嗷的惨叫声。

等我带着壶热水上楼时，205 的房间关着门，里边的嘶吼声夹杂着我爸妈的咒骂声不时传来。我敲了下门，我妈打开房间门看到是我，接过开水后冲我说："快去睡吧，躲被窝里别出来啊！"说着匆匆转身进屋。

趁着关门一瞬，我看到 205 房间里乱作一团，王婆子手里捏着黄纸，站在床头叽里咕噜念着什么。那会儿除了在林正英的《僵尸道长》里，我哪见过这个啊！施法啊兄弟！哪个九岁的男娃不好奇？我这好奇心一起，犹豫了下悄悄拧开了门把手，矮身走了进去。

房间里的床上，一个满脸血污的男人正被我爸和另外一个旅客死死摁在床上。那人中邪一样死命挣扎，两个大男人几乎压制不住他。床单被罩上到处是红色的血渍，王婆子点燃黄纸念了几句词，然后把燃着烟的黄纸愣是硬塞进了床上那人的嘴里，我看到那人的双眼渗出红色的血泪，那血泪歪歪扭扭自眼角流出后，居然站了起来！像两条小红蛇一样弓着身子站在了那人的脸上！

这诡异的画面让我汗毛倒竖，我还没来得及尖叫，一种我说不上来的刺耳声音突然袭来，当时那声音凄厉刺耳无比直击大脑，我被一激，立刻嗷嗷大哭起来。

他们这才发现了我，我妈赶紧将我硬拉出房间，捏着我的胳膊、腿问我伤哪了，哪里疼什么的。但我当时被那声音刺得头痛欲裂，嘴上嗷嗷大哭着根本没法说话。一直到我妈将我抱回床上，塞进被窝，一直到我哭累了睡着，我都没法说一句话。

这一觉我睡到中午，家里人谁也没喊我起来吃早饭。起床后我哥说我昨晚撞到不干净的东西了，号了一夜。王婆子还给我留了一道符让我带着，说是镇魂。看我哥当时那样子，感觉他还有点羡慕我似的。

我问：205 房子的客人呢？我哥一边玩着手里的柴火棍，一边说："走了，爸妈说他们昨天喝大酒吐了一晚上，天不亮就走了。"

我那会儿挠着头，模模糊糊总感觉 205 发生了些什么才对。

之后我爸妈问我昨晚到底看到啥了，我怎么也想不起来了，脑子里只记得那个要人命的刺耳声音，我就问家里人，昨晚没听到啥声音吗？一种很刺耳、很锐厉让脑子疼的声音。

所有人都摇头，除了我的哭喊声和那个旅客喝大了的声音外，所有人都说从没听到过什么刺耳声音。我就以为真是我撞邪了，后来还因为这事经常去看王婆子，觉得是她救了我一命。"

讲完故事，我喝了口水润润嗓子，问："所有人都没有听到，只有我听到的声音，你说吓不吓人？还有那个中邪的旅客，吓不吓人？"

坐在我对面的雷大锤吞吐着葡萄味电子烟，点点头说："吓人，可你喊我来就是为了让我听你讲故事？"

"当然不是。"我摇了摇头。

此刻我俩正坐在李星雨的工作室里，自大理医院李星雨不告而别后，我再也没联系上她。我去过李家祖宅前那个办公区，但见不到李家长辈，也没什么门路能联系上赊刀人，我也无处可去，于是每天来工作室打扫打扫卫生，摆弄摆弄工作室里的藏品，泡个茶什么的消磨时间。

大部分时间工作室都只我一人，雷大锤是最近才来得勤快些。之前因为大理的事情他被家里人禁足，也算是避风头，这两天才刚得了自由。

我坐直了身子，压低声音说："当然不是，只是这事以前我忘得干干净净的，最近做梦却想起了这些细节，还反复梦到反复出现，你说……会不会……是……祖师……"

雷大锤坐直了身子，露出狐疑的神色："你是说……那个淳风祖师的意识……激发了你的潜意识记忆一类的？"

"嘘！"我赶忙摆摆手，说，"我这不担心嘛，你是不知道那种脑子里一瞬间涌进来无数东西的感觉。"

"嗨！"雷大锤放松下来，"我高中时候还反复梦到自己参加高考没带笔呢！这毫无科学依据嘛！马斯克搞了这么多年的脑接技术，难道还不如一个唐朝人玩得明白？"

"一个唐朝人活到现在就科学啦？"我理直气壮，"那可是祖师爷哎！赊刀人的带头大哥！这难道不会有什么后遗症吗？我感觉我最近记忆力都变好了！这后遗症还不明显吗？"

雷大锤不以为意，摆摆手，问："所以呢？"

我答："所以不该找个什么专业人士帮我检查检查吗？"

雷大锤放下手里的电子烟问："李星雨还是花小薇啊？或者那个姓丁的疯子？"

"我……"我一时语塞。

雷大锤自顾自说着："不然你能找到的专业人士还有谁？我都不稀得说你！想去找别人就直接说，弯弯绕绕一大圈子。呸！"

我忙摆手："我就这么一说，你还上劲了？人三个专业人士专业团队，咱们解决不了的危险他们能搞定，他们也解决不了危险咱去了也是累赘，咱去干啥？"

雷大锤给了我一个不屑的眼神。

我一下泄了气。想起坐在赊刀人祖宅的老楼前，我信誓旦旦地告诉李星雨，我会成为赊刀人临时工，帮她把所有问题一起解决。但大理醒来后，李星雨不告而别，多少刺痛了我。

是的，我知道那什么鬼方遗迹必定危险重重，我知道去救花小薇刻不容缓，我也知道自己跟着去会是累赘，道理我都懂。但我还是觉得自己是被抛下了。难道我就只能干等着？

我叹了口气，说不出话来。

雷大锤似乎看出了什么，笑笑说："这不我也还在这呢！"接着他坐起身来说，"对了，我见到李星雨的爷爷了，在大师那儿。"

"什么？！"雷大锤的话将我拉回了现实，"李家爷爷去找大师干吗？"。

雷大锤说："起初我以为单纯是为了找祖刀的事，后来一琢磨，感觉他是来让我给你这赊刀人临时工递话呢。"

我好奇："怎么说？"

雷大锤答："一开始还正常，李家爷爷只说他们会派人去寻李星雨和花小薇，让我们别担心。然后他们聊了会儿大师年轻时候的经历及与赊刀人的渊源什么的。可走的时候，他冲我莫名说了句什么：人和书都是他带回来的。当时我感到莫名其妙但也不好问什么，老爷子也没解释。"

"人？书？他？"我直挠头，"什么鬼东西？"

雷大锤解释说："老爷子说的他，是丁神途的父亲！当时他们刚聊完大师年轻时偶遇赊刀人夫妇的事。你再联想那夫妇在山里到处找解咒方法，这个他，可不就是李家那位嘛。"

"有道理啊，雷大锤。"我啧啧着，"你这脑瓜子日益好使啊！"

雷大锤摆摆手："不过人和书是啥玩意儿我就不懂了。"

我思索起来：如果真是李家爷爷通过雷大锤给我递话，有什么信息是需要他告诉我的？人？书？与赊刀人有关的？李家爷爷又为什么要说这个，却对我避而不见？

"我明白了。"福至心灵，我突然醒悟，"人，应该是李家现今最大的秘密，那个藏在老宅阁楼里早已石化的人。那书，自然是李四太爷的笔记了！"

雷大锤惊道："还有这说法？"

我略去老宅一些细节事情不提，只答："李星雨曾提到过，当年去鬼方寻找李四太爷的一队人，最终只回来一人，身上带着笔记。毫无疑问，那李四太爷说的就是这个。"

我拧着眉头喃喃着："人和书都是他带回来的？言下之意是那队人马当年其实一个都没成功返回，只是唯一的幸存者最后被丁神途的父母带回了李家。也就是说……"

雷大锤探着身子望向我："也就是说？"

我说："也就是说，赊刀人家族很可能是知道鬼方入口在哪的。只是因为当年的事情太过凶险，所以称之为禁地。再加上是丁神途父母带回来的那人，那丁神途很可能知道鬼方遗墟内的情况，如此，无论是他俩，还是李家派出的人，去鬼方遗墟寻花小薇的成功概率，就大大增加了。"

雷大锤挠挠头："可跟你说这些有什么用？还有为啥不自己跟你说？"

我坦承："我也不知道，可能单纯想让我放心吧！"

雷大锤问："你确定老爷子是这意思？你真没曲解吗？"

"啊这……"我有些不敢确定，"应该……吧？"

雷大锤啪的一声一捂额头。正在这时，电话响了起来。

2　来自日本的国际友人

"喂？是大师啊！在呢，我俩正在一块呢，啊？不好吧？……
合适吗这？嗯……行吧，那行！嗯嗯，好的好的，没问题没问题。"
雷大锤一边"嗯好的没问题"一边挂了电话，呷了一口茶说，"大
师找咱俩，让咱们快过去，好像有什么事。"

"怎么了？"我好奇问。

雷大锤站起身来，急道："去了就知道了，快走，我去开车。
大师等咱们呢！"

我心下纳闷，大师这是说了什么让雷大锤这么着急火燎的？

坐在车上，雷大锤这才解释说："大理那次不是搞砸了吗，我
爸现在看着我可烦，幸亏我老爸贼信大师，我这不得靠大师在我爸
面前多给我说说好话嘛。"

我恍然大悟："难怪我说以前也没见你在大师面前这么狗腿！"

到了大师住处，大师已在门口等着，我俩还没来得及说话，他
迎上前来拉着我就往里走，嘴上不忘解释："我们遇上了怪事，这
事看来非得你帮忙不可！快来快来！"

我看着一旁的雷大锤面色古怪，心里愈发好奇。走进一楼客厅，
只见沙发上端坐着两个年轻人：一个西装笔挺，体格高大的平头青
年；一个身穿淡蓝短白衬衫和格子短裙，头上扎着单马尾的年轻女
孩，看起来也就二十出头的样子。

奇怪的是，那年轻女孩身姿端坐，双眼位置却戴着个厚厚的睡
眠眼罩，这大夏天的，看着很有些 cosplay 的风格。

我忙悄声问雷大锤："这怎么回事啊？"

那边沙发上的两人站起身来，冲我俩躬身一礼："雷桑[1]！好久
不见。"

嗯？日本人？还认识雷大锤？

我一脸疑惑望向身旁的雷大锤，雷大锤挠着脸望向一边，假装

1　桑：日语中"さん"的谐音，是用于人名后的敬词，此处可理解为"先生"。

没看到我的眼神。

大师乐呵呵道："刘米小友，来来来，坐下谈，入乡随俗，大家就别多礼了，都坐下谈。"

两边坐定后雷大锤咳嗽两声，颇有些尴尬地强自介绍道："这位是刘米，我朋友，也是长安城内隐藏的民俗专家和术法高手，风水堪舆方面不一定比得上大师，但论解蛊驱邪，破障除鬼，那肯定是长安城内的这个！"说着竖起了大拇指。

"我？"我老脸一红，忙要客气几声，却见一旁的大师居然也在帮腔："没错，刘米小友自小在终南山中修行，那山上梁道长遇着了也得夸赞几句，可非我这种红尘里打滚的俗人能比。"

沙发另一侧的两人听了忙站起来再次冲我连连鞠躬。

这两人搞什么东西？我心下纳闷，有外人在我又不好问，只得干笑几声应付了事。

雷大锤转身再向我介绍："这两位是来自日本的国际友人，也是我们味佳集团的合作伙伴，这位是大助，这位是千代子，千代子以前在长安读书做交换生时也是我大学的学妹。"

戴眼罩的漂亮女孩淡淡笑答："这么说可有些见外了呢雷桑！我们好歹还是有些美好回忆的呢！"说着再次微微起身鞠躬，算作打招呼。

"嗯？雷大锤？"我心想难怪你面色这么奇怪，合着眼前这日本女孩儿是你前女友呀？

雷大锤有些不好意思，喃喃道："以前是以前，现在的国际友谊常在嘛！"

我干笑两声，心下愈发好奇，这雷大锤前女友兼国际友人和我有什么关系？

大师解释说："这位千代子姑娘月前去陕北肤施县境内旅游，遭遇了一个意外，眼睛上生了怪病。这眼疾奇怪至极，各大医院无论怎么检查也不知道缘由，有人怀疑这是撞邪了。"

撞邪？我露出疑惑的表情。

大师冲雷大锤点点头，雷大锤上前和那西装平头男子及千代子说了什么，然后两人用日语叽里咕噜说了几句后，点了点头。

雷大锤走到我身边，低声说："你看了就明白了。"

说着，那男子俯身将女孩的眼罩取了下来，那女孩抬眼看向我。我不禁一怔，那双眼睛只有眼白而不见眼珠，惨白的眼睛里只掺杂着无数细细的猩红血丝，看起来如鬼片中的女鬼一般。

这……我一时震惊不知说什么。一旁的雷大锤解释说："她的眼珠翻上去藏在了眼皮底下，但完全翻不下来了，医院检查后说眼睛一切正常，这就类似你翻白眼，照理说你冲别人翻个白眼后，再控制眼球翻下来就好，可是……"

"可是现在翻不了。"千代子接话说，她的声音蛮好听，就是汉语说得结结巴巴略显生涩。

这倒是怪事了，我心想，难道真是撞邪了？

雷大锤接着说："各大医院都列成疑难杂症了，正找专家研究呢，我想着这事古怪，就将千代酱[1]介绍到大师这里了。"

"千代酱？哦？"我斜眼看向雷大锤，雷大锤有些尴尬地咳嗽两声说："故事稍后再说，这次，是想请你帮千代酱驱邪治病！"

啥？我哪懂这个？你和大师在这儿唱双簧坑我呢？我大吃一惊正要拒绝，两个国际友人已啪一声站直后深深一鞠躬，口说着什么"哦你该一骂死"的日语。我反应了一下才知道他们在说："拜托你了。"

一旁的大师打断我，说："不用谦虚啦，这事非你不可！"

我正纳闷这事跟我有什么关系，侧头看到雷大锤冲我使眼色，心下一动，忙说："事出突然，容我和大师商量一下看看。"

雷大锤早有默契地忙招呼两位国际友人稍坐，我拉着大师去往一旁，悄声问："到底怎么回事？这驱邪的事儿我也不懂啊！"

---

1 酱：日语中"ちゃん"的谐音，加于名后，一般用于极度亲密的人之间。

大师慢悠悠说："没事，他们这怪病我已经有了计较，待会儿你按照我吩咐的来做就行，应该能治好那日本女娃的眼睛，之所以特地喊你过来，是因为他们带着一个东西，很可能和你有关。"

"和我有关？"我低声问，"什么东西？"

大师打开他的手机，左右翻翻后，递给我看，手机屏幕上的照片里好像是个破烂袋子，上边歪歪扭扭写着几个字：借刀 sha 人，赊粮留米。

我问："什么意思？这看起来像是小学生写的啊，'杀'字还写个拼音。"

大师哎了一声，解释说："你读一下。"

我照着嘀咕半天，猛地反应过来："这不我的名字吗？谐音梗扣钱啊！"

大师说："一开始我以为是巧合，可这完全解释不通，哪有赊了粮给人家留下米的，那这赊走的粮是什么？米不是粮食吗？直到雷大锤给我说了你们南诏之行的事，我才反应过来，这是信息啊！"

信息？难道是处刑人吴老狗？我悚然一惊。

南诏之行那个假吴教授在舍龙军寨坑得我们好惨，他一路引导我们找到诃咤迦神庙，之后利用我和李星雨的刀去袭杀我们赊刀人的老祖宗，闹得我们一行人差点全部交待在那儿。

大师解释说："这八个字分明是那个假吴教授写给你看的，而且，这两人自陕北来长安，一来就找到了雷大锤，而且明言只有治好了那女娃的眼睛才能将那袋子交给我们，这一切很明显是那个假吴教授的手笔。所以，我们必须知道这事情的来龙去脉并拿到这个破袋子，你懂了？"

我沉默片刻，最终点了点头。

客厅里雷大锤正同他们闲聊，看到我和大师回来，忙迎上来，低声问我："怎么样？"

我不动声色地点点头，转而拿捏起腔调，对千代子说道："我知道是有人让你来找雷大锤的，我可以治好你的眼睛，但你在肤施县发生的事，得原原本本告诉我。"

一旁的平头青年听说我可以治好千代子，脸上露出激动的神色，凑上前颇有些激动地说："请救救我妹妹。"

我点点头，淡然说："大师的面子我不能不给，但你们得先告诉我发生了什么，你妹妹怎么会变成这样的。"

千代子神情一滞，犹豫片刻后低声说："请先治好我的眼睛！"

大师和雷大锤赶忙打着圆场："咱们也不好逼小女娃，还是先治病吧！""对对对，治病要紧治病要紧。"

我拧着眉头沉默片刻，最终点点头："那就先驱邪。"说着，转而对大师点点头，"有劳大师准备的东西，可以带上来了。"

看到千代子和那个叫大助的平头青年神色一松喜上眉梢，我心想大师刚刚教的治病手段万一不成，我岂不是当场"社死"了？

东西陆续端上来，我一看中式案几上放着大小十多个骨瓷碟、蜡烛、香灰、草木灰、糯米绿豆、黄纸、菜籽香油乱七八糟一堆。心想大师不愧是靠这个混江湖的，仪式感直接拉满。

照着大师此前的嘱咐，我一边绕着案几假模假样检查东西，一边说："千代子这情况按照我们的老说法是撞邪，也就是鬼遮眼了，只要重新开眼，眼睛就能慢慢恢复。"说着，将蜡烛点燃，青烟袅袅，一股好闻的香气弥漫开来。

还是香氛蜡烛？大师这么讲究？

我心底忍不住嘀咕着，手上不停，一边引导千代子坐在提早准备好的躺椅上，一边将糯米、绿豆和乱七八糟的灰撒了一地。这也是大师提前叮嘱好的。

我吩咐一声："好了，可以摘下眼罩了。"雷大锤和大助忙帮着千代子拆下了眼罩，千代子躺在椅子上，睁开惨白瘆人的眼睛眨了眨。

大师适时发问："刘米小友，接下来准备如何？"

我冲大师解释说："这邪气藏在眼睛里，遮挡生气，咱们得把它钓出来，所以千代子，你在这个过程中千万保持眼睛紧闭，不要睁开。"

千代子点了点头，继而乖乖闭上了眼。

一旁的大师眼睛一亮，恍然大悟，说："难怪你要让我准备菜籽香油，高啊刘米小友！"

我哈哈一笑，心想大师值得一座小金人，嘴上说着："大师可愿意助我一臂之力？"

"当然！"大师说着，挽起袖子走上前，拿起菜籽油轻轻点了几滴在一个空的小碗的内壁上，然后将那小碗靠近蜡烛轻轻烘烤，直到有细细的油烟味传出。

我站在一旁，将灰和油搅拌起来，一边说着："五官相通，咱们从耳朵钓它们出来。"

大师点点头，手法轻盈地将冒着油烟的小碗凑近千代子的耳朵，扣在了耳郭上。我则将和成泥的灰轻轻抹在千代子另一只耳朵上。

大师冲一旁不解其意的几人解释："菜籽油加热产生的油烟，混合香烛的气味，经由耳朵进入这女娃体内，味道扩散进去，那邪气闻到这香味，就会顺着方向往外爬，然后粘在碗壁上，如此便将邪气勾了上来。"

"这也行？"雷大锤和大助面面相觑。

"应该可以，另一只耳朵我用草木灰堵塞，草木灰天生驱邪，也会驱赶着邪气往另一侧而去。"我表面云淡风轻，心底也在默默打鼓，大师教的这手法也太"野狐禅"了。真能治这疑难杂症？

没一会儿，千代子忽然"啊"地唤出了声。大助赶忙上前，焦急地询问着什么。一旁的雷大锤充当翻译："千代子说眼睛好痒，感觉里边有什么弯弯曲曲的光线在爬行。"

我点点头，说："应该是起作用了。"刚说完却看到一旁的大师面色不太对，转而试探道："大师？你……要不看看碗里什么情况了？"

大师依言拿下扣在千代子耳朵上的小碗，我低头一看，碗壁上多了许多细微的黑色小点浸在香油里，要不是碗壁原本纯白，很难看到这些细不可察的黑色小点。

碗里的景象果如大师此前交代的，我松了口气，说："这不都钓出来了吗！"可转头却看到大师面色愈发凝重，我还没来得及发问，大师突然沉声说："眼睛里还有东西！"

话音刚落，原本堵在千代子那一侧耳朵内的草木泥忽然啪地掉在了地上，似乎被什么东西自耳朵内拱了出来。千代子整个人突然开始剧烈挣扎起来，喉咙中发出痛苦的呻吟声。

"快按住！"我还没搞清发生了什么事，下意识已经出声。雷大锤和我配合已久，话音刚落便冲上前来和我一左一右死死按住了正在疯狂挣扎的千代子。千代子也就在此时猛然睁开了眼，惨白的眼睛直勾勾望向我，那冰冷的眼神吓得我汗毛一奓。

"怎么会这样？"大师也着了慌。

"喂！"一旁的大助见此情景怒吼着，"你们对我妹妹做了什么？！"说着就要冲上来。

"帮忙！"雷大锤顾不得解释，大着嗓门喊道，"你妹妹中邪了！想救你妹妹就帮忙按住！不然大家都完蛋！"

大助怒气冲冲，终于只用日语骂了声"可恶"，上前一起按住了千代子。

古怪的是千代子像是换了个人一样，力气大到夸张，我们三个大男人都几乎要压不住。雷大锤一边吃力压着千代子不让她起来，一边大声喊着："刘米，大师！你们想想办法啊！"

我刚想说什么，忽然看到千代子的眼角渗出红色的血泪，顺着鼻梁弯弯曲曲流了下来，看起来惊悚至极。

我不由一愣，这一幕怎么感觉似曾相识？

我忽然想到了什么。忙喊道："大锤，你压着！"说罢也不管雷大锤听清了没，我猛地放开千代子，这一下差点让千代子挣脱，所幸大师及时补上。我顾不上去看情况，赶忙在桌上抓了把黄表纸，就着蜡烛直接点燃。

"掰嘴，大锤！"

嘴上说着，我举着燃烧的黄表纸朝千代子嘴中塞去。黄表纸燃烧冒出大量的烟雾，呛得我们几个不住咳嗽。烟雾入体，千代子忽然浑身一震，停止了喊叫，接着身体也软软倒下不再挣扎。

"没事了，没事了。"我松了口气，一摸额头发现自己竟出了一头冷汗。

雷大锤听到我说的，一边冲我竖起大拇指，一边拍了拍一旁的大助解释了几句。

大师喘着粗气，问："这到底是怎么回事？"

"回头再说。"我摇摇头，直勾勾盯着大助问，"你们在肤施到底遭遇了什么？"

大助一愣，忙说："我们就是去旅游，然后……"

"你们不是去旅游！"我出声打断了他，冷声道，"说真相，真是旅游的话，为什么会去南阳府的佛骨灵崖山？那里是禁山。"

3 佛骨灵崖山

"什么山？"雷大锤一时没反应过来。

"佛、骨、灵、崖、山。"我一字一顿地说道，"陕北肤施县，南阳府镇上。"

"啊这？"雷大锤一惊，望向我，"南阳府镇不是你家吗？"

我点点头，一种不祥的预感自心底泛起。

佛骨灵崖山原本是我家乡小镇上一座不知名的小山，1955 年前后镇上建路时将山挖开了一半，没想到在山崖壁上挖出来一座两人高的小佛塔，佛塔四面镂空，中间有个球形凹槽，当地人都说里面原本藏着佛骨，后来被盗墓的偷走了。其后不久在崖下又挖出了一个千佛洞，洞内刻着佛教诸天、菩萨、罗汉什么的，因此在 1955 年就被我们县政府立碑命名为"佛骨灵崖山"，禁止采伐放牧，就此成了禁山。

说是禁山，我们镇上小孩童年时也都悄悄摸上山玩过，我还进过两次千佛洞去看那些佛像、石刻。但相对的，外地人几乎不可能知道这座山的。一方面是因为我们那儿旅游景点和宣传里并没将这座山列进去，另一方面也是这么多年退耕还林政策下来，山上植被郁郁葱葱，早把那写着"佛骨灵崖山"的立碑给遮掩死了，远远看去根本就是一座野山。

"大锤，这事是有人设计我。很可能是那个坑过我们一把的假吴教授。"我面色铁青地望着大助，等待他的回复。

"让我……"不知何时，千代子已经醒来，她虚弱的声音传来，"让我来解释吧。"

我们同时转身望向千代子，她正支着胳膊，勉强坐起来。我看到她双眼出的血痕已淡了很多，眼睛内漆黑的眸子露出，似乎已恢复了正常。

大助赶忙上前，搀扶着千代子。千代子勉强站起，冲我和大师鞠了一躬："谢谢你们治好我的眼睛。"

我拉着个脸站在原地，没有答话。

雷大锤颇有些尴尬地挠挠头，冲千代子客气了几句，转而冲我说："刘米，不至于啊！小姑娘也不知道啥，不至于，你消消气。"

我不理睬雷大锤，心想咱们差点直接丢了命，都说成这样了你还没反应过来，我真是白给你讲小时候的故事了。

千代子眼中渗出血泪时，我便想到了那个故事。于是用王婆子治旅客的办法，用黄表纸烧烟，果然奏效。若再晚一会儿，只怕那血泪也会像我小时候见到的一样，如一条红色小蛇一样苏醒，到时候会发生什么，没人知道。

"古人说逢大事必有静气，咱们都坐下聊吧，老这么杵着也解决不了问题。"还是大师老江湖，三言两语将众人拉回了客厅坐下。

"说吧，到底是怎么回事？"我喝了口水平复了一下心情，开口问，"还有那个破布袋子是怎么回事？"

眼睛恢复正常，重新梳洗过的千代子堪称靓丽，明眸璀璨衬着乌黑长发，居然有点日式青春剧女主的神韵。

千代子沉默半晌，才开口说："我们确实不是去旅游的……是为了……寻找一件家族遗物。"

我摆了摆手，表示对她找什么并不感兴趣，转而问起："那袋子呢？"

一旁的大助对我的语气很不满，刚想说什么，但被千代子挥手阻止了，她看了眼大助，大助点点头，转身出去了。

千代子继续说："给我这个袋子的人说，我拿着袋子来长安找雷桑，才有机会找到我想找的东西。"

雷大锤一拍额头，问："你就信啦？"

我看了一眼雷大锤，说："你要是也得了这翻白眼翻不下来的怪病，有神秘高人说个啥，我估计你都会试试。"

雷大锤一愣："说得也是。"

我问："给你这袋子的人长什么样子？"

千代子想了想说："就是个普普通通的农民，个头不高，皮肤黝黑，胡子稀稀疏疏的。"

我心里嘀咕：这模样和那假的吴教授也对不上，会是那个人假扮的吗？

正说着，大助回来了，他手里提着一个袋子，正是此前在大师手机上看到的那个。

"请。"千代子说着，示意大助将袋子递给我。

我接过手，沉甸甸的，里边似装了好几样东西。袋子表面"借刀 sha 人，赊粮留米"几个字仍清晰可见。

雷大锤有点不放心："刘米，不会有什么陷阱、暗器吧？"

正在拆袋子的我看了一眼他，说："能别乌鸦嘴吗？"

雷大锤哈哈一笑，说："你继续，我自己躲远点就行。"

袋子解开，首先露出的是一个熟悉的笔记本封皮。

是李四太爷的笔记！我一惊，这不是被花小薇带走了吗？怎么会在这？

"刘米！看这个！"雷大锤的惊呼声将我从震惊中拉回现实，看到袋中的第二件东西是一截弩臂。我心神一震，差点站立不稳。

"这是……"雷大锤满脸吃惊，"为什么会在这？"

大师看到我俩的反应，知道事情不对，问："怎么了？"

雷大锤结结巴巴给大师解释："这是……这是李星雨的武器。"

花小薇最重视的笔记、李星雨的随身武器，为什么会在这？难道她们出什么意外了？这些东西为什么会给我？难道是遗物？

我如坠冰窟冷汗直冒，赶忙抓着同样一脸吃惊的千代子问："这东西怎么来的？快告诉我你们到底遭遇了什么，又是怎么拿到这东西的？给你袋子的人有没有说什么？"

千代子神色畏缩，似被我的样子吓到了。一旁的大助挡上前来，说："冷静，刘桑。"

大师也劝："咱们得先知道事情原委呀，你别冲动。"

我深吸一口气，强迫自己冷静下来，重新坐回沙发："现在可以说了，从头至尾，事无巨细。"

千代子点点头，开口说："我刚刚说要去找家族遗物，是因为我的祖父最后消失的地方，就是在肤施县的南阳府镇上。我的祖父1979年来到中国考察，他对日本在此前战争中犯下的错误深感愧疚，于是怀着一颗赎罪的心，和当时日本考察团中几位同僚就此留在中国，开始参与部分贫困地区的援建，肤施县境内的几条公路施工，便是我祖父参与的项目之一。几年前我在家中无意间翻到祖父遗物，看到他的信件才知道了这些往事，这也成为我前来中国的主要原因。

"1989 年 8 月的一晚，祖父突然接到国内通知，停止手上一切项目连夜回国，但不知为何，祖父最终没有如约登上回国的飞机。据其他回来的同僚说，临行前一晚，祖父打算去佛骨塔下祈福。但他出门后却消失了，之后无论如何寻找，祖父都彻底没了踪迹。"

"所以……"我皱着眉，"你去我家那边其实是想找到你祖父的踪迹？这可都过去三十多年了。"

没想到千代子摇摇头，说："随祖父一同消失的还有一件东西，此物涉及家族荣光，必须寻回。但具体是什么东西，抱歉，我暂时也不知道。"

我不禁心焦，问："所以你千里迢迢跑来中国，是为了找一件你也不知道是什么的东西？万一你遇上了却不认识怎么办？万一这东西压根就不存在怎么办？"

千代子似自言自语，又似对我说一般："存在的，我一定可以认出来。"

雷大锤也挠挠头，好奇地看着千代子："你这……多少有点儿不靠谱吧。"

我思索片刻，接着催问："继续说你遭遇的事。"

千代子眼神中流露出一丝惘然，但很快平复了，她歪着脑袋回忆着说："我顺着祖父以前的信件，在肤施县内打听了很久才找到了佛骨灵崖山的位置。因为担心我的安危，义兄也跟着我来到了中国，我们以旅游的名义去了南阳府镇上寻找线索。可是……"

她顿了顿，说："我们遇上个古怪的老奶奶。那晚……那晚到镇上时天已经快黑了，我们走了大半个小镇都没遇上可以住宿的旅馆，直到在路边遇到一个提着手电的老奶奶，她说带我们找个住的地方，我们就跟着她去了，一直走到山腰的一间小庙前。"

"庙？"我脑中一闪，"你们去了二郎庙？"

千代子点了点头，接着说："庙里就老奶奶一个人住，还有一间客房就借给了我们，但临休息前，老奶奶嘱咐说那晚神仙要巡山，要我们夜晚听到什么声音都别出来张望，别扰了山神大人。"

雷大锤低声问我："你家那边也天黑不让出门？和那个舍龙军寨里一样？"

我摇摇头说："怎么可能？只是我们那儿夜晚不能上山是真的。山上有偷坟的你忘啦？当地人万一遇上了保不齐发生什么事，所以我们那一般晚上不进山。王婆子住在山上的二郎庙里，晚上不让旅客出门也很正常。"

"王婆子？"雷大锤这才反应过来，"是你故事里讲的那个王婆子？"

千代子自顾自说着那晚的事："那晚正睡着，我忽然听到外边老奶奶在哭喊。嘴上喊着我听不懂的话，那个声音……非常凄厉痛苦，那声音让我想起了我的奶奶，我心里难过不已，于是悄悄起身，趴在窗边看到老奶奶跪在屋外的空地上，一边冲着黑暗里磕头一边哭喊着。我不知道老奶奶遭遇了什么事，当时一心想着去安慰一下这位好心的老奶奶，鬼使神差就出了门。

"结果刚一出门，黑暗中似乎有什么东西闪了一下，老奶奶扭头发现我出来了，忙喊我赶紧回屋，接着我听到耳后传来一种很细小的怪声……再接着……我眼前一黑……就昏了过去。"

听了半天，就这？我不禁有些着恼："眼前一黑，重要部分全部省略啦？你是怎么染上这眼疾的一点线索都没？你也没靠近过佛骨灵崖山吗？那眼睛怎么会染上邪气？"

千代子低声说着"私密马赛（对不起）"，我又不好发作。

一旁的大助咳嗽一声，补充说："千代子昏迷之后，我被那个老太太喊醒，将她带回屋内。接着千代子就开始发烧。老奶奶去寻医生，天快亮时有个老头提着个袋子来了，说是医生。他帮千代子诊治，等千代子醒来时，他就留下了那个袋子，指引我们来找雷桑。我想去追问时，那个老头出门没几步就已经不见了。哦，他离开前最后跟我们说：赶紧回长安，还来得及。"

果然是他！我和雷大锤对视一眼。这个留下袋子的人，就是那个假吴教授。他到底想干什么？来得及？是说现在去救他们都还来得及吗？丁神途呢？有他在的话怎么会出事？还有李老爷子不是也派了家族的人去寻李星雨吗，怎么会有意外？是在鬼方遗墟内发生什么了吗？

鬼方……我一愣神，忽然想起李四太爷带着日本人进入鬼方的事情，一个想法冒了出来：难道鬼方遗墟的入口就在南阳府境内？

大师摸着胡须，说："由此看来，那处刑人是在告诉刘米你两位朋友的下落。"

雷大锤后知后觉："她们不是去寻鬼………啊！"

我沉默许久，终于下定决心，一拍大腿，站起身来说："我要回家啦！"

雷大锤一脸惊奇："怎么聊得好好的，突然就要回去？"

我摆摆手说："不是回这儿租的房子，是回老家！南阳府镇！"

雷大锤忙问我："可这会不会是那老骗子又设计坑你呢？"

我深吸口气，沉声说："无所谓，他是想再次借我的刀，还是有什么隐藏目的，我不管。但这次，我自己的刀，概不赊借！"

4　二郎显圣真君镇龙庙

"哎，对了！你怎么忽然懂用黄纸驱邪的手艺了？"在去往肤施县的路上，雷大锤开着车，忽然问我。

我叹口气："故事真是白给你讲啦？千代子当时眼中渗出的血泪，和我小时候遇到的几乎一模一样。我长大后有一次听王婆子提起，那两个旅客当时就是进了趟佛骨灵崖山才染上的邪气，所以我当时才以为她们进了佛骨灵崖山。"

"哦哦，原来如此！话说……鬼方遗墟真的在你家镇上吗？"

我苦笑："这我哪知道，我也不敢相信自己从小长大的地方，会藏着这种悬疑小说里才有的什么遗迹、宝藏、大秘密。可除了这个理由，我想不通为什么花小薇和李星雨的随身物品会先后出现在镇上。处刑人给我的线索也专程让一个从南阳府镇返回的人带回。"

"那也是，退一步说，之前鬼方具体在哪咱一点线索都没有，想找她们也没地方去找，现在好歹有了个寻找方向嘛。"

我说："咱们先去我家，然后我去趟王婆子那儿，问问千代子她们到底遇上了什么。然后再看有没有李星雨和花小薇的线索吧。那老头既然说还来得及，应该是想让我尽快回南阳府镇。"

此刻SUV仍飞驰在去往肤施县的高速上，车上就我和雷大锤。在大师家我说要回家一趟，雷大锤知道我要去寻李星雨和花小薇的下落，当即决定陪我一起去，于是我俩各自回家匆匆收拾行李后，就这么踏上了行程。

其实我也不是很确定，这一趟到底有没有意义。我也不知道那个所谓处刑人为何非要搞这么复杂把我卷进这事情中。说起来，花小薇能去鬼方，本身也是因为他的帮忙。丁神途、李星雨追着花小薇去鬼方，也是这老东西故意说露的行踪。现在又是我，我隐隐觉得他似乎又在鬼方遗墟里筹划着什么。

长安到肤施县得三个小时车程，到达肤施县后转县城公路再走大概一小时的距离就到了南阳府镇上。

到我家时天已经擦黑了，望着我家饭店门招上略显老旧俗气的"老刘面馆"四个大字，雷大锤啧啧两声："你家这做面手艺应该可以。"

我妈熟练地给我们做饭煮面，问起我和我哥在长安的情况，我边吃边随口应着。家里的饭下肚，空落落的心里顿时踏实不少。

吃饭的时候我问："妈，庙里的那个王婆子最近咋样？明早我想带朋友去逛逛庙里，他们那儿没这种庙。"

我妈叹气说："王婆子？前两天刚过世了，还没来得及给你说，明天下葬你也去拜一下。王婆子小时候还给你叫过魂呢！"

我一惊："过世了？怎么回事？"

"还能怎么回事？年纪大了，上厕所摔了一跤。"我妈不由得叹气，"她自己一个人住，也没人搭把手，发现的时候就死了。"

"有这么巧？"我内心震惊不已，还是说那晚发生了什么我们不知道的事情？转而问："那庙怎么办？"

我妈说："明天王婆子下葬后，村里重新选个马童伺候神仙，庙还正常开着，你们想去逛就去，记得早点回来吃饭就行。"

雷大锤问我："马童是啥？"

我解释说："伺候神仙的人，类似庙祝。王婆子就是马童。"

雷大锤露出恍然大悟的神色，我妈补充说："马童伺候神仙，也会驱邪治病啥的，灵得很。刘米小时候还去庙里看过病！他得了荨麻疹治了一两个月，几个医院的专家来回治也治不好，最后被王婆子烧了个符，求了神才治好的。你们年轻人现在不信这个了。"

想起近半年遭遇的各种离奇事件，我打了个哈哈："我肯定信了嘛。"

第二天一早，我带着雷大锤去庙里。送葬的队伍已经回来，庙前的小广场上，一群人正围着中心的小土台子看唱戏，因为今天要选新马童，这里俨然成了个小庙会。

我一边逛着正在摆开的摊一边说："按老人们的说法，我们这儿以前的马童都是神仙指定的，比如村里的某个人突然梦到了神仙，神仙让他在哪建个庙啥的；后来是一些懂点民间土方子的鳏寡老人，守着庙能领镇上给的补助；现在嘛就是几个村一起选出来的。"

雷大锤好奇问："咋选呢？"

我挠挠头，说："我也不知道。我好久没回来了，何况这庙里几十年都是王婆子在，也没换过马童。"

正说着，有人喊："请神！"

人头攒动中，我俩看到庙中两米多高的神像被几个人抬了出来，那神像三眼赤目，手持长戟，脚踩黑蛇。一群人跟着神像，绕着院子中的土台一圈一圈走。

雷大锤问我："这是二郎神？看着和西游记里的不太一样啊！对了，二郎神不是应该在灌江口吗？你们这大山里的镇子咋还会供奉二郎神啊？"

我说："我也不知道，自打我记事时起，我们这儿就供奉二郎神了，反正相邻的几个镇子庙里供的都是黑龙王，祈雨的。就我们南阳府镇是二郎神。"

一旁一个秃顶老烟嗓操着我们那儿方言插嘴说："哎，咱这地方不一样嘛。咱这地方从古代起就灵验，你娃应该知道咱这里山上偷坟的多，偷了这么多年了现在都还能出宝贝，你就想想这附近山里埋了多少大官，你们年轻碎娃都不知道。"

我客气道："哟！大爷，给我们讲讲呗。我是卖面的老刘家的儿子，这是我朋友，外地来的，没见过咱这庙。"

老烟嗓大爷咳了几声转身吐出一口浓痰，这才说起故事：

"咱这地方呀，以前有个黑龙，吃牛羊淹庄稼的，每次出来都喷着黑烟祸害乡里。二郎神路过咱这儿时，正遇上黑龙捣乱，他就问黑龙：'别的龙都是布雨帮人种庄稼，你咋是个这？'

"黑龙就说：'老子成天吃也吃不上，喝也喝不上，自己都顾不过来了，为啥还要管这群人？'

"二郎神就说：'我看你这么能吃，那咱们打个赌，比赛看谁吃的牛羊多。你吃得多赢了的话，我让你不愁吃不愁喝；我要是赢了的话，你就护着这个地方。咋样？'

"黑龙心想自己长得这么长这么大，肚子里能吃下的牛羊肯定比二郎神多，就同意了他的提议。然后他俩就来到一个羊圈准备开始比赛。比赛刚开始，黑龙张开嘴刚要吃羊，二郎神上去一脚就把黑龙的嘴踩住了。不管黑龙咋蛄蛹咋翻腾，就是被二郎神踩得死死的，那大嘴巴也张不开。最后二郎神吃了一只羊，黑龙一只都没吃，二郎神就这么胜利了。从此以后，黑龙就老实下来乖乖守护咱这地方，咱这就成个灵验地方啦。"

雷大锤听得津津有味："这二郎神有点东西啊！那这神像就是二郎神和黑龙比赛时候的样子？"

老烟嗓大爷哼哼着："所以你说，虽然是黑龙保护咱这，但是二郎神让它保护的，那咱拜谁？肯定拜上司不拜下属嘛。"

聊着天，院子里的神像已经走完了圈，接着被人抬到土台上放下，一群人在一声唱和里一排排陆续跪下。附近来看热闹的人则远远离开院子，避开了这仪式，隔着老远张望。

我冲大爷告辞一声，趁着其他人没空注意我们，带着雷大锤转入庙中的小客房，就是千代子故事中的那间小屋。

那是一间陕北常见的土窑洞，里边还算干净整洁。外边的仪式热热闹闹举办着，我俩则在屋内四下搜寻一番，却一无所获。

奇怪，难道这里真没什么线索？还是说因为王婆子意外过世，本来留在这里的线索已经没了？那我怎么找李星雨他们的下落？

我不由气恼。一旁的雷大锤挠头说："可惜王婆子突然去世，不然也没这么麻烦了。"

"是啊。"我沉吟着，一边回忆着千代子的故事，"如果千代子没有撒谎，王婆子那晚对着黑暗里跪拜的到底是什么？还有她以前明明告诉我，那种邪气只在佛骨灵崖山有，为啥千代子会在这庙里染上？要么是千代子没说实话，要么是那晚还发生了一些我们不知道的事情。"

雷大锤歪着脖子努力思考着："千代子应该没理由对我们撒谎吧？这对她也没什么实际性的好处，毕竟如果她真去过佛骨灵崖山眼睛才染上病，大可直接说，反正你肯定会直接去查那边嘛。现在这样只会把事情搞得更复杂。啊！我明白了！"

雷大锤一拍大腿，站起来说："千代子昏迷，大助醒来，这之间是有时间差的！你想，会不会是千代子昏迷后，王婆子带千代子去了趟佛骨灵崖山，回来后才叫醒的大助？"

我苦笑："大哥，王婆子自己上山腿脚都不利索，怎么可能还能带着昏迷的千代子去？"

"啊这……那也是。"雷大锤重新坐下，颇有些垂头丧气，转而又抬起头有些不确定地问我，"老太太不是马童吗？不能施法让昏迷的千代子跟着她走？"

我说："那她们去一趟佛骨灵崖山回来天也大亮了，大助不可能不知道。"

雷大锤不说话了。我说："不过你说的有一个点对，千代子昏迷和大助醒来这之间，确实有时间差。而且好巧不巧王婆子也就在这几日过世了。暂时先排除千代子撒谎、王婆子设计这两种情况的话，我怀疑……千代子说的那晚黑暗中闪了一下的，可能是有个人藏在那儿。"

"你是说王婆子朝黑暗里在拜一个人？"雷大锤惊讶，"马童不是伺候神仙的吗？还能拜人？"

我看着雷大锤，半开玩笑地说："那万一黑暗中站着的不是人，就是二郎神呢？"

5　处刑人吴老三

"我们那儿乡间有'请神''降神'的说法。王婆子当了大半辈子马童，对神仙的信仰深入骨髓。除了神仙，谁还能让她一个老人家深夜跪拜不停？一定是有什么'神'的到来让她深信不疑，因而跪拜在地。"

雷大锤一时愣怔，对于一个成长在社会主义环境下的人，这些可能多少有些玄乎了。

"走吧。"我站起来说，"这儿找不到什么了，咱们去拜拜王婆子。"

我俩出了屋子，土台那边选马童的仪式已经结束了。几个人围着二郎神神像唱着祷词，好像在祈雨、祈平安啥的。

王婆子的坟离庙不远，转过山腰往后山走十几分钟就是。我俩顺着山间小路一路过去，远远地看到前边还有几个身影，等我走近，惊讶地发现坟前居然是千代子、大助和几个正忙着夯土的乡亲。

雷大锤也很惊讶："千代子，大助，你们怎么来了？"

千代子回头看到我俩，忙欠身行礼，我看到她苍白的脸上泪痕犹在，看起来刚刚哭过。大助则站在一旁，一言不发。

千代子满脸戚容："我想……想来感谢老奶奶……对我们的救助，没想到刚到……刚到这里就听说她过世了。"

雷大锤慌忙柔声安慰。

我则跪到坟前给王婆子磕了几个头。同时心想这小日子过得不错的国际友人真是张嘴就来，摆明了信了那处刑人老东西的话，跟踪我们来找他们那所谓家族遗物的线索。

大助倒是干脆，我刚磕完头站起来，他就走到我身前问："你怎么帮我们找？"

我挠挠头，心想咱也不知道啊："王婆子过世了，得先找给你们那个袋子的人。"

话音刚落，一个声音响起："嘿，我还以为你不准备找我呢！"

是他！我浑身汗毛一乍，赶忙退后几步，喊道："大锤！"

雷大锤也认出了那个声音，忙拉着千代子退到我的身侧，凝神戒备。

"倒也不用这么戒备吧？"正在夯土的几人中，一个皮肤黝黑、头发灰白的农民停止了手上的动作，拄着铁锹抬眼望向了我们——正是处刑人吴老三！

我寒声问："把我引来，你到底想干什么？李星雨她们呢？"

吴老三抹了把汗，乐呵呵说："我可在这等你好几天了。"

望着眼前这个明明模样没怎么变，但态度气质都和陕北老农一模一样的吴老三，我完全没法想象他是之前在蛹海中睥睨一切，谈笑间设计杀人的处刑人。

"老吴……你……"其他几个正在干活的农民弄不清情况，刚想问他们的工友吴老三什么，吴老三手一扬，那几人忽然齐齐昏倒在地。

一旁的千代子和大助吃了一惊，我心里一紧，忍不住就想转身逃走。

吴老三自顾自说："可别误会啊，喊你来真的是让你去救人，花小薇和李星雨眼下真是危在旦夕。"

"什么？"我强忍着逃跑的冲动，忙问他，"到底怎么回事？你把她们怎么了？"

"鬼方啊，"吴老三叹口气，放下铁锹，"哪有那么容易闯？"说着他转过身来正对着我，我这才注意到他的左小腿部分变得空荡荡，取而代之的是一截假肢。

"啊！"我震惊不已，一旁的雷大锤惊呼出声。我说怎么感觉吴老三气质完全不同了，直到这时我才意识到他十分虚弱。

只听吴老三继续说："花小薇、李星雨、丁神途被困在了鬼方，生死不明。李秉承派出的小队也全灭了，只有我逃了出来。如今马龙远在海外，时间来不及了。你手上的刀，必须再借我一次。"

"他们怎么了？！"我惶恐不已，哑着嗓子问，"到底发生了什么事？李星雨、丁神途他们那么厉害，怎么会出事？"

"鬼方遗墟中有个超出想象的存在要苏醒了，也是因为这个，李星雨他们才会被困。我需要赊刀人所铸的带有异能的刀。"吴老三眼神幽幽望向远方，低声说，"《周易》载，高宗伐鬼方，十万兵，三年克之。十万精兵打一个县城大小的蕞尔之地，居然打了三年。嘿！到底是个什么鬼东西这么厉害？"

被困？就是说还有得救？我心神一松，没在乎吴老三自言自语的后半句话，忙问："所以现在去救他们还来得及？鬼方的入口在哪？怎么进入？"

吴老三还没说话，一旁的雷大锤打断我的思绪："我们凭什么信你？"

吴老三望向我们，说："凭什么？哼，我若说这些都是假的，你们就能放下心不再管自己的朋友吗？"

雷大锤一时语塞。吴老三继续说："这世上不该存在的东西，都需要清理。神庙里羽化的李淳风是，这鬼方遗墟中的那个存在也是。花小薇第一次来，是凭你们不会放任自己的朋友出事，凭你找我时，我通过那本笔记寻到了鬼方遗墟的入口。当时我便计划借助赊刀人的力量，清除这些不该存在的东西。所以我把你的朋友们都引了过来，带入了真正的鬼方。"

想起李四太爷的过往，我冷声问："所以你像李四太爷一样利用他们来蹚雷？现在我的朋友被困住了，你个老狗自己逃出来啦？"

"老狗？哈！"吴老三笑笑不再说话，只扛起铁锹说，"明天早晨我在这里等你，带你进入鬼方去救人，去不去随你。"说着就要离开。

雷大锤想上去阻拦，我沉默着摇了摇头，任由吴老三扛着铁锹离开了。

"大锤……这到底是……"一旁的千代子和大助显然搞不清状况。雷大锤也挠着头不知道该如何解释这一切。

我揉了把脸，深吸口气说："刚才那个人利用你们将我引来，他所谓我可以帮你找到什么家族遗物都是胡诌的，我帮不了你们。"继而又转头对雷大锤说，"这次太危险了，可能会丢了小命，你就别去了。"

说完，我撇下一脸震惊的千代子、大助和雷大锤，扭头离开了。

入夜，我躺在屋内翻来覆去睡不着，便又爬起来将背包里的东西挨个检查了一遍：清水、绳索、手电、干粮、打火机、黄表纸，以及最最重要的，那把已经折断成两截的质押刀。

鬼方是个怎样的地方？自从第一次自大师口中得知这个地方，

私下里我曾想象过无数次，李星雨、丁神途他们穿梭在青石遗迹之间。那里肯定充满危险，但又像大众冒险小说里写的那样有无数奇观和遗迹，令人见之难忘。但如今真到自己要去了，心底一阵一阵发虚。

"刘米！"雷大锤的声音自屋外传来。我以为他是要继续白天的话题，坚持与我同去。我叹口气准备去开门，却听到雷大锤着急喊着："千代子不见了！"

人丢了？我一惊，赶忙把门打开，来人的身影还没看清，一阵劲风扑面而来。我下意识一躲，被扫中的肩膀传来一阵剧痛。

"你干什么？"我忍着痛下意识问。

来人似乎轻"咦"了一声，我刚意识到眼前的人不是雷大锤，那阵劲风再次袭来，准确无误地砸在了我的脖子上。

"狗……"一阵剧痛伴随着酥麻感立刻传遍全身，我感到自己眼前一黑，身体不受控制地倒了下去。

有人袭击？在我家袭击我？昏迷前最后的意识里我甚至产生了一种莫名的荒诞感。

不知过了多久，我醒了过来。

我挣扎起来，眼前一阵昏暗，我摸着发痛发胀的脖子，忍不住弓着身子呻吟起来。

"刘米，兄弟是你吗？"雷大锤的呻吟自昏暗中传来。

"是……是……是我。"我忍痛应着，想起昏迷前的最后记忆，问，"大锤，到底怎么回事？"

雷大锤慌张的声音传来："不知道啊，咱们这是在哪啊？呀！鬼……有鬼！墙上！"

我忙问："怎么了？没事吧大锤？"

四下里黑暗至极，完全看不清东西，我摸索半天，总算摸到了自己的行李背包。掏出里边的手电一开，正前方墙面上一尊闭眼菩萨的浮雕闯入眼帘，在手电的冷光下看起来狰狞可怖。

"这是……"我愣住了。我三步并两步往前爬去，凭借幼时的记忆去寻那个小时候我们钻进来的小洞口。那个洞口不出所料地已被堵死。

我有些难以置信，一屁股瘫坐在地，说："我们被关在千佛洞里了！"

"绑架？袭击？还是说吴老三下的黑手？为什么要把我们关在千佛洞？"我浑身发颤，摇摇头努力想搞清楚到底发生了什么。

"是那个吴老三偷袭我们的吗？"雷大锤凑过来问，"咱们这是要被困死在这里了？"

"不对，不对！不该是吴老三。"我努力让大脑运转起来，"以他的手段对付咱俩还不用这么麻烦。到底是谁？又为什么要袭击、困住我俩？难道是不希望我和吴老三进入鬼方遗墟？可这事和其他人又没什么关系……"

我毫无头绪，猛然想起什么，转头望向雷大锤："千代子呢？"

雷大锤一惊："不知道啊，就是大助来找我说千代子不见了，我才和他一块儿出去的。"

"难道是千代子？可她要干什么？"有过之前几次经验，我对身边突然出现的陌生人总抱着一些怀疑，但我回忆着千代子讲过的故事，却又说不上来哪里不对。更何况她做这些完全看不出对她有什么好处。

"无论如何，袭击我们的人既然把背包扔了进来，应该是不想我们这么快死，我们还有逃出去的机会。"我站起来，一边走着一边说，"千佛洞我们小时候都进来过几次，大体格局我清楚。这洞它是被压在一块平整的大石下的，我四下找找，看看有没有能逃出去的方法，你去找个通风的地方朝外喊救命。"

雷大锤点点头，我俩慌忙行动起来。我朝着四处积土和破碎石块比较多的地方挖，想找到以前被别人挖出的洞口，雷大锤则扯着嗓子喊救命。

忙活了大半天，就在我俩几乎要放弃的时候，一个轻微的声音传来。"谁呀？谁在喊？"

我俩一喜，赶忙一起大叫："我我我！救命，救命，救命呀！"

我突然想到这么喊太乱了，忙补充："我俩是探险的游客，被困在这了！"

那个声音半响才又传来："好家伙，命真大，等着。"

不一会儿洞内角落的泥土突然松软，一支尖头铁尺从里边钻了出来。我俩缩在千佛洞角落，等着那个尖头铁尺将洞口越挖越大，终于一个身影扭着身子钻了进来。那个身影一边钻一边说着："你俩碎娃胆子真大，要不是我今天出来了，你们就得死啦！"

"啊……大爷，又见面了。"我一愣，居然是白天给我俩讲二郎神故事的那个烟嗓大爷。雷大锤也慌忙感谢着大爷。

"嘿，咋又是你两个娃。"大爷钻了进来，左右看看，说，"这千佛洞外地人现在也找不到了，你娃还真是咱南阳府镇上人啊！"

我点点头，望着大爷手里的尖头铁尺，含糊解释："我这朋友在长安的大学搞民俗研究的，咱这有这些东西他就想来看看，然后弄完不知道咋就被困住了，多亏你了。"

大爷瞅着我俩半天，忽然一笑："别胡说了，还搞研究，你爷我又不是没见过大学里做学问的。老实说，你俩也是偷坟的？"

我一惊，慌忙摆手说实话："不是不是，我们是被人绑架到这里的，正想法子逃命呢。"

正说着我忽然感觉雷大锤在身后扯我的袖子，我猛然醒悟——也？这大爷是个偷坟的？

大爷似乎看出了我的心思，也不隐瞒，嘿嘿一笑："别看了，我就是个偷坟的。不过我不是普通偷坟的，咱干的活既不是湿活也不是干活。我是专偷神仙坟的偷坟人。"

6 神仙坟,悬尸阵

神仙的坟？我忽然想起了王婆子，忙问："这千佛洞底下埋着神仙？"

"二郎神嘛。"大爷摆摆手，压低声音说，"王婆子死前看到了二郎神，王婆子说这底下有东西。我知道这千佛洞底下压着的，是一座神仙坟。"

神仙坟？

我和雷大锤对视一眼，均从对方的眼中看到了震惊。我心里突然想明白了，鬼方遗墟那么危险且神秘的地方就在这南阳府镇底下，那整个镇子要说配得上这种神秘秘境入口的地方，只怕也就是佛骨灵崖山了。

也就是说，偷坟人口中的神仙坟，很可能就是鬼方遗墟。而我可以利用这偷坟人的信息进入鬼方了？这样既可以摆脱吴老三变着法利用我的被动局面，先一步去寻李星雨他们，也可以避免招惹吴老三口中的那个恐怖存在。处刑人有他的活儿要干，我可不想掺和进去啊！

我不动声色地问："那你找着了吗？神仙坟。"

大爷盘腿坐在地上，冲我看了一眼，说："找着了，进不去。"

我的心跟着突的一声，压着声音问："怎么个进不去？有邪气？怎么样，要不要合作？"

大爷抬头看着我，端详了半天，好奇地问："你这娃娃看着不简单哪？"

雷大锤适时插嘴："你才看出来？"

我咳嗽两声，心想眼下只能扯着赊刀人的虎皮，哄着大爷带我进去了。忙凑上前，压低声音说："铁口断生死，神算定乾坤，预知身后事，须问赊刀人。"

我看到大爷的眼神中露出一丝惊诧，似在犹豫要不要和我合作。

我忙加了把火："对付那邪气的办法，王婆子早几年就教给我了。"

"王婆子教过你？"老爷子愈发惊讶了，"你到底是谁？"

我笑着答："赊刀人，刘米。"

雷大锤赶忙插话："赊刀人的好朋友——雷大锤。"

老头拿起铁尺扛在肩上，似在思考什么，良久点头说："成！"

我点点头，这才说："我有几个朋友走失了，下去主要是为了救他们。老爷子你进神仙坟找啥东西我们不管，我们去寻什么您也别问，总之咱们相互帮助但互不过问。"

议计已定，我们收拾行囊短暂休息后，准备出发。雷大锤说什么也要跟着一起，我只好由他。

老爷子铁尺开路，从他钻上来的洞下去，那洞只有一人宽窄，几乎就是个手艺粗糙的盗洞。我紧随其后钻了进去，雷大锤押后。我们三人顺着那狭窄黑暗的洞内一路前行，也不知走了多久，洞里豁然开朗，我估摸着应该是到佛骨灵崖山的山体内了。

老爷子一举铁尺，说："这儿有个以前的盗洞，但是下去会直接中招被邪气入体，我发现后改了一下方向，这才通到千佛洞附近，听到你两个小崽子的喊声。"

眼前是个巨大的石崖，石崖下一道深壑深不见底，隐约能见到崖下有雾气弥漫。

"这就是邪气呀？"雷大锤望着深壑内的雾气感叹着。

老爷子点点头说："这邪气和潮汐一样会涨落，一旦沾染就会入体，吸食人的精气神，控制人的思维。神仙坟应该在这片邪气下边藏着。"

我点点头，想了想拿出一张黄表纸，用打火机点燃后向下扔去，昏黄的火光幽幽下坠，驱散了一点点凝雾，但转瞬便被吞噬。

"不太行啊，"雷大锤叹道，"你拿刀试试吧。"

我想了想，拿出断刀的后半部分，用绳索系着缓缓放入雾中。赊刀人的质押刀有驱邪破障的异能，我手上的仿制祖刀断了，也不知有没有这奇异能力了，只能用这法子先试试。

等了一会儿，凝雾中出现一个豁口，显然是被刀驱散了。我心里一喜，有效！

老爷子高兴地说："看不出来啊！"

我们降下绳索，我和雷大锤一人揣着一截断刀，把黄表纸贴在眉心，之后给老爷子浑身上下塞了一堆黄表纸，围在中间，顺着绳索依次而下。

随着我们三人下降，雾气逐渐驱散，在我们周边形成一个空白区域。湿冷的空气贴着皮肤，和普通的山里冷雾没什么区别。

这所谓邪气只怕是某种瘴气吧，我心想。

沿着绳索向下有十来分钟后，我忽然感到周边似乎有个人影在晃，我正纳闷：不对啊，这在空中呢，哪来的人影？睁眼就看到弥漫的雾气中悬挂着密密麻麻的人尸，像一艘艘死亡的小船来回飘荡。

我头皮发麻，浑身汗毛倒立，差点就要抓不住绳索。所幸老爷子经验丰富，忙说："稳住，安心闭眼向下，别看四周。"

我点点头闭上眼，耳旁听到雷大锤的声音："我的妈，哎呀。"

老爷子的声音传来："这是祭祀用的供品，神仙坟看来就在这底下。"

我忍不住问老爷子："你们这行的所谓神仙坟到底是啥呀？还真有神仙不成？"

老爷子说："除了帝王、将相、贵族外，历史上还藏着一些不见姓名的隐世高人，他们要么被后人附会成神，要么成为得道高人，那这些人死后去哪了？比如女娲、后羿啦，陈抟老祖啦，八仙啦，二郎神这些人。"

"你是说那些神仙其实在历史上真的存在过？"雷大锤问。

"很多吧。"老人含糊其词。

有惊无险终于落地，我抬头望向上方，刚刚穿越的雾气如今像云层一般悬浮在上头；刚刚看到的那些密密麻麻的尸体仍旧隐约可见，细看下似乎还有些在来回晃动，仿佛要活过来一样。

"悬尸阵，就是这些玩意儿在这特殊环境下生成的那些要命的雾气吧。"老爷子说，"走，咱们去见二郎神爷爷。"

我俩点点头，刚走了几步，身后忽然传来咚的一声闷响。我回身看去，只见地上摔着一个人，正在扭曲着发出呻吟。紧接着另一个身影自雾中急速落下，重重摔在了地上。

"妈呀！尸体活了！"雷大锤叫道。我也吓了一跳，下意识喊"快跑"，说着扭身就逃。老爷子还准备上前查看，看我俩这反应，也跟着快步离开。

我们顺着崖壁快速往前，走了很远，直到头上不再有悬尸和雾气，这才稍微松了口气。

"咋……咋……咋又遇上丧尸了？"雷大锤气喘吁吁地说，"咱这是招丧尸体质？"

我也大喘着气说："没那么玄乎吧？啥玩意儿都能复活的话，淳风祖师还费那么大劲干啥？"

老爷子轻抚着胸口，骂着："胡说啥呢！我看那明明是上边有人失足掉下来了！你俩就这点眼力见儿也敢出来闯？"

"啊？"我一愣，回想起刚刚的情景，好像那人的穿着打扮，确实不是几千年前的丧尸。

雷大锤还不服气："这鬼地方除了咱们还能有谁？那绳子也是咱们绑的，哪来的其他人？"

"大锤，确实是人。"我用手电晃了晃他，说，"应该是绑架咱俩的人，千佛洞里留下的只有一个洞，他们只要有脑子，就知道咱们是顺着洞逃了，自然会追过来。"

"绑架犯？"雷大锤平复了气息，"那没事了。咱们继续走吧，让他们守在那鬼地方，都摔死得了。"

我们继续向前，没一会儿便看到一些起起伏伏的石墙土堆，看起来像个小小的古城遗迹。走上前去，一个大石碑倒在地上裂成几

鬼方遗墟

块，上边写满了看不懂的古怪文字。可除了这些四下什么都没有。

"这是？"我好奇地问老爷子，"咱真没走错地方？"

"啊这……"老爷子也有些搞不懂了，他用手中铁尺四下敲了敲，说，"到处找找吧。"

话是这么说，这周围空间也并不算大，我打着手电和雷大锤分头走了一圈，也没什么新奇发现。

"刘米，"雷大锤忽然悄声问我，"咱是不是来错地方了？这怎么看也不像是鬼方遗墟吧？咱们是冒险冒错地方了？"

我看着雷大锤，心下一时也不敢确定，只说："再找找吧。"

没一会儿，雷大锤的声音传来："哎呀老爷子，你找错地方啦，这不是什么神仙坟！"

我凑过去问："发现什么啦？"

雷大锤指着一具黑乎乎的尸骨，说："你看这儿，看这衣服的年代。"

我用手电打过去，一具身着夹克的尸骨躺在乱石间，水壶、布包等极具年代感的随身物品被扔在一边。雷大锤说："这分明是以前这地方修公路时的临时宿舍。"

"不应该呀，我在这镇上这么多年了，修公路死了人应该知道的。"老爷子也皱起了眉。他用铁尺挑起了那具尸骨的随身布包，手腕一翻，布包内的东西掉落下来。在溅起的灰尘中，我看到了布包里的东西：一支钢笔，一个牛皮小本，一个小茶杯。

雷大锤壮着胆子上前，捡起那个牛皮小本翻了起来："还是日语的。"

"日语的？"我一惊，"大锤，千代子！"

"啊！"雷大锤也想起了千代子讲述的故事：她的祖父在回国前夜消失了，至今不知下落。难道就是眼前这具尸骨？

我打着手电给光，雷大锤慌忙细细看起日记内容。才翻了几页，雷大锤便合上了小本，冲我点点头说："这确实是千代子的祖父，这里边写的经历正是他来中国援建的事情。"

奇怪，千代子的祖父怎么会莫名其妙地死在这儿？难道是回国前夜在千佛洞参拜的时候，偶然发现了这里，结果出了意外？还是说被人暗中谋害了？这和千代子要寻找的家族遗物有什么关系吗？

还有，照这么说，千代子并没撒谎骗我们？如果千代子也不见了的话，那袭击绑架我们的幕后真凶会是谁？

念头纷乱一闪而过，我忙摇摇头驱散了乱七八糟的想法，问雷大锤："既然找到了，尸骨带不出去，咱们就帮她把祖父的遗物带出去吧。眼下咱们得专心找鬼方遗墟的线索。"

雷大锤点了点头。

老爷子在一旁挠着头，嘀咕着："不应该啊！"说着拿出后腰别着的旱烟抽了两口，然后将含在嘴里的烟雾尽数喷在了手中铁尺上，接着凝神观察铁尺上的烟雾晕染。

望着这一幕，雷大锤好奇问："哎，老头这是干啥呢？"

我摇摇头："大概是看铁尺上烟雾的运动轨迹吧，至于怎么通过这来寻找他所说的神仙坟，就不知道了。"

"还在底下。"老爷子说着，收了烟杆和铁尺，说，"这是个被埋了的城，神仙坟还在这底下。"

被埋了？我问："你怎么看出来的？"

老爷子冷哼一声："不止这里，整个南阳府镇都被垫高了，这么多年你没意识到？那年发洪水为啥周边乡镇被淹了个透，就咱镇子平安无事？"

想起童年时的那次水灾，我震惊不已："你是说……整个镇子地下原本就有个城？"

雷大锤倒是不以为意："这有啥？长安城底下原来还有十几个城呢。"

老头呸了一声，说："你个碎娃懂个啥？长安底下的那是陵，这底下可是个城！你见过几个被整个填埋了的城？快快，咱们再四下找找，看还有没有其他向下的入口了。"

鬼方果然还是在这底下，这冒险没冒错地方！我心想着，又赶忙找了起来。

7　赊刀借命

老爷子果然经验老到，没一会儿就发现了一个平平无奇的小土洞，他指着洞说："就是这里了，有风上来，从这儿滑下去就是下一层。"

雷大锤惊奇："您确定是这儿？这洞口比之前的盗洞还小，怎么看也不像是人挖的啊！"

"确实不是人挖的呀！"老爷子不以为意，"人挖洞还能比得过动物？别愣了，干活吧。"说着抽出铁尺，开始扩大那个洞。雷大锤也上去帮忙挖了起来。

挖洞耽搁了一会儿，我看了下时间，外边应该天已经大亮了。想着再过不久吴老三等不到我，就会独自进入鬼方，以他的性子只怕要去惊动那个所谓恐怖存在，我不禁有些着急起来。

洞挖好了，我将一支手电丢了下去，确认没有危险后，取出另外一个拿着。我们三人正准备依次顺着洞口滑下，身后忽然传来惊叫声："雷桑！"

我们扭头一看，居然是千代子！她怎么会出现在这里？

"千代子！"雷大锤很高兴，站起身来冲千代子摆着手，千代子狼狈赶来。雷大锤忙将找到的布袋交给千代子，嘴上说着刚刚的发现，两人用日语叽里咕噜一番。我看到千代子一愣，继而转身奔去了祖父尸骨旁。

"这女娃不太对劲。"老爷子说，"手上。"

我点点头，千代子手上没有划痕和伤口，如果她是顺着我们的绳索下来的，手上不可能没有痕迹。而且看她的动作，似乎对祖父的尸骨毋宁说是关心，倒不如说是搜索那尸骨。

"大锤，她有说怎么到这儿的吗？"我问雷大锤，"还有她的哥哥大助呢？"

雷大锤说："千代子跟我说，她被人袭击关在了千佛洞里，然后看到咱们钻出来的那个洞，就跟着进来了。"

"她撒谎，她在隐瞒什么。"我说，"她要是顺着绳索下来，就不会不知道底下摔死的那两个绑匪。她是从其他通道进来的。"

雷大锤一愣，老爷子补充说："你个憨娃，她是通过以前那两人挖的盗洞进来的，她知道怎么避开那些邪气。"

雷大锤满脸难以置信，直到千代子重新来到我身前，向我们躬身，感谢我们帮她找到家人，雷大锤还在那愣着。

我开口直言问："千代子女士，可以说实话了吧？"

千代子一愣，我趁她这一愣神，猛然抽刀出手，雷大锤刚想出声阻止已然来不及。千代子惊呼一声，向后退去但没法闪开我的刀光，断刀划过千代子的手背，鲜血飞溅。

远处藏身暗处的大助和几个日本人骂骂咧咧地向我冲来。我凝神不动，双手握刀朗声念咒："赊刀还义，术法追魂，泣血同心，借我死生。"说着将刀上沾染的鲜血抹在手指上，飞快地凌空画了几个圈。

这一手施法的操作直接看愣了在场众人，大助等人一时也不敢妄动。我心中得意，心想幸亏他们不懂这些术法门道，面上依旧冷着脸说：

"你们找到了多年前那两个旅客挖出的盗洞。又从吴老三那儿听说了我是赊刀人，知道我擅长破障驱邪，所以煞费苦心想利用我蹚雷，带你们进遗墟内寻找什么鬼家族遗物，对吗？你们在知道吴老三明早要带我进鬼方遗墟时，担心打破原本的计划，仓促之下只能趁夜行动将我们囚禁在千佛洞。我猜是想让我们掉入盗洞强行蹚雷，可没想到老爷子早就挖了更安全的洞通到这底下了。"

千代子等人面面相觑。

我将刀一收，环视一圈说："晚了，赊刀术已成，我找千代子女士借了命数，一生俱生，一损俱损，想利用我？呸！你以为你们是处刑人？"

大助等人果然望向了千代子，满脸写着担心。我一看他们的神色，就知道这一番临阵发挥算是哄住了这些小日子过得不错的国际友人。

双方对峙片刻，老爷子不耐烦了："要不你们在这儿继续唠嗑，我先下去了。"说着就要走。

千代子开口了："我确实欺瞒刘桑了，对不起！"

千代子直起身来继续说："其实鄙姓北野，北野千代子。"

北野？我一愣？问："北野家族的？"

大师曾说，1945 年后，北野家族曾派一支特种小队潜入肤施，寻找鬼方遗迹内的秘密。如今想想，这支日军特种小队，应该是在李四太爷的引领下才得以一同进入鬼方遗墟。不过想来以李四太爷善以利用的性子，定是把那支小队伍坑死在了遗墟内。

千代子点了点头："我在家中发现了一封古怪的信件，里面提及李四和赊刀人，因此才会找上你。之前中邪气找你治病，确实是因为轻视了这里的危险。"

我狠声问："所以你们连个老太太都不放过？"

千代子一愣，忙摇摇头："您误会了。关于那晚的事，我绝无半句虚言。老奶奶的死我也很遗憾，但确实不是我们所为。"

老爷子忽然插嘴："王婆子确实不是她害的，这个我知道。"

我看了眼老爷子，不再言语。千代子垂丧着脸，继续说："我只是想寻回那件家族遗物，救我的母亲。我的祖父和父母亲都是坚定的和平主义者，他们希望为战争赎罪，但这也触怒了我们惹不起的人。自从祖父离奇死在这里后，家族内的那件遗物彻底没了下落。如今我的母亲被人控制，只有寻到那东西，我才能回国换回母亲。"

雷大锤问："所以那件东西是你祖父随身带着的？"

千代子摇摇头："丢失在了鬼方中，太祖父当年将此物交给了负责潜入的特战小队队长。祖父当年援建特意申请调到陕北肤施境内，也是想追查它的下落。"

我摆摆手，浑不耐烦："结果没想到都死在了鬼方里。说了一圈还是想利用我进鬼方，然后让我蹚雷呗！袭击我和大锤，把我们囚在洞内还有脸说这些？我没有义务心疼你的遭遇！"

千代子沉默不语，一旁的大助及一起的几个帮手似乎想动手，但一时隐忍不发。

我拿起腔调，忍不住冷笑："在这种地方，还真没人敢对赊刀人动手，看看你们有几条命自己闯进去！"说着不再理会众人，转身对雷大锤说，"咱们走吧！"

"喂！"大助的声音传来，"这个魔法，我妹妹身上的，什么时候解除？"

"等我平安出来，只要你们不坑害我，我自然会解除咒法。至于你们去哪找什么，我不关心。"说着，我们三人陆续钻入了洞内。

洞倾斜向下，老爷子铁尺开路，我殿后，我们三人在逼仄的洞内缓慢行进。

"绑架咱俩的还真是千代子啊？那摔死的两个绑匪是怎么回事？"雷大锤一边爬一边问我。

我说："我猜测应该是负责看管咱俩的人吧，你没看他们带了不少人进来。那两人只怕是发现咱俩消失了，这才追了进来，结果被那些雾气伤到摔了下来。"

雷大锤问："那他们还会跟上来吗？"

"应该会吧。看起来那个遗物对他们很重要，更何况如今千代子还中了我的术。"我一边爬一边说，"我估计一群人琢磨一下还得跟上来，跟着咱们进鬼方遗墟。"

雷大锤震惊："你还真学会了赊刀术？"

"演技不比啥咒术好使？"我扬扬得意，正想吹嘘几句自己的演技，前方的老爷子忽然问："刚才我就想问了，你们说的鬼方是个啥子东西？"

"您不知道？"我惊讶地问："那您这找神仙坟是怎么找的？"

老爷子说："不知道啊，我听了王婆子的话才下来寻的。这底下具体埋着什么，老汉我还真不知道。"

我想了想说："咱也算生死与共了，您还救了我俩一次，您和王婆子什么关系我不管，但老爷子我实话告诉您，这底下的上古鬼方部落遗迹里有很厉害的咒术，很危险，说九死一生也丝毫不夸张。那个神仙坟要是没那么重要，您还是早点回去吧。"

老爷子喘着粗气说："碎娃还教训起你爷爷了？瞎糊弄谁呢？这底下明明是个西夏遗迹，你爷这半辈子的偷坟活白干啦？"

西夏？我一愣，这底下明明应该是鬼方啊！

老爷子忽然停止前进，洞内没法扭身，但他还是努力回头，冲我俩说："你俩该不会……来错地方啦？"

"啥？"我和雷大锤同时惊呼出声。老爷子摆摆手不再言语，我们继续向前。没一会儿终于钻出洞口，一个巨大的地底空间显露出来。我站起身来一眼望去，手电扫过的地方依稀可见黄土半埋着的城镇屋顶轮廓。

"啊这……真是个被埋起来的古城啊……这得有多大啊！"我震惊不已，"这么多年咱镇子居然没有塌陷？"

"这我出去能写部探险小说了吧！"雷大锤也震惊不已。

老爷子说："这古城本来是被黄土埋瓷实了，最近几十年咱黄土高原水土流失严重，山里的黄土被水冲刷着带走不少，被埋起来的古城就渐渐出现了空隙。神仙坟应该在这城里的某处藏着。"

我们顺着古城的街道往前走，雷大锤拿出了手机当手电用。四处断壁残垣黄土弥漫，黑暗里一片死寂，我们就像贸然闯入了另一个早已毁灭的世界。

老爷子斜眼看了我一下："这里是你们所说的鬼方吗？"

"不……不对啊！"望着四周，我总觉得哪里不太对劲。

"怎么啦？哪儿不对啦？"雷大锤问我，"咱这不都平平安安进来了吗，接下来去找人就行了呀！"

"太……太新了。"我又向四周扫了一眼，终于意识到了问题所在。

雷大锤不解："什么？"

我说："太新了，眼前这古城虽然残破，但依稀能看出有成熟的建筑技术。鬼方可是殷商时期的部落，那会儿的建筑技术不该这么成熟。除非……这根本不是鬼方遗墟。"我忽然想起刚刚老爷子的话，忙问，"老爷子！您的意思是……这是个西夏古城？可不对啊，咱们南阳府镇的位置，不应该在西夏疆域内呀！"

老头的烟嗓在黑暗空旷中更显沉闷："咱们在上边那层看到的破碎石碑上的阴文，我看着像西夏文。再看眼前这古城的景象，应该是西夏的没错了。可一座西夏古城为什么会在咱们镇子底下，我也想不通。照理说这地方那会儿应该属于大宋和西夏的边疆三不管区域才对呀，怎么会有个城？"

不是鬼方？我震惊不已！失声道："大锤，我们真冒错险啦！"

8　西夏不死城

雷大锤嗷地惊呼一声："又是西夏又是鬼方的，你家这遗迹也太多了吧！"

"完了完了完了！出现了我完全没想到的情况。"我冷汗直冒思绪杂乱，"现在赶回去找吴老三还来得及不？吴老三会不会在原地等着我们？本想着打个先手，没想到还走错了？这可咋办呀？这一来一去浪费了不少时间。"

"大锤，咱们得回去！"我当机立断边说边走，"从盗洞出去快一些，然后赶忙去王婆子墓前，看看吴老三还等着咱们不。"

"慌什么！"老爷子突然出声，"你冷静想想，咱们镇子就这么大点儿地方，会有这么巧藏着两个巨大的遗迹？"

我一愣："您的意思是……"

"西夏古城出现在不该出现的地方，还被人埋起来了，"老爷子说，"肯定得有什么原因吧。埋葬一个古城，让咱们整个镇子都垫高了，这底下藏了什么？"

对啊！我突然明白了老爷子的意思：这古城的建立很可能和鬼方有联系，鬼方遗墟要么藏在这古城中，要么就在更深的地方！

可为什么无论是李四太爷，还是吴老三，他们都没提到过还有个被埋起来的西夏古城？难道他们也压根不知道这古城的存在？或者说……我们确实走错了？这里根本和鬼方没任何联系？话说回来，如果这里真的和鬼方没联系，千代子他祖父怎么会死在这上头？难道他也找错地方了？到底要不要折返，我一时拿不定主意。

"刘米，怎么办？"雷大锤有些着急，"咱们是回去还是继续向前？"

我咬咬牙："现在回去也赶不及了，只能期望这古城真的和鬼方有什么联系。继续走吧，但咱俩得注意找找有没有其他入口之类的地方！"

雷大锤一愣："这么大的地方，就咱们几个人怎么找？"

老爷子忙摆摆手说："我没空帮你们找什么机关入口呀！我还得找神仙坟呢！"

"老爷子你这，"我一拍额头，"偷坟是犯法的。"

"呦呵？"老爷子笑呵呵看着我，"你们这破坏国家遗迹、文物就合法啦？"

"我这……"我一时语塞，"我们主要是进来救人的，就算真要带出去了什么东西，那也是要上交国家的！哪像您！"

"我怎么啦？"老爷子理直气壮，"我只偷神仙坟，严格说这些在历史上都是不存在的东西。你难道要告我捅了神仙的窝？"

雷大锤忙劝："好啦好啦，咱们还是得团结嘛。这样，这神仙坟也不会自己跑了，可我们救人却是刻不容缓，要不您先帮我们找，救到了人后我们俩再回来帮你一起，怎么样？另外我还可以给您付辛苦费。"

大爷冷哼一声："我找神仙坟只是王婆子找我说了，可不是那些偷坟贼挣黑心钱。要是帮你们找路，那辛苦费至少得这个数！"说着举起手掌，五指张开。

"五万？"雷大锤一拍大腿，"没问题！"

老爷子一愣，忽然有些心虚："啊这……我是想说五千……"

雷大锤一摆手，上前拉着老爷子就走，一边走一边说："说五万就五万！您不用客气！您救我一命本来就该答谢您！走！不耽搁了，咱现在就走！"

就算多了老爷子帮忙，这么大个古城就我们三个人找起来也极费工夫，正苦恼着，远远看到几点光源闪烁。

雷大锤："是千代子他们，果然如你所说追上来了。"

我冷笑："毕竟他们也指望在这找到鬼方呢！"

千代子一行人朝我们走近，我这才发现他们有十多人，也不知道其他人之前藏在哪儿了。

千代子走到我身前，说："三位就这么个找法，得什么时候才能寻到路？"

我挑挑眉，极不礼貌地用手电晃了晃千代子："所以呢？"

大助向前走了两步，挡住了手电光源："所以我们可以合作，一起寻找入口。我们知道这里不是那个鬼方，既然大家的目的地相同，不如保持合作。"

雷大锤上前说："你们懂个啥？之前都搞过绑架了，现在还想合作？"

大助一挥手，身后跟着的人里走出一个光头青年，冲我们鞠躬。

大助说："这位是石井雄，精研地理勘探，我们可以更快速地寻找附近是否有隐藏的中空位置。"

我思索片刻，眼下救人要紧，当即点头："行！"

大助点点头，其他几人"嗨"地一声应答，便取出手电和几个我也看不懂的勘探仪器开始忙碌起来。

老爷子冷笑一声："花里胡哨，没安好心。"

话是这么说，但毕竟人多，搜寻速度也快了起来。没一会儿大助便过来冲我们说有个地方磁场紊乱，地下似乎有东西。我们三人跟着过去，只见一个小广场上立着一些大小造型各异的大青石，居中竖立着一块黑漆漆的矩形石头，像一口站着的棺椁。

"倒像是个石阵。"我心思一起，忍不住凑上前去看。十几支手电的光打上去，中间黑漆漆的矩形石头上显露出密密麻麻的文字。

"是西夏文。"老爷子看了一眼说，"这地方像是个祭祀用的石阵。"

我问："老爷子您懂西夏文？能看懂这上边写的啥意思吗？"

"不懂。"老爷子摇摇头说，"只是以前见过类似的东西。这像是个祭祀的地坛。"

雷大锤叹息："可惜这里手机没网，不然直接拍照翻译了。"

"刘桑！"千代子的声音传来，我闻声走过去，她正站在居中的黑石前，手电筒照在上边，我走过去，这才发现西夏文中藏着几个汉字，顺着光源，我在脑中不由念出来："路……修……篁……不……死……城。"

"路修篁？"我一愣，这名字多少有点熟悉啊！但着急想不起在哪见过这个名字。

"不……死……城……"雷大锤嘟囔着，"不死？西夏不死城？啥名呀这，这不都死得干干净净吗！"

那个叫石井的光头青年走过来，指着这黑石说："这里地下磁场紊乱，好像有什么东西在动。"

磁场啊……我一恍惚想起了之前在秦岭小树林里的遭遇，忙抽出刀向地下的黄土刨了起来。果然，没刨几下清晰的纹路便显现了出来。

"刨！"我吩咐一声，大家都开始动起来，没一会儿将石阵周围被黄土掩埋的纹路清理了出来。

"这是……"雷大锤好奇地说，"阵法？"

我点点头，心里居然不由怀念起丁神途来，想起他在秦岭中以阵法操控云雾的手段，他估计能看懂这个阵法到底是干啥的吧。

"好大的手笔呀。"老爷子啧啧赞叹着，"这纹路严格意义上说应该是道士用的符箓，不过搞这么大一个，这是真打算成神仙？"

雷大锤摆摆手："要弄啥也好，反正这不死城都成了死城，阵法估计也失效了吧。咱还是继续找找看其他地方还有没……"

"呜哇——"一声清亮的啼哭声突然打断了雷大锤的话，划破了夜空。

小孩？这鬼地方哪来的小孩？众人面色一变，我看到雷大锤面色刷地变作惨白，自己嘟囔着："不死城……还真……真有活物？"

我说："别自己吓自己，先搞清楚状况再说。"话音刚落，黑暗中便传来一阵惨叫声。

"出事了。"老爷子经验老到，立即抽出铁尺朝着惨叫声奔去，我和雷大锤赶忙跟上。可我们还没走出两步便又连忙退了回来，因为黑暗似乎突然变得浓稠起来，围绕着石阵四周的黑暗不断向我们浸染过来，手电原本照亮的地方也被不断侵蚀，仿佛黑暗中有什么怪物在不断吞噬光亮。

"快退！黑暗里有什么东西！"我拉着雷大锤飞速后退，老爷子跟在我身旁，我们连忙退至石阵内。一旁响起惨叫声，紧接着传来千代子的惊呼声，我看到那黑暗吞没了千代子他们的几个伙伴，其他人也连忙朝我靠拢过来，被拉入黑暗中的人转瞬间便没了声息。

"怎么办？"雷大锤哭丧着脸问我，"这黑暗……好像活过来了呀！再这样下去咱们要凉啦！"

"刘桑！这到底是什么魔法？"大助冷着声音问我。

我咬牙不语，环望四周，发现除了石阵内的区域，四周都已被那种黏稠的黑暗浸染。想来要不了多久，这里也会被黑暗彻底吞噬。

"这座城，是活的！"老爷子的烟嗓在这种状况下更显冷峻。

"老爷子，咱们要不要冲出去？"我回身问，"我的刀应该可以勉强挡一挡这些黑气。"

"出去就是个死。"老爷子摇摇头说，"这乌漆墨黑里藏着什么鬼东西。"

黑暗中的东西到底是什么？我不知道，但那种令人毛骨悚然的寒冷和死寂让我连连打战。

"呜哇——"小孩儿哭喊声再次自黑暗中传来，围在石阵内的我们恍惚间看到一个黑乎乎的影子穿梭而去。

"鬼……是个小鬼？"雷大锤结结巴巴地问我，"这是鬼吧？这下怎么办？人没找到，咱们倒是要交待在这儿了！"

眼看黑暗越来越近，正当我以为众人只能在黑暗里自求多福时，我忽然发现那黏稠的黑暗渗透到石阵外围时，便停止了进一步扩散，像是海浪遭遇礁石一般向着四处扩散开来。整个石阵如今像是漆黑之海中的一座岛屿。

"是符篆！"老爷子说，"咱们脚下的符篆克制着这黑气。"

那就是暂时不会死了？我略微松了口气，这才注意到大助和千代子几人搀扶着一人似乎在说着什么。我走过去，才发现那人的一条胳膊和一条腿已经变成灰色开始皲裂。

这是石化了？我一怔，赶忙上前查看，千代子等人以为我作为赊刀人，可能有什么古怪法子能救他们的伙伴，赶忙让开通道。我仔细查看一番，确认这症状正是身中鬼方巫咒后人身体石化的开始。

我震惊不已：难道……这活着的黑气，就是鬼方巫咒的真相？

可照几位赊刀人长辈所述信息，鬼方巫咒应该在鬼方遗墟内才对，为什么在西夏不死城内会泛起这黑气？这西夏不死城真的和鬼方有什么联系？还是说鬼方内发生了什么变故，导致这巫咒形成的黑气外溢，蔓延到了不死城内？

不对！是路修篁！我猛然扭身回望石阵上那个名字："这石阵组成的符箓，正是为了应对巫咒黑气的浸染，说明修筑这不死城时便料到了会有这种情况！既然如此，这阵法中一定隐藏着逼退黑气的方法！"

"刘桑……怎么样？"我回神过来，摇摇头说："没救了。"

千代子啊的一声，脸上露出戚容。

我望着四周弥漫的黑气，对千代子说："看看这四周，看看你们死去的同伴，这就是你祖辈当年深入鬼方，想要带走的东西。"

千代子震惊无语。

雷大锤听到我说的话也明白过来："你是说……这黑气就是鬼方巫咒？"

我点点头说："当年北野家族之所以派特种小队潜入鬼方，只怕就是想寻这种生化武器带回去研究用作战争。呸！狗东西！"

老爷子走上前来问我："有没有办法？"

我叹口气："这符箓纹路刻成的阵法应该就是为了克制巫咒黑气，所以这些纹路里说不定有驱散黑气的方法。"

"别说笑了。"大助不满地说，"在地上刻几个图案这毒气就会消失？"

一旁的雷大锤不满道："不懂别乱说，我告诉你，符咒纹路这玩意儿就和二维码一样，你自己看不懂，拿手机一扫就识别出信息了。咱们脚下这些救命的纹路，你个土包子看不懂，但是赊刀人就是这部识别二维码的手机，哎，一扫，咱们就得救啦！"

我一时无语，道理是这么个道理，但是我压根不懂阵法一类的学问呀！我扭头问大爷："老爷子，你一眼看出这是符箓，有什么……"

"办法没"三个字还没说出来，我看到老爷子捏着铁尺，沉默地盯着黑暗，似乎出神了。

"老爷子？"我拍了拍他。

"嘘——"老爷子拉着个脸，"少说两句，这黑暗还在盯着咱们呢！它在试探咱们。"

9 九眼鬼童

"试探？"我心一紧，跟着老爷子的目光看去，这才看到确实不断有薄薄的黑气自黑暗中钻出，然后流向石阵，碰到地上的纹路随即消散。

老爷子拿着铁尺一指，说："你看，这地方纹路上的黑暗已经侵入半尺的距离了。这石头阵内不会一直安全下去，你得赶紧给咱们找出路。"

"嘿嘿嘿……"黑暗中传来小孩的笑声，似乎对老爷子说的话感到有些得意。

我的心再次提了起来，只能强打精神，趴在墙上去研究那些纹路有什么玄机。大助和千代子等人则帮着继续清理地上的尘土，让那些纹路显得更清晰。

可除了赊刀人的祭刀礼外，符咒阵法这些东西我几乎完全没见过，又怎么懂破解利用的法子呢？我忍不住哀叹："秦岭那会儿我就应该加上丁神途的微信，找他学习学习阵法知识。"

黑暗中忽然传出一声笑："嘻嘻，现在也不晚呀！"

我一惊，猛然回头向黑暗中看去，一个漆黑的人影浮现出来。

我惊喜出声："丁神途！"

鬼方巫咒的要命黑气似乎对丁神途不起作用，他施施然走出黑暗，走进了阵法中。

我又惊又喜："你怎么在这儿！我还想进鬼方遗墟去找你们呢！

对了！李星雨他们呢？吴老三说你们出事了！"

我一连串的问题蹦出，丁神途却恍若未闻，只自顾自走向石阵的正中央。

"你就是丁神途？"老爷子忽然挡在了丁神途的面前。

丁神途这才停下脚步，四下里环顾一圈，笑着对我说："一段时间不见，你的朋友又多了呀！怎么样？今天是带他们来这里送死的吗？"

一旁的雷大锤有些怯怯地反驳："我们是来救你们的！"

"救我们？"丁神途挑挑眉毛，饶有趣味地上下打量众人。大助、千代子等人对眼前忽然出现的丁神途戒备不已。

老爷子忽然出手如电，举起铁尺架在丁神途的颈上，冷声问："我再问一遍，你就是丁神途？"

这一下的变故突生我也没料到，忙劝："老爷子冷静！咱们能不能逃出去可全靠他了！"

丁神途眯着眼看了看老头，点了点头说："对，我就是。"

老爷子点点头，只说："王婆子死了。"说完便收回了铁尺，转身走到一方石头前坐下来闭目养神。

我看到丁神途一愣，心想难道他也认识王婆子？

但眼下不是纠结这个的时候，我生怕他发起疯来多生变故，赶忙问："你到底怎么到这里来的？李星雨、花小薇她们呢？"

"她们眼下还安全，倒是我还想问你们呢！"丁神途忽然不满起来，"你怎么会走到我们前头去？"

"前头？"我一愣，继而摆摆手，"说来话长，咱们晚点再说。"

我指指四处的黑暗："先解决问题成不？你快看看这脚下的阵法，想想有什么办法能驱散四周的黑暗。"

丁神途摩挲着下巴，煞有介事地这里瞅瞅那里看看，继而一块石头一块石头地看上边刻着的西夏文。

"你还懂西夏文？"就在我等得不耐烦时，丁神途忽然双手一拍，惊喜出声："哎呀！我果然没猜错！"

我惊喜问："有方法啦？"

丁神途看着我摇摇头说："不是啊，这符箓根本驱散不了黑气。倒不如说这符箓一开始制作出来是用来控制这黑气的。"

我强忍着掐住他脖子的冲动，耐着性子问："那你惊喜啥？"

"哦，当然是因为我的猜测全部正确呀！"丁神途高兴说，"咱们在南诏烧死老祖宗后，我就猜测赊刀人的祖刀会不会是被谁暗中带走了。这一看记录！真没错！哈哈哈！"

我一惊："祖刀在这西夏不死城内？"

丁神途摇摇头说："现在大概是不在了吧。鲜于仲通洱海战败之后，祖刀就下落不明。这碑文上记载，那一战的副将李密战败后投水假死，阁罗凤暗中把祖刀交给了这位好友保管，以报答他的恩义。不想隔年大唐安史之乱爆发，李密没能回归朝堂，就趁乱带着祖刀北上平夏地区隐居，之后祖刀便辗转落入了西夏内宫。"

"大哥，现在是讲故事的时候吗？"我忍不住打断，着急问，"你看看四周的情况呀！咱们逃出去了再讲故事不好吗？"

一旁的雷大锤连连点头，连大助和千代子都忍不住连声附和。

丁神途好整以暇说："别急嘛，你看，这里又写了！景宗李元昊当政时期，定仙山神秘道士路修篡下山，于兴庆府蛊惑太子李宁明修长生道。你看看，这神秘道士一看就是奔着咱们祖刀来的。"

路修篡？我看到石头上的刻字，压不住好奇心："就是修筑这个石阵的人？"

丁神途点点头，继续说："道士路修篡蛊惑太子李宁明专心修道，利用太子的威势暗中在边境修筑不死城。西夏景宗李元昊知道后下令屠城，其后大军掩埋了整个不死城。路修篡身死，之后李元昊废皇后改立太子。"

我倒是知道历史上李元昊有过废后改储的事，没想到背后还有这么个神秘道士的缘故。

雷大锤也被这些故事吸引，好奇问："杀了妖道就行了吧？为啥要把整个城市屠干净？"

丁神途瞥他一眼："刘米交朋友是为了显得他智商高吗？"

"啊？"雷大锤没反应过来，倒是老爷子出声了："大概是因为当时整个城的人都沾染了这黑气吧？"

我一愣，问："这玩意儿不是鬼方巫咒吗？怎么会被路修篁在一个西夏小城里搞出来？"

丁神途指指脚下："因为我们就站在鬼方的上头呀！"

所以那个神秘的定仙山道士路修篁修筑这个小城，是特意选在了鬼方遗墟上？那他修筑这个符箓石阵，也是特意针对鬼方遗墟吗？他要做什么？难道是想召唤这鬼方巫咒黑气？

我脑补了一下，忽然问："所以算是路修篁这狗东西弄得鬼方漏气了？这黑气就蹿上来了？"

"你要这么说……"丁神途想了想，"也不是不可以。"

我苦恼不已："所以这黑气到底该怎么驱散？"

丁神途却又自顾自说："那你猜这城都被李元昊用黄土埋瓷实了，黑气是怎么跑出来的？"

我一蒙："难道是你弄漏气了？"

"话不可以乱说啊！"丁神途忙摆手，"党项族崇尚巫术，在埋城的过程中，西夏的大厮乩……"

"大司机？"雷大锤纳闷，"西夏还有司机？"

"就是国家级大法师。"丁神途懒得理他，"这位大厮乩在城下发现了路修篁的阵法，因而得知了鬼方巫咒的存在，于是暗中给自己留了一条路，好让自己研究上古的奇妙巫术。"

老爷子问："所以我们现在站的这个石头阵，是路修篁阵法被毁后，又被那个西夏大厮乩补完的符箓？"

"嗯。"丁神途不满道，"所以阵法效果才这么菜鸡，和小学生水平一样。把原来精妙的符箓阵法改得乱七八糟，效果大打折扣，抵抗一会儿黑气就有些撑不住了。"

"大哥，那你倒是发挥一下阵法造诣，驱散这些黑气呀！"我内心狂怒。

丁神途假模假样地叹了口气，似乎在为那个西夏大厮乩暴殄天物而痛心不已，继而接着说："西夏灭亡前，大厮乩一族利用他还没学习到位的鬼方巫咒，将末代西夏王炼成了巫咒鬼童，准备和蒙古决一死战。但他们被主和派暗算了，之后被彻底埋在了地底下。那个西夏末帝就喜提史上最短命皇帝的称号啦！"

话音刚落，黏稠的黑暗疯狂涌动起来，刚刚还隐约听到的小孩笑声骤然变成了巨大的怒吼声。

丁神途冲黑暗中摆摆手："你看你，小气鬼还当皇帝？明明就被废了，说你两句还不乐意啦？"

黑暗席卷而来，黑气开始不断冲击着阵法保护的范围，千代子吓得尖叫起来。

老爷子起身将铁尺握在手中，站起身来走到我们身旁："这黑气居然是被废的西夏末帝，那这里还真不是什么神仙坟了，就是个小鬼的茅坑呀！"

我忽然明白，难怪丁神途絮絮叨叨说了半天西夏不死城的来历，合着是为了激怒黑暗中的那个存在，好利用阵法进一步削弱它。于是，我也面对黑暗连声附和："居然是个被人背叛的小皇帝，人不人鬼不鬼地藏在这地下几百年。"

黑暗愈盛，疾风忽起，巨大的漆黑之浪不断席卷拍打着我们所在的石阵。如泥浆一般的黑暗中逐渐渗出一点荧光绿色。

"咕呃啊……"恐怖的呼喊声传来，我看到黑暗中出现一个不足一米的矮小身影，浑身漆黑如墨，只勉强看得清是个人形。

风越来越大，那个漆黑的小人影头部忽然发出点点荧光，一点两点，除了双眼渗出的绿色外，脸颊和额头上也分别射出荧光。

九道死寂冷漠的眼神直直地盯着我，我感到自己浑身汗毛一奓，遍体生寒。

"九……九……九只眼睛……"不知是谁惊呼一声。我听到身后有几人在惊恐尖叫。

我身旁的丁神途居然还有空吐槽:"切!眼睛多就厉害的话,那蜻蜓不得无敌了?"

老爷子点点头:"神仙坟难寻,小鬼讨债的眼下倒是处处有。"

我勉强咽了口唾沫,想装作云淡风轻地附和一句俏皮话,但什么也说不出来。

身后的雷大锤快吓哭了:"快收了神通吧!求求了!别装了!那鬼玩意儿要杀人了!"

"刀给我。"丁神途啧啧两声忽然说,"还是有点棘手。"

我一怔,心里有些惊讶他居然会觉得棘手,忙将断刀递去:"只有这断刀了。"

丁神途点点头,说:"李星雨和小薇就在这下方。"

我正纳闷她们怎么没跟丁神途在一起,忽然想起这巫咒的黑气有石化人的要命效果,忙点了点头。

丁神途反手握住刀,快速朝黑暗中走去。片刻,黑暗中再次传来古怪的摩擦声,似乎是丁神途在追那个小黑影。没一会儿黑暗继续涌动冲击着阵法边缘,几个扭曲着的身影出现在了我们眼前。那些身影和九眼鬼童不一样,身上挂着破破烂烂的布条,裸露出的皮肤早已石化,如行尸走肉一般拖曳着身躯。

老爷子一眼看出不对:"糟糕,这些玩意儿应该能走进来。"

"狗东西居然喊帮手!"我气急,回身对雷大锤说,"大锤,咱俩果然是招丧尸的体质!"

雷大锤一看黑暗中走出的几个身影,忙凑到我跟前,说:"这玩意儿行动慢,高低能打,还有没有家伙什?"

"只有手电筒了。"我摇摇头,"另一半断刀没手柄。"

雷大锤咬咬牙:"硬弄!"

说话间，那几个石化人已经踏入了石阵的范围，它们果然不受石阵影响。老爷子眼疾手快，一步踏前，一铁尺削下来当先那石化人的半截脑袋。

　　"好！"雷大锤忍不住喝彩，跟着上去一脚将那个还剩半截脑袋的石化人踢飞了出去。可他还没来得及高兴，那个石化人就再次站了起来。

　　"还真是打不死？"我想起那个被困在李家老宅中、长在墙壁上的人，发一声喊，"帮忙啊！"

　　那边仍在愣神的几个日本青年回过神来，大助、石井等人也上前帮忙抵挡那些石化人。

　　"啊！"身后传来惨呼声，那石化人摔倒在地，嘴里用日语叽里咕噜叫着什么。

　　"这他妈是日本兵啊！"雷大锤侧耳听了几句忽然出声，"大师故事里的那些日本兵！"

　　我一愣，看了眼它们身上破碎成布条的一点衣服，好像还真是！这么说来，当年那位救了大师的李家赊刀人，是将逃出去的日本兵又送回了鬼方遗墟内？

　　"抗日啊！"雷大锤转头用日语喊着大助等人，不知在说什么。

　　我看到老爷子气力不继，忙上前接应。这些石化人虽然行动缓慢，应付起来不算太难，但它们就像象棋里的卒子一样只知前行，这样下去迟早把我们耗死。

　　"丁神途！"我忍不住冲黑暗里大喊，"没其他办法了吗？"

　　话音刚落，四周的黑暗暴涨，一个人影自黑暗中突然飞出，重重撞在了石阵中央的青石上，摔倒在地。我定睛一看，正是丁神途。

　　"输了？"我头皮发麻，黑暗中再次传来那种古怪的笑声。

　　"大锤，帮我！"说着我甩开眼前的石化人，扭身去搀丁神途。

　　丁神途躺在地上咳嗽连连，我着急问："怎么办？"

　　这种时候，丁神途居然还笑得出来："我看到了，这小孩……

这小孩······咳咳······这小孩长得好丑哇！"

黏稠的黑暗夹杂着黑气从四周向我们发起了更猛烈的冲击，石阵四周竖立的青石似被乱风吹动一般，发出耸动的声音，我感到四周的乱风更大了。

怎么办？怎么办？怎么办？

我精神恍惚，满脑子都是自己要死在这儿了。

"我要再对你用一次赊刀术。"丁神途喘着粗气，盯着我说。

我一愣，赊刀术？这节骨眼？借什么？

丁神途很认真地望着我点了点头，我从没见过他这个样子。

"好！总比死在这儿来得强！"我没犹豫，忙搀着丁神途靠在石头上，"来吧！"

我闭上眼睛，以为丁神途是打算借我的体力或者精神一类能提高他战力的东西，没想到我刚闭上眼，就听到他说："我把我的灯借给你！"

灯？

还没来得及反应，我便感觉有一股力量自心底涌出，我感到眉心处突然开始发热发烫，自己周身的五感瞬间被放大无数倍，周边众人的气息流动甚至风的流动都清晰可见，我的脑海中闪出画面：仿佛自己体内有一束火光正在迅速燃起。

不，应该说是一盏灯，一盏燃烧着的巨大的灯。

我突然醒悟：这是逆赊刀术！

10　夸父族与耳蛇

赊刀术逆行，丁神途在一瞬间，将他的某种精神力借给了我。

这是一种很奇妙或者说是玄妙的体验，我感觉自己五感几乎通灵，皮肤接触空气的部分感受着一切的变化节奏、呼吸律动。眉心微微发烫、刺痛的感觉，让我的头脑分外清明灵光。

我这是开天眼了吗？一个荒诞的念头忽然自心底生起。

第一次遇见丁神途的时候，他对我施展赊刀术，借走了我身上的某样东西。我一直不知道当时借走的是什么，这一刻我忽然想明白了，当时他借的可能也是一盏灯。

民间有说法，人身上有三盏阳气灯，头顶双肩各挑着一盏灯，可以镇着人的三魂七魄。我不知道丁神途所说的"灯"是不是这个意思，但他冲我施术的时候，我的脑海或者说心里确实出现了一盏灯火。

"没时间了。"我听到丁神途这么对我说。

我睁开眼睛，望着更加虚弱的丁神途。他笑了笑，说："去，暴打小朋友！"

我点了点头，接过断刀，扭身朝黑暗中走去。

"喂！刘米，你疯啦？"雷大锤在一旁惊叫，"沾上那黑气会石化死人的！"

我停步，扭头望向雷大锤。一个石化的日本兵趁雷大锤愣神的工夫向他扑去。我一步跨向前，疾冲到他跟前，随手一刀便插入了那石化人眉心处。原本打不死的石化人忽然像泄气的皮球一般瘪了下去。

"你……"雷大锤震惊得说不出话来。

我看向他，忽然发现他的头顶蒸腾着一股看不太清晰的白色雾气。我又望向同样满脸写着担忧的千代子，她的头顶微弱地散发着乳白色的雾气。

咦？我这果然是开天眼了吧。

我又忍不住扭头望向其他几个日本青年，不同的是他们头顶微微蒸腾着的雾气是灰蒙蒙的，而且形状歪歪曲曲，倒像蛇的样子。

嗯？我正感奇怪，突然感到屁股挨了一脚，一个趔趄就跌出石阵，冲入了黑暗中。耳旁只听丁神途不满的声音："快滚出去干活！哪有那么多时间让你玩！"

我不满地暗骂了一声，刚直起身子，耳后忽然一股冷风刮过。我猛然扭身出刀，却一无所获。围绕着我的黑暗浓稠绵密，虽然无法将我石化，却让我的五感几乎失灵，我努力睁大眼睛，但什么都看不清。

"嘿嘿嘿……"那个小鬼瘆人的笑声自四处传来，我还没反应过来，一股黑气裹挟着恐怖的力量直接撞入了我怀里，我下意识收刀回护，但依旧被撞飞出去好几米远。我感觉自己像被一辆卡车撞了，浑身上下散架了一般，疼痛剧烈。

这种环境下我如何暴打小朋友？丁神途刚刚就是在这种环境下和那个九眼鬼童打架的？

脑子里胡思乱想着，我努力挣扎爬起来，冲黑暗里挑衅："一个废帝还……"

又是一股威势恐怖的黑气冲撞而来，我下意识侧身避开，脚踝处却一凉，似被一只小手握住了，紧接着深入骨髓的疼痛感传来。我忍不住闷哼一声。是那小鬼！我下意识又一刀砍下，但又扑空了。

"咯咯咯……"令人气恼的声音不断自黑暗深处传来。我怒气冲冲刚想说什么，喉咙处一凉，一只黑漆漆的小手紧紧地锁死了我的喉咙。我忙挥刀劈砍，眼前的黑暗被一刀两断，而那只婴儿般的小手也消失不见了。

这样下去不妙，还是会死！我一边在心底嘀咕着，一边想看清那躲在黑暗中的九眼鬼童到底在哪。

九只眼睛渗出的微弱荧光，在黑暗中不时闪动一下，我摸着黑四下追逐，每每追去却又没了踪影。与此同时，胳膊、脚踝、后脖颈、脖子上，处处留下了那只小手冰凉瘆人的诡异触感。

我心底怒骂。黑暗中，我感到身体越来越沉重，心底的灯火也愈来愈弱，我知道时间不多了，忍不住想退回石阵内再想办法。

念头刚起，我脚下已经不受控制地往回走去。可走了好一会儿，依旧看不到那石阵，一丝不祥的预感蓦然自心底升起。

我在黑暗中和那个小鬼缠斗多久了？我走得离石阵多远了？石阵是在这个方向吗？还是我走错了？我迷路了？我回不去了？还是说……因为我没解决这小鬼……石阵已经被黑暗吞噬了？……

冷汗如瀑，恐惧如蜘蛛自尾椎骨爬上后颈，发痒发麻的感觉迅速侵蚀了我的意识。我感到周围的黑气渐渐缠了上来，像一条条小蛇自我的双脚弯曲而上。

我僵在原地，动弹不得。

"嘿嘿哈哈……"那个小鬼笑声越来越大，笑得越来越开心，似乎正在看着我出尽洋相。我直觉感到黑暗中的九只眼睛正微微眯成月牙，像一条条毛毛虫扭曲着。

"冷静，冷静。"我闭上眼睛深深吸着气，一边颤抖着，一边不断重塑着信心，"不会石化的，不会死的，打赢了就好了，只能打赢，必须打赢啊，说好的暴打小朋友呢？！"

脑海中想象的那盏灯火越来越弱，几乎要被风吹灭了。

"一刀，一刀，就一刀。"我强迫自己不去管腿上传来的僵硬感，闭着眼睛急促地吸着气，脑海里不断回想丁神途等人缠斗淳风祖师时的景象。

心底的灯光忽地一闪，我福至心灵，下意识举起刀向黑暗中的一侧用力砍下！

我大喊着："就一刀！"

刀光一落到底，我却一点砍中东西的手感都没有。

"完了！"我心底一凉。脑海中幻想出的那盏灯火忽然熄灭。我眼前一黑，浑身力气在一瞬间被抽干，黑暗席卷而上彻底淹没了我的身体。我再也站立不住，摔倒在地。

正当我绝望等死之际，忽然听到声音："干得好！老爷子，接下来靠你了！"

黑暗中骤然闪出耀眼的光线。我勉强睁眼，看到几束光线朝我照来。

是手电筒！光能传出来了？我一愣，恍然明白过来：黑气……黑气退了！

"牛啊兄弟！牛！打得那个小鬼吱哇乱叫。"雷大锤一边兴奋尖叫着，一边冲我奔来。

我还没回过神，有些不敢确定地问："砍……砍……砍中啦？"

"那可不？你没看这黑气像退潮一样。"

雷大锤说着将我扛起来就往回跑。我浑身酸痛无力，勉强维持着意识清明，向前看去，只见石阵内老爷子正将铁尺向地上插去。

"还不是高兴的时候呢！"丁神途远远见到我，嘴上这么喊着，满脸却挂着笑容，冲我疯狂挥手，"咱们要逃啦！"

逃？怎么逃？

我还没有回过神来，就看到老爷子招呼一声："都相互搀扶好了啊！"

说着低喝一声，将手中铁尺重重插入地面的纹路上，近一米长的铁尺尽数没入。

这操作吓得我一愣：这阵法难道让丁神途改成了传送阵？这么玄学吗？

"胡克定律。"我听到一旁的丁神途兴奋地说。

"什么？这是啥阵法？"我还没反应过来，刚想出声询问，突然就听到一阵阵轰隆隆的闷响声，以铁尺为核心位置的蛛网状裂缝迅速扩大，围绕着石阵四周的地面开始不断龟裂破碎。

我突然想起丁神途之前指着地面，说我们站在鬼方的上头。原来他说的是这个意思？

我一脸难以置信地看向丁神途，他却举起大拇指，似乎在给我点赞。

剧烈的震动传来，众人一阵惊呼，我感到一股强烈的失重感，抬眼看到整个石阵伴随着剧烈的震颤齐齐向下跌落！万万没想到，丁神途居然会以这种方式，带我们直接自上层砸入鬼方遗墟！

无数破碎的尘土砂石伴随着尖叫声、哭喊声和欢呼声，就这么砸入了更深层的地下。越来越快的加速度让我以为我们就要这么摔死的时候，我忽然感到后背一痛，重重摔在了一处倾斜的地面上，但落势不减，我们像乘滑梯一般或滚或溜地快速向更深处滑落。

　　"呼哈！"丁神途的呼喊声、欢笑声传来。我眼睛一瞟，看到他骑在那块侧倒的大青石上，一马当先向下滑去，几乎让我以为我们在一个什么主题乐园里。

　　手电的光束乱晃，一同砸落下来的青石碎块和尘土迅速滑落。我一边忙着躲避乱石，一边撑着身体不让自己失去重心。

　　"前边是悬崖，赶紧想办法停下！"我的左前方有老爷子的声音传来。

　　我一惊，忙冲其他人喊："快停下，快停下，会摔死！"说着握紧刀朝着四周扎去，希望用刀将身体停下来。

　　话是这么说，从那么高的地方摔下来，又在这几乎有六十度的倾斜面上迅速下滑，一般人哪能说停就停？我着急得大喊大叫。

　　"停！"丁神途的声音传来，随着咔的一声巨响，刚刚还被他骑在胯下的大青石居然骤然向下一陷，稳稳地停在了斜面上。

　　我见状忙调整方向，借着滑落的势头撞在青石上，终于止住了坠势，继而赶忙去拉雷大锤等人。忙活一番总算有惊无险，丁神途盯着我们掉下来的地方得意扬扬地说："他果然不敢再下来了。"

　　我喘着大气问："没……没死……？"

　　丁神途点点头："死不了，我一路追着那破小孩儿打到上边的西夏遗迹里，这货在上边突然变得强到过分，我猜想那上边应该是它的老窝，它要下来的话又得被我揍。"

　　说着，丁神途站起身来，冲着斜坡上方大喊："你过来呀！"

　　我看到上方的裂口处有黑气弥漫，似乎在犹疑要不要下来。

　　"别了别了！"我忙摆了摆手，也跟着冲上方喊，"你不要过来呀！"

说完我一身冷汗瘫坐在大青石上，这才有工夫打量四周。

无尽的黑暗空旷辽远，正前方几米远的地方似乎就是老爷子说的悬崖，底下看起来深不见底。我们滑落下来的倾斜面似乎是一个崖壁。手电光照不到的远处，隐隐有很多蜿蜒扭曲的山脊延伸至更远方。倒是让我想起了电视剧里经常说的龙脉。

这里就是鬼方遗墟？怎么什么都没有？

似乎是看穿我的想法一般，丁神途说："严格意义上说，我们没掉下去的无底天坑才算。"

我一愣，一旁突然传出尖锐的惊叫声。

我被吓了一跳，扭头看去，只见千代子面色惨白地跪坐在大青石一侧。她身旁的大助和石井也惊讶地看过去。我这才发觉他们的人少了很多，之前打眼一看十来号人，眼下只剩下寥寥七八个，也不知道是被外头的石化日本兵干掉了，还是没来得及跳下来。

"怎么了？"雷大锤问。

"黑……黑比……"千代子哆哆嗦嗦地说，手指向大石一侧。

"啥玩意儿？"我一愣，雷大锤忙翻译说："她说有蛇。"

蛇？丁神途好奇地过去查看，几个日本青年也凑了过去。我顺着千代子手指的方向看去，这才发现大青石在滑落的过程中撞碎了一大块，里边露出了一个拇指粗细、惟妙惟肖的蛇首雕像。古怪的是那蛇身部分没入的地方，隐隐看到似乎是个人头雕像。

"这是……耳蛇？"丁神途有些不确定的声音传来，"啧……不应该啊……"

"耳蛇？那是什么？"我好奇问。

黑暗中突然响起一个熟悉的声音："《山海经·大荒北经》载：有人珥两黄蛇，把两黄蛇，名曰夸父。上古夸父一族有在耳上佩戴黄蛇以为装饰的习惯，这就是耳蛇。有传闻在夸父一族的大迁徙中，曾有一支来过黄土高原。"

我站起身来，拿着手电冲那声音扫过。吴老三略微佝偻的身影自黑暗中显现。

吴老三阴恻恻一笑："你怎么失约了，还自己下来了？"

我理直气壮："实不相瞒，我是被人绑架到这里的，幸亏被这位朋友救了。"说着指了指身旁的丁神途。丁神途眉毛挑了起来，深深看了我一眼。

"哦？"吴老三盯着我片刻，又看了眼丁神途，继而摇摇头说，"无所谓了，来了就好，来了就能干活。"

我刚想问吴老三，之前说的话是什么意思，身旁的老爷子突然问："你刚说的耳蛇是什么意思？这青石可不是上古鬼方的东西，是刚从上边的西夏古城里掉下来的。"

"嗯？"吴老三疑惑的声音传来。看来他也不知道鬼方遗墟上头还有个西夏不死城。

老爷子扛着铁尺，朝着那处破碎的地方用力一敲，碎石崩裂，扒拉开后露出大半个人脑袋造型，青石内果然是个巨大的人形浮雕，蛇自那浮雕的一侧耳朵处钻出，露出栩栩如生的吐信蛇首。

"是路修篁！"老爷子蓦地站起来，不知为何心情忽然激动起来，"他修筑不死城不是为了唤醒鬼方巫咒，他是要召唤夸父一族的耳蛇！"

11　解除巫咒的线索

吴老三闻声忽然一闪，转瞬自黑暗中来到我们跟前。我都不知道一个瘸子怎么能移动如此之快。吴老三看了一眼雕像，不禁怔住，喃喃着："难怪……难怪它会苏醒……"

丁神途忽地坐在蛇首身旁，手指轻轻抚摸着蛇首，言语变得诡异而温柔："原来如此啊……"

什么苏醒？我满脑子问号。这三个人神神道道地弄得我们其他人完全摸不清状况。我试图跟上他们的思路，所以老爷子的意思是这石头阵的中枢大青石，其实是路修篁的棺椁？可按照碑文记载，路修篁难道不是被李元昊下令杀了吗，怎么会在死后被封进这大青石里？可这和丁神途、吴老三又有什么关系？他们这么激动干吗？

苏醒？对了，吴老三说过这鬼方底下有个恐怖存在苏醒了，难道他说的就是耳蛇？可一个挂在夸父耳朵上的装饰品能有多恐怖？

一旁的雷大锤打断了我的思绪："大佬们，你们别打哑谜了，到底怎么回事？"

吴老三回身过来，冷声说："鬼方遗墟内正在苏醒的，应该就是夸父一族遗留的眷属——耳蛇。殷商高宗伐鬼方，十万精兵硬是打了三年。如今看来，应该是鬼方一族的大巫召唤出了夸父耳蛇助阵，或者更有可能的是，鬼方内本身便豢养了这种大蛇用于战阵，只是之后被埋入地下深层。"

我一惊，恍然明白："所以那个石阵原本是路修篁用来召唤耳蛇的阵眼？"

丁神途点点头插嘴说："路修篁修筑不死城，以全城人的血祭来召唤耳蛇。应该是仪式尚未完成的时候，李元昊大军杀到，因此召唤并未完成，耳蛇才会在这地下继续沉睡。李元昊下令以黄土填埋整个城市，应该也是怕这怪物复苏。"

我越听越迷糊，问："我读书少，但还知道啥是守恒，世界上还真有召唤阵法这种东西？凭空把另一个世界的东西喊过来？"

丁神途摇摇头："没那么夸张，不然路修篁也不用煞费苦心选在鬼方遗墟上建筑城池了。召唤阵更类似捕猎网，撒下诱饵，猎物闻到某种极具诱惑力的气味，自然就会上钩了。"

"你是说……"我隐隐约约明白了丁神途的意思，"耳蛇其实一直在这鬼方遗墟内存在着，只是被路修篁的阵法唤醒了？"

三人沉默不答，显然这就是答案。

雷大锤也听得入神，插嘴问道："那鬼方巫咒的黑气又是怎么回事？"

丁神途说：“应该是刻碑改石阵的西夏大厮乩在研究这阵法过程时瞎琢磨，把一部分西夏巫术的思路加了进去，炼成九眼鬼童的同时也导致了鬼方遗墟内的巫咒黑气泄出，只是没想到这鬼童子经年累月浸染巫咒之后，居然和那些巫咒黑气成了一体存在。这才难杀得要命。”

我越听越晕：“所以现在的鬼方巫咒其实是混血？鬼方和西夏的混血儿？”

雷大锤还想问什么，突然被老爷子打断。老爷子摆摆手，似有不耐：“扯这些几百上千年前的陈芝麻烂谷子干啥？丁神途，你这么聪明，就没想过路修篁的尸身为什么会被封在自己的阵法中？”

吴老三嘿嘿一笑：“他怎么可能没想到？”

丁神途忽然神情委顿，惨然一笑，喃喃着：“我怎么可能没想到……”

老爷子一急，上前两步一把揪住了丁神途的衣服，怒声说：“为了治好你个狗崽子，王婆子……王婆子一辈子守在那破庙里，到死……到死……到死都想让我来帮你……你呢！眼前终于看到了希望！你到底在胡七扯八个什么劲！”

丁神途笑着，只说：“谁要她瞎忙活一辈子的，我又不是真的二郎神。”

“你……”老爷子气急，举起铁尺就要朝着他头上打。我赶忙上前拦下，雷大锤和千代子也上前帮忙劝着老爷子。

“老爷子，消消气，消消气……咱们还得想法子逃出去呢！”我一边劝慰，一边冲丁神途使眼色，“你说你和老头计较个啥？”

丁神途颇为不满地哼了一声，说：“论真实年龄，他得喊我叫老爷子。”

老爷子听这话，刚刚落下的铁尺又举了起来。雷大锤赶忙劝着：“咱们还在逃命呢！不能内讧不能内讧。”

“逃不了啦。”吴老三的声音传来。

"逃不了？"雷大锤一晃神，转身忙问，"为什么逃不了？你们怎么进来的？"

吴老三指着蛇首雕像，说："解除鬼方巫咒的线索近在眼前。你们肯就这么离开？"

我一愣，下意识看向丁神途，继而望向吴老三："你是说……路修篁可以解鬼方巫咒？"

老爷子怒气冲冲地说："废话！不然那西夏大厮乩为什么要把路修篁的尸身封进阵眼内！就是为了克制鬼方巫咒！丁神途，你在装什么傻！"

"丁神途……你……"我一时震惊得说不出话来。

为了丁神途身上遗传的鬼方巫咒，花小薇设计坑害我，夺取李四太爷的笔记。我们还大老远跑去云南和老祖宗打生打死。可以说所有的事情，都是从一百多年前李四太爷进入鬼方染上巫咒开始的。眼下明明找到了可以彻底破解诅咒的线索，他为什么没有一点高兴的样子？

吴老三好整以暇，忽然好奇问丁神途："难道你还没有告诉他们真相？"

真相？我心中一紧，扭头问丁神途："你还瞒着我们什么？"

丁神途回身看向吴老三说："咱们有约定的。"

吴老三自顾自说着："我的腿怎么没的，花小薇、李星雨到底在哪的真相。"

我气息一滞，不祥的预感升腾而去："到底……怎么回事？"

丁神途望着我，忽而一笑说："看过就知道了。"

说着也不管众人，转身跃下大青石，向黑暗中走去。

"大锤，你和千代子他们在这等着。"说着我连忙跟上了丁神途的脚步。

刚跳下大青石，一阵风吹来，来自地底的深寒冷得我直打哆嗦。我扶着青石避风，忽然意识到，前方那个无底天坑只怕比我想的还要深。我身后老爷子和吴老三也跟了上来，紧接着青石上的雷大锤喊着"咱们还是一起行动吧！恐怖片里都是分头行动就会死"也跟了上来。

所幸这里的地面倾斜并不太厉害。我们一行人走成了一纵队。丁神途当先走着，身后稀稀拉拉跟着我、老爷子、吴老三，雷大锤和国际友人们跟在身后几米处。

丁神途一边走一边说："在咱们左手边大概三米的地方就是天坑，直径大概两百八十米，深不见底。像这样的天坑，鬼方遗墟内还有好几个。粗略估算，说你家整个镇子都被架在空中也不算过分。你猜这些天坑是怎么来的？"

我一惊："你一早就知道这底下有上古耳蛇的存在？"

丁神途声音平淡："当然知道，我一直都知道。不然我为什么不让小薇来寻鬼方，找什么解咒的线索？因为没有人能从这天坑底下完整逃出来。日本部队不行，爷爷不行，我的父母不行。处刑人也不行。你们，我们，都不行。"

说着，他忽然站定，向左侧走了三步。我拿手电照过去，看到他刚好站在了天坑前。我心一紧，刚想说什么，丁神途却浑不在意地指了指前方，说："喏，我的父母就是从这里下去的，他们说这下面可能有解开巫咒的关键。可他们下去后就再也没有上来。唉，我本来答应他们，再也不来这儿的。"

吴老三冷笑："你爷爷自鬼方逃出，被巫咒折磨至死，你父母为救你深入遗墟下落不明，这一百年你就独自躲在秦岭里等死？现在你的朋友又来了，你怎么不继续躲了？"

我刚想喷吴老三这毒嘴，却发现丁神途置若罔闻，只望向黑暗处的天坑，喃喃着："有一点线索有什么用？能救得了谁？我还能躲去哪儿呢？"

望着丁神途落寞的背影，我心中的不祥预感越来越盛。走了好一会儿，绕过几个巨大的天坑后，他终于停步，指着上方一处黑暗，说："她们就在那儿。"

顺着他指的方向，手电灯光一打，我看到一个熟悉的身影盘腿坐在那儿。

"刘……刘米……你怎么来了？"那个熟悉的声音充满疲惫和疑惑。

"星雨！"我又惊又喜，赶忙朝上边爬去，一边爬一边说，"吴老三说你们有危险什么的，我这不是和大锤一起来救你们了吗！你都不知道，我还绕路从上边的一个古城下来的，我还暴揍了那个小鬼。你没事就好了，这下咱们青铜铁三角合并才能天下无……"

话还没说完，我忽然愣住了。

眼前的李星雨面色灰白，形容枯槁。最重要的是她的腰部以下已彻底变成灰质，裸露在外的皮肤在手电光的映照下像岩石一般。

"你……"我震惊得说不出话来。

一旁的雷大锤也震惊不已："这到底是……发生了什么……"

一瞬间我全部想明白了，难怪吴老三会丢了一条腿，难怪说他们危在旦夕需要找我借刀，难怪丁神途会独自一人追杀九眼鬼童到上层古城去，难怪吴老三说我们逃不了啦……

不是逃不了……而是不能逃……

我猛然扭头盯着丁神途，压制不住的火气一股脑蹿了上来："到底发生了什么？为什么之前不告诉我！你还笑？你还笑得出来！你个狗东西！要不是为了你……要不是为了你……要不是为了你……"

"你说的那一点线索，来得及救谁？"丁神途惨然一笑，扭头看向老爷子说，"我都说了，我不是那个镇得住黑龙的二郎神呀！"

"刘米，冷静点儿。"李星雨出声，"鬼方本来就是九死一生的地方，怨不到别人头上。"

我怒气冲冲几乎要丧失理智，狠声说："好！不怨他，怨谁？怨死了上百年的李四太爷？怨对你们不管不顾的赊刀人家族？还是怨自作聪明不知死活的花小薇？"

"刘米……行了。"雷大锤的声音传来。

"行什么？"我转头，看到雷大锤正用手电光束指着一处角落。那个角落里端坐着一尊面容清秀的石像，手电的灯光下我看得分明，这石像正是花小薇。

一瞬间如坠冰窟。我泄了气瘫软在地，不知该作何反应。

片刻，老爷子的声音传来："那现在这么看，路修篹不正是解决所有问题的关键吗？你在这胡乱撒气干啥？"

我一愣，回过神来。对呀！路修篹是目前已知的唯一一个知道如何解决鬼方巫咒的人了。他的尸身上一定有什么线索！丁神途这家伙心灰意冷，但我不能。

我立刻来了精神，冲李星雨说："我一定会救你出来的。赊刀人铁口断生死，我说到做到。"

雷大锤立马补上："耶稣也拦不住！刘米说的。"

我忙重重点头："对，我说的！"

李星雨看着我一愣，忽然笑出声："好！我信你！"

我立即站起身来冲老爷子说："走，咱俩回去找！"

老爷子点了点头。我让雷大锤在这边守着李星雨、花小薇，让千代子等人也在原地休息，只我和老爷子两人返回大青石那边。刚走没两步，丁神途忽然说："我和你们一起。"

我有些诧异地看了他一眼，但最终还是点了点头。

回程很快，丁神途带路，我们三人匆匆折返，没一会儿就看到了大青石所在。令我没想到的是，当我们三人爬上大青石查看时，那尊蛇首雕像居然不见了。

12 大蛇令

"这是……怎么回事？"望着石雕头部那个拇指粗细的小孔，我一时摸不着头脑。

难道石雕上那条蛇本来就是活的？我们走后这条小蛇醒来自己爬走了？

老爷子说："很有可能，很多生物有沉眠的习性，普通的蝉都能在土里待二十三年之久。这条小蛇要真是上古夸父族所配饰的耳蛇，说不定真的醒来了。"

丁神途不接话，抬头望着我们掉下来的位置，若有所思。

"怎么了？"我好奇问他。丁神途沉默不答。我顺着他的目光看去，只见我们掉下来时砸出的那个缺口处，黑气弥漫更盛，似乎比之前逼近了一些。

丁神途眯着眼，眼里闪出奇异光彩，喃喃着："它不是怕被我揍才不下来的啊……"

老爷子也看到了这一幕，忽然露出恍然大悟的神色，继而开始用铁尺在青石上忙活起来。丁神途蹲在一旁也开始帮忙。看着两人忙活，一开始我还以为老爷子要将路修篁整个尸身凿出来，但看到他只围绕着头部凿，我突然醒悟。

令九眼鬼童不敢下来的东西，不是丁神途的拳头，而是我们脚下的这块大青石。更准确地说，是封在大青石内的耳蛇！所以当一条耳蛇离开，那巫咒的黑气感受到威胁变小，这才又开始跃跃欲试。也就是说，可以克制鬼方巫咒黑气的，正是这耳蛇。这大青石里藏着的不是线索，而是解药本身！

难怪石阵区域内黑气无法侵入，难怪路修篁死后依旧可以克制巫咒黑气，这才被啥也不懂就知道瞎整的西夏大厮乱封入了青石中当作阵眼。

"想明白了就帮忙，别干杵着。"老爷子的声音传来，我赶忙蹲下开始帮忙清理碎石。

　　所幸青石下落的过程中砸出不少裂缝，不然仅凭我们几人要清理出来只怕得几天工夫。老爷子的铁尺功夫极好，我们没费多少工夫就将石雕头颅的另一侧清理出来。

　　"小心点，别让这小蛇醒了，还是先封死在石头里。"老爷子说着，用铁尺将整个石雕头颅连带那一侧的青石都敲了下来，拎在手里沉甸甸的。

　　"走！"想到李星雨有救了，我不禁长舒一口气。我们三人沿着来路快速返回。没走几步，我就听到身后有种窸窸窣窣的声响，刚想回头查看情况，老爷子说："不用回头，应该是小鬼下来了。"

　　我顿时汗毛乍起，忍不住加快步伐。老爷子看我走得快，忙喊："你慌啥？他现在怕你！"

　　话是这么说，我还是有些慌。我们三人快速返回李星雨等人的休息处，我兴冲冲拎着人头给她看："看！有救了。"

　　李星雨一愣，没搞明白状况。老爷子接过我手中的石雕人头，将整个石雕放在地上，手上铁尺一通敲击。片刻，老爷子抬头说："敲开之后，这小蛇大概率就会醒来了。"

　　"等等，"我忽然想起一个问题，问老爷子，"这玩意儿该咋治病？内服还是外敷？"

　　"啊这？我研究研究？"老爷子一蒙，扭头看向丁神途。

　　丁神途挠挠头："要不撕成两半，一半内服，一半外敷？"

　　我一脸震惊："这话你也说得出来？"

　　李星雨叹了口气，冷静说："鬼方巫咒的黑气是自呼吸进入感染的，但石化确实是从外部皮肤开始的，只能死马当活马医了。"

　　丁神途左右看看，忽然问："怎么缺了几个人？"

　　我闻声一看，果然大助、石井等人都不在这儿，只有千代子还在。

　　雷大锤指着一侧黑暗处说："刚刚听吴老三说起，那边是当年李四太爷和日本军队进来的方向。千代子听了，就说想去那附近看看有没有他们那什么家族遗物的线索。"

糟糕！我一惊，赶忙对雷大锤和千代子说："巫咒的黑气又钻下来了，得赶紧喊他们回来，不然遇上了得团灭。"

话没说完，黑暗处响起瘆人的尖叫，正是雷大锤手指的方向。一旁的千代子面色惨白，慌忙站起身拿着手电就朝尖叫声处跑去。

这么快？我还没来得及惊讶，一旁的吴老三忽然呵呵笑着说："……好奇心真是害死人呀！"

我咬咬牙看着他问："你是故意的？"

吴老三耸耸肩："他们又帮不上什么忙，还干扰了我的计划，留在那儿不是更好？"

我刚想说什么，李星雨忽然出声："那几个日本人有什么事瞒着我们，要小心。"

我点点头，冲老爷子招呼一声："这儿拜托你了。"说完和雷大锤赶往尖叫声处。

我一手拿着手电一手握紧了刀，以防巫咒的黑气袭击。远处七八支手电的光束乱晃，我听到一阵喊声，众人显然慌乱不已，却不知道发生了什么。我和雷大锤急急赶着，刚走到跟前就听砰的一声，刺耳的巨大响声划破黑暗。

是枪声？我被震得脑袋嗡嗡响，半天反应不过来。

"还带着枪？"雷大锤暗骂一声，"刚才在上边怎么不使出来？"

千代子也被吓傻了，用日语厉声呼喊着什么。

我稳了稳神，这才看清楚石井手中拿着一把小巧的黑枪，枪口的烟雾刚刚散去，几米开外的地上躺着一个人，鲜血从那人的身下渗出。

"怎么回事？不是巫咒！"我一惊，"你们在做什么？"

雷大锤挠挠头，说："他们好像在喊怪物。"

怪物？话音刚落，只见地上躺倒的那个人影，又慢慢动了起来，它僵硬地扭曲着身子，支起身体变成了跪坐的姿势。众人吓得俱是后退几步。手电的光束下，我看到那人头颅朝上，嘴巴里忽然钻出了一条通体赤黄的小蛇。

我汗毛一乍！是耳蛇，石雕上消失的那条耳蛇！它怎么会出现在这儿？它是趁机攀附在那个中枪的人身上才离开石雕的吗？

那条赤黄小蛇自空中钻出，弓着身子站了起来，它不时地四处摆动头颅避开手电光束，莹绿色的竖瞳看得人毛骨悚然。望着这令人发麻的一幕，我忙喊着："撤撤撤！"说着就去拉离我最近的雷大锤和千代子。可这一拉之下两人居然纹丝不动。

"发什么呆？"我回头看去，雷大锤和千代子都僵在原地，顺着他俩的目光看去，只见大助、石井以及其他日本青年居然将那小蛇围起来，齐齐跪了下去，向那小蛇伸出一只手，看起来像是某种仪式一般。

怎么回事？难道中邪了？念头刚起，千代子忽然奋力挣脱了我的手，发疯一般朝跪着的几人冲了上去，冲着大助拳打脚踢。嘴里在哭喊着什么我听不懂的话，声音里充满了凄厉绝望。

"大锤，他们在做什么？"我完全摸不着头脑，又喊雷大锤。雷大锤这才回过神来，翻译说："千代子说他们居然是大蛇社的人。说是他们害死了父亲，囚禁了母亲，骂他们是疯子，说大家都会死。"

都会死？他们要干什么？我的心悬了起来，刚想上去阻拦，那个叫石井的青年忽然站起身来，将枪口对准了我，吓得我连忙缩了回去。

黑暗中丁神途的声音传来："这群小日本还真是从头到尾没安好心，你不是给那个小姑娘下了赊刀术吗？怕他们干啥？"

还有这设定？我一时语塞，发生了太多事，我自己都差点忘了耍过一回这种把戏，忙冲黑暗里解释说："你还没看明白呀！千代子也是被他们利用的！他们根本不怕！"

"石井！"大助怒喝一声，我看到他一手箍住了正在冲他发泄怒火的妹妹。石井闻声，将枪收了回去，显然是怕我中枪后真的会伤害到千代子。

大助站起来，冲我们说："刘桑，雷桑，我们无冤无仇，我不想伤害你们，更不想伤害我的妹妹。"

有了这话我心里多少踏实了一些。我看了眼那条赤黄耳蛇，看着大助问："你们要什么？"

大助说："大蛇令。"

"啥玩意儿？"我不禁挠头，"我哪来的这东西？"

大助说："你没有……但是你的朋友很熟悉这底下的情况。我希望他们帮我找到大蛇令，这也是我妹妹一心想寻找的家族遗物。同时，我希望你解除掉我妹妹身上的魔法，我不希望她受到伤害。"

千代子闻声更是怒骂不止，让我一时搞不清楚他们这些家族恩怨纠缠。

"作为交换。"大助让一个手下上来拦住千代子，指了指被他们围在中间的耳蛇，说，"我可以把这个让给你。"

"成交。"丁神途自黑暗中走出，冲我假模假样地比画了几个手势，转头就对大助说，"你妹妹身上的术解除了。"

这么随意的吗？我看着大助一脸不敢相信的表情，心想我自己都不太敢信。

"还有这个。"丁神途说着自兜里摸出来一个手掌大小的黑乎乎的东西，说，"大蛇令。"

千代子厉声疾呼："不要！不要给他们！他们是疯子！他们要毁了世界！"

丁神途置若罔闻，大助则一脸不可思议，似乎不敢相信自己要找的东西得来如此容易。

丁神途看着大助满脸痛惜："你说你们费那多劲干啥？有啥想要的东西直说不就行啦？我还会不给你们吗？这玩意儿我拿着根本没用啊！"

大助定了定神，终于点了点头说："好，一言为定。"

说着挥了挥手，拿着枪的石井将枪口对准丁神途，小心翼翼走上前来，接过了大蛇令，递给大助，大助拿着仔细查看。

丁神途摆摆手："真货，童叟无欺。"

大助冲自己的伙伴点了点头，众人刚起身，丁神途迅速上前，闪电般出手掐住了那条小蛇，将它从尸体口中拉出。

他一手逗弄着手中缠动的小蛇，一边笑眯眯看着大助他们："喂！鬼方遗墟里不要乱走啊，会死人的，要不和我们一起？"

大助摇摇头一笑说："就此告别。"说着同众人转身走入了黑暗中。

他们就这么走了？我有些好奇，喃喃自语，他们不怕黑暗中有什么危险吗？遇上了鬼童怎么办？还是说他们进来的时候早就准备好了退路？

雷大锤着急问："千代子怎么办？她这明显也是被利用了啊！"

"还能怎么办？"丁神途笑问，"人家有枪。"

眼下也顾不上外人了，我们三个折返往回走。老爷子看到我们返回，丁神途手上捏着另一条赤黄耳蛇，也感意外。

"这下都有救了！"老爷子高兴得很，说着又忙活起来。

我扭头看到李星雨已经站了起来，正在来回走动舒展身躯。她的胳膊和腿上掉落无数灰质，似乎已经脱落，我不禁欣喜异常。

"有效。"李星雨冲我点点头，说，"魍匣里的飞蚁只是能抑制巫咒扩散，但这个……这种蛇的血液和唾液似乎对巫咒有极强的克制和消化作用。"

我高兴得直点头："那就好那就好，丁神途又捞回了另一条小蛇，花小薇也有救了。皆大欢喜大团圆。"

雷大锤也放松了下来，笑说："这就叫渡尽劫波兄弟姐妹都在，相逢一笑泯恩仇哪！哎，出去了我想吃你家的香菇面！"

我哈哈直笑："吃！咱们一起去吃！"

我给李星雨简略说了刚刚发生的事情。讲完后，丁神途解释说：

"大蛇社的前身是日本黑龙会。这个组织在战时是以谋夺中国领土为目的存在的间谍机构。当然这是幌子，其本身是为了寻找神话纪元中的历史真相，以谋求掌控一些特殊的超自然力量。黑龙会1945年对外宣传解散后转入地下，改为大蛇社。我父亲生前推测北野家族的族长就是大蛇社元老级人物。从这点上来说，倒是和专偷神仙坟的老头有点像。"

"呸！"老爷子手上不停，嘴里不屑道，"这能一样吗？"

我侧头看去，只见老爷子正将铁尺卡在蛇牙处，挤出那小蛇的血液和唾液滴入下方水壶。

丁神途语气软了下来："哈哈对，不一样不一样，小薇还指望您的铁尺手艺呢。"

我心想，丁神途还有低眉顺眼的一天。

"知道就好！"老爷子哼哼着，"放心吧，就我这铁尺，先把你这一百来年的老病给弄好，再救这已经石化了的小姑娘。喏，是爷们就一口干了。"说着，将水壶递给了丁神途。

静坐在不远处闭目养神的吴老三忽然睁眼，说："不够。"

老爷子手上动作一顿，我们也跟着一愣。我看到丁神途将刚刚递到嘴边的水壶又放了下来，我隐隐感到事情不妙。

老爷子扭头说："瞎说个什么劲？"

吴老三说："刚刚治疗李星雨的时候我就算过了，现在这小蛇，只够救一人。"

老爷子忽然怒了，铁尺指着吴老三："你瞎说个什么劲！有你什么事儿！"

我刚想问什么情况，就听丁神途摇摇头：说："老头……"

"闭嘴！"老爷子突然怒吼道，"我答应过王婆子的！你给我喝了！"

丁神途忽然一笑："这可由不得你。"

老爷子刚要动作，我和雷大锤忙上前劝住。那边丁神途已经走上前去，将水壶内的液体一股脑倾倒在了已彻底石化的花小薇身上。

丁神途一边倒，一边轻轻唤道："小薇。"

液体渗入石像裂缝，碎石龟裂掉落，露出了花小薇的真容。

"小薇……"丁神途又喊。

花小薇睁开了双眼。

13　最后一搏

老爷子气急败坏却又无可奈何，只蹲在一旁不住唉声叹气。

我、雷大锤，刚刚复原的李星雨、花小薇，以及丁神途、处刑人吴老三，我们围坐在一起沉默不语。场面似乎有些尴尬，大家一时不知道该说什么。折腾一圈，所有事情仿佛回到了原点：丁神途依旧诅咒缠身，我们无法可想。

丁神途率先打破了沉默："好啦好啦，事情完美解决，咱们趁那个小鬼没追来，趁早离开啦。"

花小薇哑着嗓子："可你……"

丁神途摸了摸她的头，说："我这不是好好的吗？你睡觉的工夫我还帮你报仇了，把那个小鬼暴揍了一顿呢！"

有什么细小的声音忽然传来，丁神途、吴老三、李星雨忽然站了起来，李星雨望着我们刚刚的来路说："这不就来寻仇了吗？"

我扭头看去，黑暗中似乎有什么东西看不真切。雷大锤拿手电一扫，一个阴森的无头人影正立在黑影中。

"路修篁的尸体复活了？"雷大锤嗷地一声，"这是来寻他的头吗？刘米！你拿人家的头干啥？"

我感觉那个无头人影在死死盯着我，一股恶寒直冲头顶。我咽了口唾沫，勉强说："是老爷子动的手。"

"呸！"老爷子怒道，"你个碎娃咋还不讲道义了！"

吴老三的声音传来："别自己吓自己，路修篁早死透了，诈不了尸。这是巫咒的黑气钻了进去，控制着这石雕呢。"

原来如此，我刚松口气，转念想起那股被人盯着的恶寒问："那这不还是来找我寻仇的吗？我刚才砍了它一刀。"

那个无头人影随着黑暗的渗入慢慢逼近，像是拉着一张巨大的黑色幕布而来。我不禁紧张起来。

轰隆隆……突然一股来自地底更深处的闷响如雷声一样连绵传来，巫咒的黑气如感知到了什么恐怖事物一般，迅速向后退去，顷刻间消散在了黑暗中。与此同时，不远处的天坑中猛然喷出巨大的气流柱，伴随着腥臭的巨风吹向四处，将我们几人尽数掀翻在地。

"什么鬼？"雷大锤趴在地上一时摸不清情况，慌乱喊叫着，"发生了什么？"

呼啸声中我隐隐听到有枪声回响，忍不住猜测这阵风会不会和大蛇社那群人有关。

"是耳蛇，怎么会这么快？"吴老三扯着嗓子，"是有人在呼唤耳蛇！"

难道是大助他们？我一愣，猛然想起千代子消失时喊着的话语，看向丁神途："会不会是大蛇令？说不定他们花这么大工夫找这玩意儿就是想用它唤醒上古耳蛇？"

吴老三闻声怒气勃发，扭头质问丁神途："我们有约定的！你怎么能给那几个日本人？！"

"玩这么大？"丁神途一脸惊讶，罕见地犹疑起来，"这么搞他们自己也活不了啊！喂你别乱指责啊老东西，你刚刚也违反了咱们的约定啦！"

吴老三怒气冲冲反击："你知不知道你做了什么？你要把我们都害死了！"

我忙替丁神途解释："他是为了取回另一条耳蛇来救人。"

吴老三转头将怒气冲我泼洒过来："那你知不知道，为了救个小妮子，他给出去的那块令牌会害死成千上万人！"

我一时愣住，直觉感到事情要糟，忙说："那要不咱们赶紧走？你们进来的入口在哪，咱们尽快朝那边赶去，管不了那些日本间谍的死活了，咱逃吧！"

雷大锤连连点头，我俩趁天坑涌上的巨风停歇空当，开始收拾东西准备跑路。没想到刚准备离开，却被吴老三拦下。

"不，这是个机会。"

吴老三突然伸手拦住了我和雷大锤，看神色他已经冷静了下来。吴老三看向丁神途沉声说："我们还有挽回错误的机会。天坑下的耳蛇还未完全苏醒，我们还有机会。"

不待丁神途说话，吴老三扭头看向花小薇说："上古耳蛇踪迹难寻，天坑底下这条正在苏醒的耳蛇，可能是解除丁神途身上咒术的唯一机会了。"

花小薇"啊"的一声醒悟过来，忙看向丁神途。老爷子也看了过来。

吴老三缓缓说："要解巫咒，只能以耳蛇的血液混合唾液来解。路修篁身上的那两条小蛇已经用来救这两个女娃，世上只怕再无其他耳蛇。现在唯一的机会，就在这天坑之下。"

我问："天坑底下如果真是上古鬼方一族豢养、后来被封印的耳蛇，那得活了多少年？就凭我们几个能搞定？"

吴老三又看向我和老爷子："大蛇觉醒，真从天坑爬出来的话，先遭殃的就是南阳府镇。这鬼方的山脊一毁，南阳府镇失去支撑，只怕会全部塌陷砸入天坑，到时候会死多少人？"

我身子一僵，说不出话来。

腥风又起，地面震颤，巨大的气流柱冲起无数烟尘，似乎比上一次喷发的气柱更加庞大强劲了些。

吴老三目露精光，从我们身上扫过，一字一顿说："各位，我们还有最后一搏的机会，趁天坑底下的上古耳蛇还没苏醒，咱们去灭了它。这样丁神途可以得救，南阳府镇也能安全。所以，我处刑人吴老三，邀请各位一起，当一回诛仙镇龙的二郎神君，一起去镇压我们脚下的孽龙！"

回忆此前种种，我忽然想明白了，很可能这才是处刑人吴老三从始至终的谋划。说不定他本就是要借赊刀人三把真正的质押刀，去镇压这鬼方遗墟内的上古耳蛇。

问题是即便我有这种猜测，但眼下这种情况，我们一群人根本没有拒绝的余地。

花小薇不待丁神途说什么，赶忙说："我去！"老爷子皱着眉头也跟着点了点头。

我看着李星雨。李星雨深深看了我一眼，这才问吴老三："凭我们几个，怎么拦得住？"

吴老三解释说："之前调查的时候我一直好奇，为什么这里的地质层明明是岩石，却填满了黄土。联想刚刚你们说的这上层的西夏古城被李元昊以黄土填埋。我猜这黄土应该对上古耳蛇有一定克制属性。所以我想重新以黄土埋了它。计划很简单，我们兵分两路，一路去寻那几个大蛇社的小东西，毁掉或者带回大蛇令，阻止他们继续呼唤大蛇；一路随我下到深处，在坑壁填埋炸药，将这里一股脑炸了，让上层的西夏古城失去支撑整个砸下来，将鬼方遗墟彻底埋起来。"

"等等！"吴老三的计划还没讲完，我就被吓得差点跳起来，忙问，"你这会导致整个南阳府镇塌陷的！"

"不会。"吴老三边走边说，"我虽然爱耍点小手段，但也不会草菅人命。地面只会有轻微震颤而已。这地下的山脊不毁，上头的镇子就安全。"

我不满："你这也太没说服力了吧？"

花小薇问："那怎么帮神途哥哥取巫咒解药？"

吴老三说："你们埋炸药的时候，我会亲自下去帮你们取耳蛇血液及唾液。一旦成功，上来后便引爆炸药，将大蛇深埋地下。"

老爷子不确定地问："你一个人？"

吴老三点点头："我比你们更了解上古耳蛇，我独自去取，成功概率最大。"

我心想这多少有些随意。但话是这么说，细想之下好像也没有其他可行办法。这么多人里，也只有神出鬼没的处刑人吴老三才有自信说这话。我看李星雨等人都没提出异议，似乎默认了这个计划的可行性。

见大伙儿依次点头，吴老三似乎很满意眼前的局面，他对依旧沉默的丁神途说："你是要继续躲着，还是一起下去？"

最终，我们一行人还是被吴老三绑上了贼船。

简单商议后，我、雷大锤和老爷子去寻大助一行人，阻止他们唤醒耳蛇。李星雨、丁神途和花小薇三个专业人士随着吴老三一起入天坑。

天坑口，吴老三收拾出几根长到离谱的尼龙绳索，将一头固定在绳索回卷的机器上，另一头朝坑内甩了下去。

"质押刀独特的驱邪破障异能可以让天坑底下那个玩意儿注意不到我们的威胁。所以我需要几位赊刀人合作去装炸药。"吴老三说着，替李星雨等三人绑好了绳索，拉好了牵引线，"下到绳端尽头，把炸药尖锐的一角向内，找个岩壁缝隙插入就行。"

我看涌出的气流柱越来越强，地面的震颤也越来越频繁，不禁担心道："你们下去后要小心。"

三人冲我点了点头，李星雨说："你们也是。"说着便站在天坑边缘，手一松向下滑去。

老爷子招呼一声："走！"我们三人扭头朝另一侧奔去。

"他们想要呼唤大蛇，必定在一处天坑边缘，这里的天坑每一处都有数百米宽，所幸老头是偷坟的，夜眼功夫应该不错，你们只管关闭所有手电和光源，注意朝着黑暗中的光亮去寻。"

依照分别前吴老三的分析，老爷子拿着铁尺在前边探路，但我们还没找完一个天坑边缘，熟悉的枪声再次自远方传来。老爷子顿时止步息声，凝神听了片刻，忽然面色一顿："糟糕，是在咱们来的地方。"

被偷家了？我心里一紧，老爷子扭头朝着枪声处奔去，我和雷大锤赶忙跟上。还没跑到跟前，我们远远就看到刚刚放下绳索的地方，有几个人影在光束下来回闪动。随即又传出震耳的枪声。

"怎么回事？他们在开枪打什么呢？"雷大锤一边跑一边问我，"他们这会儿不是该忙着搞什么召唤仪式吗？"

"是鬼方巫咒的那些黑气。"老爷子说，"鬼童子在追杀他们。难怪他们会跑到咱们这边来，这是想祸水东引啊！"

我们走近几步，看到一个巨大黑影正裹挟着无头石雕四处漂移舞动。地上倒下的几个身影已经出现了石化迹象。石井和另外两人举着枪，一枪枪瞄准那个黑影打去，鬼方巫咒的黑气似乎对枪也颇为忌惮，一时之间居然攻不下这帮日本间谍。而大助则在几人的拱卫下捏着大蛇令面向天坑跪拜，嘴里快速念叨着什么。

"人都要死绝了还忙着搞仪式！"我暗骂一声，"老爷子，你和大锤去护着机器。我去抢那狗东西！"说着抽刀就要冲上去，可我还没冲到跟前，一股巨大的气流再次自天坑底喷涌而出，激射出无数烟土尘雾，一瞬间弥漫全场。

咚的一声巨响，我闻声看去，无头石雕骤然落下碎成了几块。

黑气中的九眼鬼童似乎是被这些烟尘所伤，鬼方巫咒的黑气仿佛见到了天敌般急急向后退去。我恍惚明悟：难怪这小鬼舍了我们不追，要去追杀大助他们，原来它也怕这天坑底下的耳蛇复活呀！

黑气退去，石井等人得了空隙，见到我冲上前来，忙掉转枪口朝我射击，他的另外两个小弟也冲着雷大锤那边连连开枪。枪声吓得我赶忙后退缩到了一旁的碎石块后。

"刘桑，雷桑，你们乖乖待在那里。"石井僵硬的声音传来，"不会有事的，只要你们不动歪心思。"

至少三把枪对着我们，我一时无计可施。大助的祈祷声传来，我感觉地底下的颤动似乎越来越明显，越来越频繁。来不及了吗？

我心焦不已。正无计可施时，不远处躲在机器后的雷大锤忽然出声问："石井！你们把千代子怎么样了？"

我一愣，心想雷大锤呀雷大锤，都要死了你还惦记着前女友？转念又一想不对呀，雷大锤要问石井的话应该直接日语问啊？故意说汉语明显是说给我听的啊！难道是老爷子那边有什么计划？

石井摇摇头，说："很可惜，她为了大业已经……"

话还没说完，千代子的声音突然在黑暗中响起："欧尼桑……"

"你不是被……"这一声直接把石井喊愣了。我看到他举枪的手明显一顿。正在他身后进行召唤的大助听到千代子的声音，更是身躯猛烈一震，忙回身喊："千代子！（日语）"

说时迟那时快，机器后突然一道寒光迸射而出，越过石井等人，直直插入了大助的手掌中。巨大的势能直接将大助手中的大蛇令打飞了出去！

"啊！"大助怒喝一声，顾不上鲜血如注的手，赶忙回身去捞大蛇令，但铁尺去势太快，受伤的大助终究晚了一步，他只能眼睁睁看着被铁尺打飞的大蛇令向无底天坑落下。

"老爷子牛！"我忍不住高喊出声。话音未落，我看到石井和另外两人怒火中烧，嘴里喊着"八嘎（笨蛋）"，一边朝着老爷子和雷大锤连连开枪，老爷子刚刚掷出铁尺来不及闪避，终是被一枪撂倒在地。

"老爷子！"我声嘶力竭喊道，脑门热血上涌，不管不顾地冲了出去。

这一切都发生得太快了，我还没来得及赞叹老爷子还有模拟女声的特技时，他手中的铁尺就飞了出去。我还没反应过来去阻拦石井开枪时，老爷子已经重重摔倒在地。

"石井！"我彻底失去了理智，怒吼一声，举刀扑了上去！

14 大蛇降临了

石井被我吓得后退一步，忙抬手就要朝我开枪，我伸手向后一摸，将藏在身后的断刀后半截朝他狠狠砸了过去。

砰的一声枪响，枪失去了准头在我的脚下炸起火花。小腿处传来的灼热刺痛感让我脚下一软，我就地向前滚倒，朝着石井的脚下狠狠一刀砍了下去！

"啊！"石井撕心裂肺的喊叫充斥着我的耳膜，我手上的刀砍入了石井的小腿，温热的鲜血溅了一手。我趁着他痛苦弯腰的空当，身体向上一顶将他整个人掀翻在地。我们俩翻滚扭打在一起，石井的同伴根本没法开枪。

"刘米！"我听到雷大锤的喊声传来。但我顾不了他，我热血直冲脑门，只顾没命地狠捶石井，根本顾不上脸上身上火辣辣的痛感到底来自哪。

"八嘎八嘎！"我听到一旁的几人正在大声呼喊，两个人上来把我拉开，我的胳膊传来一阵剧痛，回过神来才意识到自己被石井的同伴压制住了。我看向一旁，雷大锤也被一把枪顶在了脑门上。

"石井！我日你先人！"我瞪着眼睛怒骂着。石井气喘吁吁，忙去捡刚刚掉落在地上的枪。

轰隆……一阵更强烈的地面震颤感传来，巨大的气流再次喷薄而出，众人被吹得七倒八歪。我挣脱束缚，忙挣扎着猫起身子，往雷大锤所在的方向爬去。

爬了几步，"丁零"一声脆响，一个黑漆漆的东西掉在了我面前。我定睛一看不禁怔住，掉下来的怎么是大蛇令？这怎么还飞上来了？难道是被喷出的气流又冲回来了？

我赶忙捡起大蛇令向雷大锤和老爷子跑去。石井等人追上来，我高举起手中的令牌喊着："你们不是要这玩意儿吗？快看！"说着便将大蛇令再次狠狠朝着天坑的方向丢去！

"八嘎！"黑暗中看不太清，几人忙顺着我扔出东西的方向去追大蛇令。我趁机和雷大锤会合，来到老爷子身旁。

"老爷子……你……"我哽咽着想说什么，但却说不出来。

雷大锤抹着眼泪问："老爷子，您还有什么遗愿吗？我……您可以告诉我。"

老爷子看着我俩，只缓缓摇了摇头，旋即不动弹了。

我鼻子一酸，眼泪又涌了出来。

"啊！"黑暗中传来惨叫声，将我从悲愤的情绪中拉了出来。

"是石井！"我抹了把眼泪，站起身来说，"咱们去给老爷子报仇！"

雷大锤狠狠点了点头，我俩朝着石井惨叫的方向奔去，没想到我俩跑过去，只看到天坑边缘满地的残肢和死尸，石井躺在地上奄奄一息，一旁的大助则是双臂双腿血肉糜烂，生死不知，浑身似被什么巨大的力量扭断了一般。

刚刚发生了什么？我不禁头皮发麻，勉强提着一口气走过去，石井还有一口气，嘴里不断咳着血，似乎想说什么。

雷大锤看了一眼四周，狠声说："呸，杀人犯，报应！"

我向大助走去，看到他双眼紧闭昏死了过去。雷大锤掐他人中尝试着弄醒他。片刻后大助悠悠醒来，却双目无光眼神涣散，嘴里只喃喃着"千代子，千代子"。

千代子果然还是遭遇了不测？联想起刚刚闭目的老爷子，我的心里绞痛不已。

"这……管不管？"雷大锤想了想问我，"见死不救好像不是咱正派人士的作风？"

我叹口气想了想，还是决定救他。我俩将大助拖回回卷绳索的机器旁，然后将老爷子的尸身也放了一旁。前后忙活一番后我和雷大锤这才瘫坐下来。

自千佛洞进入地下以来，我完全不知道时间过去了多久，这中间除了饮水外也没吃什么东西，突然坐下后我感觉又饿又累。

我开始胡思乱想，也不知道李星雨他们下到这天坑底下，现在怎么样了。吴老三不知道有没有成功取到解药为丁神途解咒。这天坑下的蛇长了上千年，得长到多大？王婆子守了一辈子的庙看来是因为丁神途？也没来得及问问老爷子详情。咱南阳府镇供奉二郎神镇黑龙，是不是其实也和这有什么联系？

就这么胡思乱想的一分神间，我突然听到身后传来千代子的声音："给你们添麻烦了。"

我闻声一惊，千代子已死，老爷子就在我俩身旁，背后的声音是谁？

我和雷大锤忙起身朝声音处看去，黑暗中隐隐可以看到一个女性身影的轮廓，却看不清样貌。雷大锤惊喜不已："千代酱！你没事真是太好了！我还以为你出事了……太好啦！"

说着就要上前，我想起刚刚大助的反应，隐隐觉得古怪，忙不动声色地拉住了雷大锤。

千代子仍站在黑暗里，我假装无意将手电光打过去，光束照亮了那片区域，但依旧看不清千代子的身形。手电的光似乎被吞没了一般，她看着仍是一团黑乎乎的影子。

我感到毛骨悚然，只听到她的声音再次重复："对不起，都是因为我。"

见此情景，雷大锤似乎也隐隐猜到了，他哑着嗓子，连忙摆手："不怪你不怪你，你也是被人利用了，我们俩刚刚还想去救你来着……"说着忍不住哽咽起来。

想起刚刚石井一行人的惨状，我忍不住打了个寒战，问："你到底……"

"我不知道……我……我出不去了……出不去了……"那个发出千代子声音的黑影似乎很沮丧，"我……我不知道……不知道……我感觉到……感觉到……"

只是一瞬，那个黑影突然消散不见了，我连忙将手电光扫过去，那里只剩下一堆尘土石砾，不见人影，地上歪歪扭扭黏着一些黑色液体。我感到一股恶寒上涌，不禁脊背发麻。

　　"这到底是……千代子是……"雷大锤不禁愣住，"不会是咱俩中了什么幻觉吧？"

　　我摇摇头，心里不禁叹息。千代子只怕是被大蛇社的人当作祭品以某种形式献祭了。至于为什么会变成眼前这种似有似无的黑影，只怕没人知道具体发生过什么。

　　千代子的声音自另一处黑暗里传来，听起来极远但又极近："它要来了……要来了……"

　　"什么要来了？"雷大锤下意识回问，"千代子！我们应该怎么找你呀？"

　　我忽然听到千代子的声音自心底响起："它正在苏醒……降临……古神要降临了……"

　　一阵古怪的冲击波骤然袭来，我听到无数刺耳的刮擦声在整个空间内响起，那些声音如针一般狠狠地刺进了我的大脑中。

　　"啊啊！"我痛得眼泪直流，躺倒在地疯狂打滚。

　　"怎么了怎么了？发生什么了？"恍惚间我听到雷大锤不知所措地在一旁焦急乱喊，"什么声音？我没听到啊？刘米！你怎么啦？你听到了什么？"

　　我痛得几乎失去意识，地面再次剧烈震动起来。我俩身旁的机器开始回卷，绳索快速收缩。与此同时，我听到丁神途不满的声音自天坑下传来："刚刚是谁这么没公德心呀！乱丢东西！砸到人怎么办？"

　　我听到雷大锤高喊着："丁哥！快上来救人！还有千代子……千代子变成……"

　　几个慌乱的脚步声赶来，恍惚间我看到丁神途、李星雨、花小薇三人急忙忙朝我跑来。我眼前一黑，彻底晕了过去。

黑暗中我隐约听到有人在说话，他们好像在争论，说什么"来不及了""他失败了""约定""声音"之类的话。旋即一阵巨大的轰鸣声传来，我瞬间被惊醒，慌忙看向四周，只见到处都是无数烟尘翻滚砂石飞舞。我这才发现我们早已不在天坑边缘，而是远远躲在一处山脊上。

我震惊不已，忙问："天坑……天坑塌啦？"

"你醒啦？"李星雨解释说，"不是塌了，是我们埋的炸药引爆了。"

我心中一喜，忙坐了起来："成功啦？"没想到李星雨却摇了摇头说："我们晚了一步。"

一旁的花小薇和雷大锤都沉默着，满脸写着沮丧。李星雨解释说："吴老三根本没上来，炸药就炸了。"

"所以没取到解咒用的药？"我大惊，"吴老三那么厉害，怎么会出这种岔子？"

李星雨摇摇头："不知道，很可能他其实知道自己根本没法取出耳蛇的唾液和血液，只是为了让我们配合他行动才这么说的。"

花小薇泫然欲泣，说："我们刚上来没多久，底下的炸药就被引爆了。"

"别瞎折腾了。"丁神途的声音传来。我转头看去，这才发觉丁神途就坐在我身旁不远处，正在擦拭老爷子丢掉的铁尺。我心想，难怪和石井他们争斗的时候大蛇令会从天坑下飞回来。原来掉下去的铁尺和大蛇令是被丁神途接住了。

"到此为止吧。"丁神途一边擦拭铁尺一边说，"就这样，到此为止吧。"

"为什么？"花小薇终于还是哭了出来，"为什么？我宁可自己不被救，也不想……也不想……"

众人沉默不语。我望着丁神途略显落寞又满脸不在意的样子，忽然想起之前李家爷爷说的话，忍不住出声："丁神途，李爷爷之前带话说，人和书都是你父亲带回去的。"

丁神途一怔，我挠着头试图解释："也不知道我想得对不对啊，当时我很纳闷，他给我带这话干吗？现在我想，这话可能是他想让我给你转述的。我想李爷爷的意思，可能他还是念着你家的好，还是想把你当作自家人吧。"

丁神途沉默片刻，扭头冲我笑笑说："走，我们出去吧！这里不安全，可能还会塌陷。"说着当先站起身来，向更高处走去。

李星雨面露讶异地看我。我叹口气，心想也只能这样了，说："那先离开这，一起去我家吧，吃点东西休整一下！"

话说完，雷大锤默默扛起老爷子的尸身，一手拎着铁尺跟了上去，我拖起还有一口气在的大助。李星雨则牵着花小薇的手，一行人跟着丁神途向出口走去。

"刘米……"路上，雷大锤面色阴沉，忽然问我，"咱们就这么走了？"

"不然呢？千代子她……"我一边拖着人，累得气喘吁吁，一边安慰雷大锤，"那种状态的存在咱们搞不定，还有丁神途要找耳蛇解咒的事儿也是。咱得去找外援。等出去了，我去联系联系马龙和我哥，他们知道得多，看看会不会有啥线索。"

"哦……"雷大锤面色依旧犹疑，"我是说……"

李星雨打断了雷大锤的话："没什么好说的了。"

雷大锤"嗯"了一声。我心里好奇，雷大锤这是怎么惹到李星雨了？

走在最前方的丁神途忽然说："哦！忘了告诉你，西夏末年蒙古铁骑入侵时，当时有一部分西夏居民逃出了境外。他们跋涉千里，最终在四川甘孜藏族自治州一个叫木雅的地方定居了。联想到此前石碑上提到西夏灭国后祖刀自此没了下落，那大厮乱找遍宫廷内外也没寻到。我估计真正的祖刀很可能是被逃离的人带去了木雅。"

"木雅？听都没听过啊。唉，算了算了！这一圈都差点儿折腾死人，都和日本间谍杠上了，还差点挨枪子。"我喘着粗气说，"你看看！我现在只想回家过几天'社畜'该有的安稳日子，再说我要那玩意儿也没啥用。你不如去给李爷爷说一下，让赊刀人去寻找他们祖上的宝贝吧。"

丁神途说："哈哈，反正就这么一说，也没让你去找嘛。"

我们摸着黑翻过一处山脊，费了一阵工夫，终于走到一处大岩壁前。岩壁的一侧有条一人宽的大裂缝，看来这里就是出口了。

"我先出去了！你们聊！"雷大锤说着，慌慌张张向前边的裂缝中钻去。

"你急什么？小心老爷子的尸身。"我暗骂一句，也朝着那条大裂缝挤去。

"刘米。"

"嗯？"我应了一声，转身看去，丁神途、李星雨、花小薇三人仍站在原地。

我好奇："愣着干吗？走啊？"

但三人仍一动不动，一股不祥的预感在我心底突然升起。李星雨面露难色，沉默片刻终于出声："对不起。"

我气息一滞，胸口不受控制地胀痛起来。我强压着颤抖的声调，问："到底怎么了？"

丁神途笑笑，说："炸药爆炸晚了一步，大蛇降临了。"

15　归墟

"晚了？"

想起昏迷前千代子的声音不断说什么"降临"的话，我的心再次悬了起来。

"不是说……不是说……"我试图组织自己的语言，"都炸了吗？黄土不都灌进去了吗？怎么会？所以是失败了？耳蛇醒来啦？

糟糕糟糕！那咱们得赶紧出去！先去通知镇子里的人转移，然后报警！只能报警了，最好能找军队来！"

"刘米，冷静些。"李星雨的声音传来，"我们必须下去……"

"凭什么！"我大吼，哐的一声将拖着的大助狠狠摔在了地上，骂道，"都是这群鬼子惹出来的事，凭什么要你们去？你们几个去了能干什么？吴老三都失败了，就凭你们仨打得过天坑底的怪物？"

花小薇抹着眼泪，笑着说："对不起，以前做了那些伤害你的事。这次……就当是我的赎罪吧！"

"我不需要！"我怒气上涌大声争辩着，"要去是吧？好！我也一起去！我也是赊刀人，这上边是我家，是我长大的地方，真要去打什么怪物，那要去的人该是我！"

丁神途忽然叹了口气，猛然向我冲来，我下意识后退一步，但脚下不知怎么被他一踢，一晃神的工夫就摔倒在地。

丁神途把玩着手里的断刀说："现在不是讨论谁该去的问题，说直白点，你去了帮不上我们的忙。这把刀本来是送给你的，现在我收回了。"

"我帮不上忙？"我一愣，怒道，"要不是我来，你们都已经死透了！"

丁神途好整以暇："要不是我，你们都被困死在石阵里了，现在说不定都是姿势各异的石塑呢！"

"你他妈！"我怒气冲冲，爬起来向丁神途扑去，却被丁神途一脚踹出两米远。

我趴在地上半天缓不过气来。背后传来丁神途冷漠的声音："阵法你不懂，驱邪避障你不懂，解咒破局你不懂，赊刀术你也不懂，你去了能做什么？讲白了，我们三个要下去布一个阵，将耳蛇再次封印在黄土之下，你懂怎么操作吗？你明白阵的运作布置吗？你去干什么？出去吧，从这里走出去用不了半小时，你就能安全。"

"对不起，把你卷进这么危险的世界，但你真的需要离开了。"

花小薇的声音传来。

我勉强爬起来，跪在地上喘着粗气。

"刘米。"李星雨轻轻唤我，我扭头朝她看去。李星雨缓步走上前来，轻轻拥了一下我，说："放心，我们一定会再见的。在外边等我们。"

我一下愣住了。

李星雨笑了："赊刀人铁口断生死，测吉凶，卜命运。我说到做到。"

丁神途赶忙补充道："耶稣也拦不住，我说的！"

我怔怔地看着他们三人，说不出话来。

远方传来轰隆隆的闷响声，似在召唤他们一般。我忽然发觉自己不过是幸运捡到把刀，无意间闯入了这个奇异世界的游客。旅游结束，我终归还要回去那个更熟悉的、日常的、有科学道理可讲的世界。

我和他们终究不一样，即便我曾一只脚踏入了这个奇异世界，但眼下，似乎是时候将这只脚缩回去了。

"好！"我沉默着点了点头，一边转身朝大助走去一边说，"我出去，我不会耽搁你们拯救世界。但我会在外边等你们，不管你们是什么乱七八糟的神秘家族、神秘职业，你们都是我的朋友。即便花小薇你不讲理坑过我，即便丁神途你也坑过我，即便李星雨你是我老板。我认了，我都认了。"

我扛起大助朝大裂缝中走去，边走边说："不就封印一条大蛇吗？你们三个专业人士会搞不定吗？我在外边等你们出来！"

我感到他们在我身后望着我，但我没有回头，我一头钻进了裂缝中，朝着外边走去。还没走几步，身后传来轰的一声，几块碎石落下，将我身后的路堵了个半死。

"狗东西，还堵路。"我看了眼身后的路，哽咽着往外走去。

这一路走了大概四十分钟，初时路还是起起伏伏，越往后越陡峭，开始向上延伸，我连爬带钻地终于看到了上方出口处的光亮。

"刘米！"雷大锤在上头喊着，"快上来！"说着将我拉了上去。我四下看看，四处杂草漫野、荒无人烟，看来这出口是在个深山老林里。

我放下大助，瘫软在地上不住喘着粗气。

雷大锤小心翼翼地说："他们都告诉你了吧？对不起啊兄弟，我不是有意瞒你的，但你知道……李星雨那人……我也劝不住他们啊！他们非说要再下去封印……"

我点点头，继而摆了摆手示意他不用多说。但看着雷大锤欲言又止的样子，我只能说："没事儿，我知道，神仙打架，咱们掺和不着了。"

"不是说这个，你看！"雷大锤摆摆手，忙拿起身旁的几块石头给我，"这是我上来时候发现的。"

我拿起一看，一块石头上歪歪扭扭刻着十几个大字："李一山封死退路害死我等，逃出者必诛此贼。"

这是？我扭头看向雷大锤。

雷大锤说："逃出来的那条道里，很多石头上都刻着这句话。你看看，这都是。你昏迷时，丁神途说咱们逃出的这条道就是当年李四太爷进去的路……你说这个李一山……会不会就是李四太爷？"

我又累又乏懒得接话，雷大锤自顾自说："李星雨以前给咱们说，李家当时不是还派出一队人去寻李四太爷吗……会不会是……这些人和日本人一样都被李四太爷坑死了，所以才会在死前刻下这些字？你说这李四太爷是不是有啥心理疾病呀？就爱坑人？"

"随便吧，"我摆摆手说，"我懒得为百年前的故事操心了。"

话是这么说，我心里却莫名浮现起李家老宅藏着的那个墙壁上的石化人，是他从这里逃出后在秦岭里杀了李四太爷吗？李四太爷为什么要坑自己人？是因为那些人当时中了鬼方巫咒？还是李四太爷为了隐藏这底下的秘密故意的？

我摇了摇头，把脑袋里的胡思乱想甩飞出去，说："咱们先把老爷子送回去安葬吧，然后把大助送去医院。然后去我家，吃碗面，休息、养伤，等他们出来。"

雷大锤点了点头，我俩拖着疲倦的身子下山。黄土高原上没什么险峻高山，都是几百米高的小丘相连，加上我自幼就在附近山上疯跑着玩，辨别起方向很快，没多久我们就走到了马路上，隔远一看我才发觉我们出来的位置是在佛骨灵崖山后的一处深壑里。

我们在马路上遇到个老乡，请他直接用三轮车把我们拉到了镇医院。消失了两天一夜，自医院回家后我妈冲我又捶又骂，我只好解释说喝醉打架受伤，被送进局子里住了两天。

老爷子被我们埋在了王婆子坟的不远处。到下葬时我也不知道老爷子的名字，老乡们都说他是个老鳏夫，一个人住着个破窑洞养羊，没人知道他来南阳府镇多久了，也没人知道他是否还有亲人在世。雷大锤只能掏钱雇了一大班丧仪队伍给老爷子送葬。

两天后的深夜，剧烈的地震让整个镇子乱作一团。整座佛骨灵崖山彻底塌陷成了一个大坑。当我冲到事发地时，整个大坑已经被镇派出所组织人力围了起来，外人无法进入，我想尽办法也挤不到跟前去。

"刘米……"雷大锤焦急地问，"他们还在地下……怎么办？"

我怔怔不语，满脑子都是离开地下那天，李星雨对我说的："我们一定会再见的。"

我不知道自己是怎么回家的，接下来几天我强迫症一般不断刷着网页和视频，查看网络上每一条关于这次塌陷的消息。

"过度开采导致山体掏空，轻微地震引发大规模塌陷。"

"南阳府镇大山变大坑，水土流失增加滑坡塌陷危机。"

"山体内发现大量岩层碎石，推测山内曾有丰富料石。"

"因事发于深夜，初步判断现场未发生人员伤亡。"

"整座山体下沉超过两百米，专家预测进一步勘探事故缘由难度较高。"

每一条新闻都在加剧着我的担忧。大蛇没有踪影，李星雨、丁神途、花小薇他们三人也没出来。地底下的一切都被整座山彻底填瓷实了。我不时想着，他们会不会还活着？只是因为山体塌陷被困在了地下？

两天，五天，十天。毫无消息，我几乎绝望。

"呦？一段时间不见怎么成这样了？"我正发呆的时候，一个熟悉的嗓音响起。

我抬头一看，居然是我哥的老板马龙，旁边站着我哥刘八斗，正皱眉望着我。

我像抓住了救命稻草一般忙问："马老板！他们被埋在地下了！还有耳蛇……"

马龙打断了我："别急，事情你这位朋友给我说了。"

一旁的雷大锤忙点了点头。

我生出希望，着急问："那你能救他们吗？"

马龙摇了摇头，说："我让有关部门的朋友去查了一下，专业探测结果是这底下没发现人的踪迹。"

我眼睛一红，喃喃说："你是说他们……"

我哥在一旁急忙摆摆手，说："你别急嘛！你看！"说着在桌上摊开了一张古老的地图，上边标注着很多我不认识的文字。

这是？我露出狐疑神色。

马龙问我："你们去的地方，或者说这镇子底下，你亲眼见到的巨大空间，鬼方遗墟。你就没想过，为什么一般的遗迹都称为遗迹、古迹，偏偏鬼方会被记载为鬼方遗墟？"

我一愣，雷大锤颇有些着急："马老板您别卖关子了！您没看我这兄弟都快急死了。"

我哥说："《山海经·海外北经》中记载的一目鬼国，就是鬼方，传说鬼方起源于少昊之子。"

少昊？那又如何？我一时摸不着头脑。

我哥继续说："巧的是《山海经》还提到一个地方。《大荒东经》里说，东海之外有大壑，少昊之国，少昊孺帝颛顼于此，弃其琴瑟。这儿说的是归墟。"

马龙一锤定音："你还没发现吗？这说的是同一个地方！鬼通归，鬼方遗墟，其实就是归方遗墟！而归墟之所以被称为众生所归无底之谷，是因为它其实指的并不是一个具体的地方，而是一个相互连通贯穿的、如网络一般遍布整个地球的巨大地底空间。"

我一惊，恍然明白："您是说……鬼方遗墟的无底天坑，其实只是归墟的其中一个入口？没有探测到是因为他们很可能从天坑底下离开了？"

马龙点点头说："归墟有很多通往地表的入口，古籍记载中就有数十个之多。地底的世界，远比你我想象的更复杂更丰富，也更宏大。"

"他们还活着！"我浑身一松，顿时瘫坐在椅子上。

"哦吼！"雷大锤也跟着欢呼一声，忙问，"那咱们怎么去找他们？"

"找不到。"马龙摇摇头，指着地图说，"可能性太多了，说这些只是想让你别瞎操心，他们都是身经百战的人，不会那么容易出事。"

望着那张古老地图上密密麻麻的文字和注释，我恍惚间又听到李星雨的声音："我们一定会再见的。赊刀人铁口断生死，我说到做到。"

"嗯，说到做到。"

捧读文化
触及身心的阅读

致未来立学
To the Future Literature

出品人　张进步　程　碧

责任编辑　徐楚韵
特约编辑　孟令堃
封面插画　李　爻
封面设计　BookDesign Studio
　　　　　莫意闲书装 QQ:237302112
内文排版　张晓冉